一快

古龍自署

盛期之風貌

臥龍生作品 帶動武俠風潮

《飛燕驚龍》開一代武俠新風

《飛燕驚龍》(1958)爲臥龍生成名作，共48回，約120萬言。此書承《風塵俠隱》之餘烈，首倡「武林九大門派」及「江湖大一統」之說，更早於香港武俠巨匠金庸撰《笑傲江湖》(1967)所稱「千秋萬世，一統」達九年以上。流風所及，臺、港武俠作家無不效尤；而所謂「武林盟主」、「江湖霸業」等新提法，竟成爲社會大眾耳熟能詳的流行術語了。

《飛燕》一書可讀性高，格局甚大。主要是寫江湖群雄爲覬覦傳說中的武林奇書《歸元秘笈》而引起一連串的明爭暗鬥；再以一部假秘笈和萬年火龜爲餌，交插敘述武林九大門派（代表正派）彼此之間的爾虞我詐，以及天龍幫（代表反方）網羅天下奇人異士而與九大門派的對立衝突。其中崑崙派弟子楊夢寰偕師妹沈霞琳行道江湖，卻如夢似幻地成爲巾幗奇人朱若蘭、趙小蝶之絕世武功技驚天龍幫，而海天一叟李滄瀾復接連敗於沈霞琳、楊夢寰之手；致令其爭霸江湖之雄心盡泯，始化解了一場武林浩劫云。

在故事佈局上，本書以「懷璧其罪」（與真、假《歸元秘笈》有關）的楊夢寰屢遭險難，卻每獲武林紅妝垂青爲書膽(明)，又以金環二郎陶玉之嫉才害能，專與楊夢寰作對(暗)爲反派人物總代表。由是一明一暗交織成章，一波未平，一波又起，極盡波譎雲詭之能事。最後天龍幫冰消瓦解，陶玉帶著偷搶來的《歸元秘笈》跳下萬丈懸崖，生死不明，卻予人留下無窮想像空間。三年後，作者再續寫《風雨燕歸來》以交代陶玉重出江湖，爲惡世間，則力不從心，當屬狗尾續貂之作。

在人物塑造方面，臥龍生寫男主角楊夢寰中看不中用，固然乏善可陳，徹底失敗；但寫其他三名女主角如「天使的化身」沈霞琳聖潔無瑕，至情至性，處處惹人憐愛；「正義的女神」朱若蘭氣質高華，冷若冰霜，凜然不可犯；「無影女」李瑤紅則刁蠻任性，甘爲情死等等，均各擅勝場。乃至寫次要人物如「賓中之主」海天一叟李滄瀾之雄才大略，豪邁氣派；玉簫仙子之放蕩不羈，爲愛痴狂；以及八臂神翁聞公泰之老奸巨猾，天龍幫軍師王寒湘之冷傲自負等，亦多有可觀。

摘自 葉洪生、林保淳著《台灣武俠小說發展史》

與

武俠小說

台港武侠文學

流行天王

臥龍生

臥龍生是台灣最著名的武俠小説作家之一，自然也是海外新派武俠小説家中的重要一員。

在台灣武俠小説界，臥龍生曾獨領風騷被稱為「台灣武俠泰斗」。後來司馬翎、諸葛青雲脱穎而出，才與臥龍生並稱台灣俠壇的「三劍客」。那時候古龍還默默無聞。後來古龍名氣漸大，躋身高手之林，與「三劍客」合稱「台灣武俠小説四大家」，但臥龍生仍是深受讀者歡迎的武俠小説作家。

陳墨

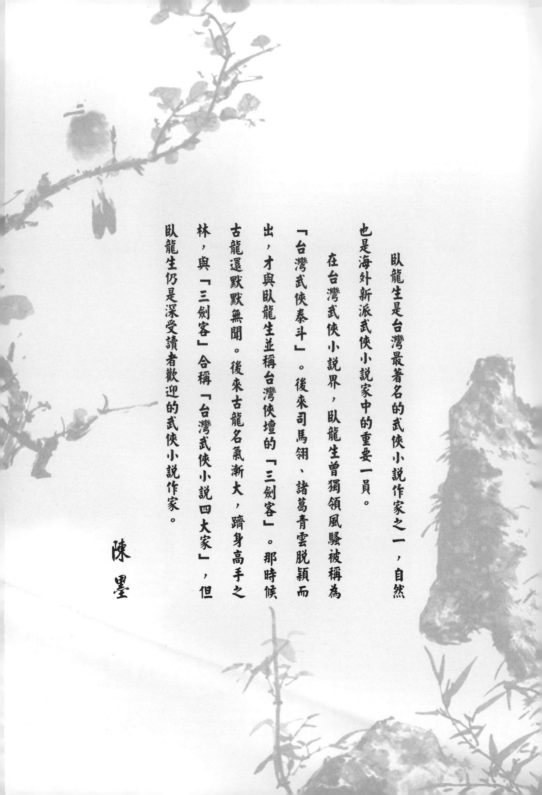

春秋筆

(二)

臥龍生 精品集 55

臥龍生精品集 55

春秋筆(三)

目錄

廿一　為夫報仇

楚小楓道：「所以，你一路殺死了很多丐幫弟子。」

綠衣少女道：「你不是丐幫中人，這事與你何關？」

楚小楓道：「問得好，景二公子帶著黑豹劍士，夜襲迎月山莊，殺了我們無極門數十口人命，是否和我有關呢？」

綠衣少女呆了一呆，道：「那自然有關！」

楚小楓道：「姑娘倒是一個很講理的人。」

綠衣少女道：「我自然是講理的人。」

楚小楓道：「講理就好說……」

綠衣少女輕輕吁一口氣，接道：「這些帳，咱們不用算了，算也算不清楚。」

楚小楓道：「姑娘的意思是……」

綠衣少女道：「我這次親自出來，只有一個用心……」

楚小楓道：「為夫報仇？」

綠衣少女道：「你要這麼說，不能算錯，不過，我喜歡把事情說清楚，我們這門親事，長輩們口頭上提過了，但我還沒有答應。」

楚小楓道：「為什麼呢？」

綠衣少女道：「因為，他很花心，聽說，是一位花花公子。」

楚小楓道：「哦！」

綠衣少女道：「這件事，你是否知道？」

楚小楓道：「不太清楚，在下和景二公子交往不多。」

綠衣少女道：「現在，他死了，不論以什麼身分，都該替他報仇。」

楚小楓道：「對！」

綠衣少女道：「現在，楚小楓，你可有什麼遺言麼？」

楚小楓道：「遺言倒是沒有，不過，在下想和姑娘訂個約定！」

綠衣少女道：「好！你說吧！我只要能答應，決不推辭。」

楚小楓道：「咱們這一番搏殺，只限你、我，我死了，姑娘已經報了仇，就別再找無極門的人了。」

綠衣少女道：「可是，我如死了，一定會有人找你。」

楚小楓道：「我殺了景二，已成不了之局，也只有至死方休了。」

綠衣少女嘆息一聲，道：「其實，這也未必正確，景二殺了你們無極門的人，你們還不是要找他報仇？我如殺了你，我想也一定會有人找我。」

楚小楓道：「朝廷有法，江湖有道，如若一個人犯了法，他應該受法律的制裁，但一個人背棄了江湖上的道統，是不是應該受到武林同道的制裁呢？」

綠衣少女道：「你是說景二該死？」

楚小楓道：「對！景二殺了無極門數十口，其中，有不少是完全不會武功的婦人、僕從，你說他該不該死？」

綠衣少女沉吟了一陣，道：「就算他該殺吧，那是由你的角度去看，但你如替我想一想呢？」

楚小楓道：「由你的立場看，那就不同了，你應該替他報仇，私人的恩怨，常常會抹殺了正義、公理，江湖上十之七八，都是和姑娘一樣的人。」

綠衣少女笑一笑，道：「楚小楓，看來，你好像是一個很講道理的人。」

楚小楓道：「江湖上的道理太多了，那是因為衡量道理的人的角度不同，但真正的道理，只有一個，這就變成了各說各話的情形了。」

綠衣少女道：「唉！不說這些了，現在，只說我們之間的事。」

楚小楓道：「姑娘請說吧！在下洗耳恭聽。」

綠衣少女道：「我要替景二報仇。」

楚小楓道：「姑娘，我不會束手待斃，咱們之間，將是一場搏殺！」

綠衣少女道：「因為，咱們對道理的看法不同。」

楚小楓道：「是！咱們各人對事情的看法不同。」

綠衣少女點點頭，道：「你用劍？」

楚小楓道：「是！姑娘用什麼兵刃？」

綠衣少女道：「我的兵刃就帶在身上，該用的時候，我自然會亮出來。」

楚小楓道：「姑娘的意思，是準備先赤手空拳接我幾招？」

綠衣少女道：「是！你出手吧！」

楚小楓沉吟了一陣，道：「好！在下恭敬不如從命。」

他為人灑脫，不太斤斤計較小節，長劍一震，直刺過去。

綠衣少女身子一側，忽然一個轉身，直欺進來，右手一抬，點向右臂，楚小楓吃了一驚，疾快地後退了兩步，長劍回轉，攔腰劃來。

她的身法，並不算太快，只是對兵刃的畏懼心，似乎是不大，而且，時間拿捏得很準，攻勢就顯得凌厲了。

綠衣少女一聲輕笑，又向前欺進一步，飛起一腳，踢向楚小楓的右腕。

楚小楓一皺眉頭，忖道：「這丫頭，簡直是不要命了，倒要給她一點教訓。」

橫掃劍勢，正擊在綠衣少女的右臂之上，劍勢擊實，響起了一聲蓬然輕震，楚小楓呆了一呆，綠衣少女的一腳，疾飛而至，正踢在楚小楓的右腕之上，楚小楓右手長劍，脫手飛出。

綠衣少女笑一笑，道：「楚小楓，你手中沒有劍了，現在，咱們是空手對空手的搏鬥了。」

楚小楓後退三步，道：「姑娘，衣服內藏了鐵甲。」

綠衣少女道：「你看看，我像是穿著鐵甲的人麼？」
楚小楓道：「至少，在下可以辨別出來，姑娘不是憑仗氣功，接在下這一劍。」
綠衣少女道：「總不能讓我告訴你是什麼原因吧！」
突然，出手搶攻，掌勢如飛，楚小楓揮掌接架，封擋那綠衣少女的攻勢。
她的武功詭異奇厲，給人一種很大的壓力，幸好，楚小楓武功很博雜，每到面臨危急境界時，就突然攻出一招奇學。那全是神來之筆，不但輕輕易易地化解了危險，而且，常常把處在劣勢的境況，一下子扭轉了過來。這不但使綠衣少女十分驚奇，就是楚小楓也覺著十分震驚。
這證明了憑著楚小楓十幾年的修為、苦學，以及無極門中的武功，完全不是人家的對手，但他零碎由那本無名劍譜上，以及拐仙那裡學到的武功，卻是十分精深。每一招出手，都使那綠衣少女，為之驚訝不止，都使那綠衣少女凌厲的攻勢，受到阻止，把她用十招、數十招取得的先機優勢，完全抵消。
楚小楓唯一還沒有施展的武功，就是丐幫老幫主所授的幾招奇學，楚小楓越打越驚心，只覺這綠衣少女的武功，似乎尤在景二之上，綠衣少女也是越打越怕，只覺這楚小楓的武功，有如山藏、海納，叫人完全摸不透他的底子。
忽然間，綠衣少女停下了手，跳開五尺，冷冷說道：「楚小楓，咱們停一停再打。」
楚小楓道：「姑娘的意思是……」
綠衣少女道：「我有幾件事，先問問你，你究竟是不是無極門的弟子？」

楚小楓道：「如假包換，姑娘問這話，是什麼意思？」
綠衣少女道：「但你的武功路數，卻不像無極門中人。」
楚小楓道：「哦！」
綠衣少女道：「老實說，你們無極門那點武功，我們清楚得很，閉上眼睛，我都可以應付，但你每當我掌握勝機之時，就突然出了一招奇學，把我取到的勝機，完全抵消，那些拳路、掌法，我完全沒有見過，而且，你是突然施出，叫人連猜也猜不出來。」
楚小楓笑一笑，道：「姑娘，總不能讓我先說明下一次出手，用哪一招吧？」
綠衣少女道：「那自然是不用說了，不過，你用那武功，都不是你們無極門所有。」
楚小楓道：「姑娘，這件事很重要麼？」
綠衣少女道：「自然很重要了。」
楚小楓道：「姑娘，在下也想請教一個問題。」
綠衣少女道：「什麼問題？」
楚小楓道：「姑娘的武功，是學自何處？」
綠衣少女道：「我師父。」
楚小楓道：「令師是什麼人？尊姓大名，現在何處？」
綠衣少女嘆息一聲，道：「這不能告訴你，因為，我現在已經沒有把握殺死你了。」
楚小楓道：「姑娘，令師的大名，你都不肯說，卻要在下說明武功的淵源，不覺得有些強人所難嗎？」

綠衣少女道：「這不是強人所難，而是我覺著很奇怪。」
楚小楓道：「不管你心中有多少的疑問，我都不會答覆你。」
綠衣少女道：「為什麼？」
楚小楓道：「因為，咱們不是朋友，是敵人。」
綠衣少女嘆息一聲，道：「我如足殺不了你，我好擔心回去沒有法子對師父交代。」
楚小楓道：「哦！」
綠衣少女道：「我在師父面前誇卜了海口，一定要把你的人頭帶回去。」
楚小楓道：「我殺景二的事，你們早已知道了？」
綠衣少女道：「是！我們有一套傳訊的方法，我們會很快知道這件事。」
楚小楓道：「姑娘，我看你還是回去吧，低估了我的武功，總不至於是死罪吧？」
綠衣少女笑一笑，道：「楚小楓，你是不是覺得我不是你的敵手？」
楚小楓道：「我是為姑娘想。」
綠衣少女道：「為我想什麼？」
楚小楓道：「對姑娘而言，應該是一件很划不來的事。」
綠衣少女道：「你怕傷了我？」
楚小楓道：「就算是打個兩敗俱傷吧，姑娘又何苦如此呢？」
綠衣少女沉吟了一陣，道：「你這個人為什麼要替我想這麼多呢？」
楚小楓聳聳肩，道：「這個麼，我想因為我已有些害怕的關係。」

綠衣少女嫣然一笑，道：「怕我傷了你？」
楚小楓道：「對啊！我是這麼想。」
綠衣少女道：「這麼說來，你很怕我了？」
楚小楓道：「是！」
綠衣少女緩緩垂下頭，道：「謝謝你，楚公子，但我總不能不替景二報仇啊！」
楚小楓心中原本想化解了這場搏殺，說服對方，使她回去，然後，暗中派人追蹤，以找出他們的巢穴，他的打算雖然很好，但這個丫頭似乎不肯上當。
楚小楓無法分出她是裝假，還是真的有感而發，只好笑一笑，道：「姑娘之意，咱們之間，一定要分個生死出來？」
綠衣少女道：「不一定要分生死，至少，我們可以分個勝敗出來，我如是敗了，那證明我的武功，實在不足以替他報仇，我也好走的心安一些。」
楚小楓道：「如是你勝了呢？」
綠衣少女道：「我不幸勝了，那就很為難。」
楚小楓道：「有什麼為難的地方？」
綠衣少女道：「我不知道如何處置你，也不知如何自處。」
楚小楓道：「對在下，姑娘倒不用太為難，你勝了，正好替景二公子報仇。」
綠衣少女道：「可是……」
楚小楓接道：「可是什麼？」

綠衣少女道：「我不願殺你。」

楚小楓淡淡一笑，道：「姑娘，如果你已決定和我分一個勝負出來，至少，現在還不用這麼費心。」

綠衣少女道：「哦！」

楚小楓道：「姑娘先勝了我之後，再來傷這個腦筋。」

綠衣少女道：「也好，到時間，咱們再來商量，應該如何？」

楚小楓心中暗道：「這丫頭難纏得很，但卻斬不斷，理還亂，給人一種莫可奈何的感覺。」

兩人又打在一處，動手相搏，和兩人談話的情形，完全不同，楚小楓全力搶攻，劍如電閃星擲一般，當真有招招奪魂、劍劍取命的氣勢。

綠衣少女的劍法，也很凌厲、綿密，全身都護在一重劍光之下。

楚小楓雖然全力搶攻，但他的劍法卻一直無法突破對方的守勢，倒是那綠衣少女，忽然反擊兩招，使得楚小楓險象環生。但楚小楓突然一招神奇劍法，迫得那綠衣少女倒退數步，雙方搏鬥了一百餘回合，仍然保持個不勝不敗的局面。

神出、鬼沒看得呆住了。

兩人一側觀戰，看到這一場凌厲絕倫的搏殺，都不禁感到，就算是丐幫長老臨敵，只怕也難抗拒那綠衣少女快速的劍勢，但楚小楓卻能做到。

但最使兩人不解的是，楚小楓的劍法很怪，突然一劍，神奇莫測，使人有著不知從何而來的感覺。但他大部分的劍法，仍有脈絡可尋，倒是那綠衣少女的劍法，卻是招招精厲，兩人越看越不懂，越看越糊塗。

忽然間，響起了一陣金鐵交鳴之聲，雙劍接實了一招，兩人的內力，倒是在伯仲之間，雙方各不相讓，沒有分出勝負。

就在雙劍交接，互拚內力之時，楚小楓的左手，忽然攻出一掌，這一掌奇幻至極，那綠衣少女舉掌一封，竟然未能封住，蓬然一掌，擊在左肩之上，綠衣少女打了一個踉蹌，身不由主地向後退了兩步。

看上去，楚小楓有出劍攻襲的機會，但楚小楓卻沒有出手，那並非因為楚小楓手下留情，而是感覺中來不及抽劍攻出。

綠衣少女橫劍平胸，凝注在楚小楓的臉上，緩緩說道：「好厲害的一掌。」

楚小楓道：「承讓，承讓。」

綠衣少女嘆息一聲，還劍入鞘，道：「我真的輸了，唉！你這一掌，來得太高明了，完全出人意料。」

楚小楓道：「姑娘，這收場，對在下，對姑娘，都是一種最好的結果。」

綠衣少女道：「說得也是，不過，我有幾句話想奉勸閣下。」

楚小楓道：「請說。」

綠衣少女道：「楚公子的劍法，有幾招，確實精深博大，使人有著莫可預測的感覺，但劍招與劍招間的連接上，卻有太多的空隙。」

楚小楓道：「哦！」

綠衣少女道：「這好比一串堅牢的銅環，環與環之間，卻用麻索連了起來，那會留下很大的空隙，在雙方搏命之中，那些空隙，會留給人可乘之機。」

楚小楓點點頭。

綠衣少女道：「如何加強劍法變化上的嚴密，是楚公子對敵搏殺中，一個很大的破綻。」

楚小楓道：「多謝姑娘指教。」

綠衣少女嘆息一聲，道：「經過我們這一番搏鬥，我相信你有殺死景二的機會，但我想不出，他會那麼輕易地被殺。」

楚小楓心頭震動，暗暗忖道：「這丫頭的口氣中，似乎對我殺死景二公子一事，甚表懷疑。」

心中念轉，口中卻說道：「景二公子確實死於在下之手，如若萬花園中，還有貴組合目睹那場搏殺的人，我相信，他會告訴姑娘。」

綠衣少女道：「我相信你有殺死景二的機會，但我想不出，他是在如何一種情形之下被你殺死的。」

楚小楓道：「姑娘，景二公子的劍法，比你如何？」

綠衣少女道：「照說，他比我渾厚，也許在靈敏上差了我一點。」

楚小楓道：「姑娘和景二公子的劍法，同出一源了？」

綠衣少女道：「不錯。」
楚小楓道：「那麼姑娘能不能在你們的劍法中，算出我殺死景二公子的機會？」
綠衣少女道：「單以一招而論，你確有取他性命的能耐，但如把劍與劍之間的連接加起來，你似乎殺死他的機會不大。」
楚小楓冷冷一笑，道：「姑娘，如是我把兩招相同威力的劍式連環起來，那會是一個什麼樣子的結果。」
綠衣少女道：「那會強大很多，但也不足以置景二於死地。」
楚小楓笑一笑，道：「如若不是他太好強，也許我真的殺不死他。」
綠衣少女凝目沉思了一陣，緩緩說道：「他硬拚？」
楚小楓點點頭。
綠衣少女道：「我們有三年多沒有見面了，想不到他會變得那麼急躁，對他而言，那實在是一種遺憾。」
楚小楓道：「姑娘，還有一點，不知你是否想過？」
綠衣少女道：「想什麼？」
楚小楓道：「他很急於要殺死我。」
綠衣少女道：「結果反為你所殺。」
楚小楓道：「是！他太急了，我想，他可能有很多的痛苦，必須要急於殺我才能安心，我想，他可能是因為暴露了萬花園的重要分舵，而急於立功，以求將功折罪。」

綠衣少女道：「唉！也許是，我們的規戒，太過嚴厲了一些。」

楚小楓心中暗道：「這丫頭看來，倒不是一個很善心機的人，如若能設法由她口中套出一點內情，對這個神秘組合，也許能多一點暸解。」

心中念轉，口中說道：「姑娘，現在，我們之間，還有什麼事麼？」

綠衣少女道：「我已經認敗了，難道你還想再打一場？」

楚小楓道：「那倒不是，在下只是覺著姑娘的劍法……」

綠衣少女接道：「我的劍法不太好。」

楚小楓道：「不！姑娘的劍法，比起景二公子，似乎是高明多了。」

綠衣少女眼睛一亮，道：「真的麼？」

楚小楓道：「真的，在下殺死景二公子，全憑真實的劍法，並沒有施用什麼詭計。」

綠衣少女嘆息一聲，道：「楚小楓，今天，我敗了，但還有明天、後天，我這一次找來襄陽，最重要的事，就是殺你，殺不了你，我不會離開。」

楚小楓笑一笑，道：「姑娘，難道，我們之間非要鬧一個血濺殞命不可？」

綠衣少女道：「楚小楓，你替我想想看，我該如何？不殺你，我如何向師父交代，如何對得起我死去的師兄。」

楚小楓道：「殺了我，他也不能復活，對麼？」

綠衣少女道：「對！」

楚小楓道：「何況，姑娘你還沒有殺死我的把握。」

恨。」

綠衣少女道：「我真的殺不了你，那只有一個辦法，你殺了我。」

楚小楓道：「如若我要替無極門報仇，倒也應該，不過，在下內心中還沒有這麼深的仇恨。」

綠衣少女道：「楚小楓，我也不想殺你，我很少在江湖上走動，認識的人也不多，咱們這一場搏殺下來，彼此之間，由陌生變成熟人，唉！你如不是殺死景二的凶手，我們不是可以作一個很好的朋友麼？」

楚小楓道：「姑娘，你如解不開心中的仇恨之結，我們很難處得下去。」

綠衣少女道：「現在，我們之間，不可能和平相處下來了，我不能替景二報仇，只有替他盡節。」

楚小楓臉上忽然間泛起了一片敬佩之色，道：「姑娘，真要替景二公子盡節？」

綠衣少女點點頭，道：「是！我已是他的妻子了，他死了，我自然不能不替他報仇。」

楚小楓道：「好！姑娘，你去吧！明天，我們再見時，再作一個了斷。」

綠衣少女道：「我殺幾個丐幫弟子，他們會找我報仇，聽說你和丐幫很好，我想，你可以奉勸丐幫幾句話。」

楚小楓道：「給他們說些什麼？」

綠衣少女道：「別讓他們找我報仇，由現在開始，我也不找他們的麻煩了，明天中午時分，你在此地等我……」

楚小楓道：「等你？」

綠衣少女道：「對！我會派馬車來接你。」
楚小楓道：「只有在下一個來麼？」
綠衣少女道：「不！你可以帶一個人來，你最信得過的朋友……」
楚小楓道：「哦！」
綠衣少女道：「你知道為什麼嗎？」
楚小楓道：「不知道。」
綠衣少女道：「明天一戰，我們之間，必有一人死亡，你如死於我的劍下，你的朋友，也好為你收屍。」
楚小楓點點頭。
綠衣少女道：「我會準備一口上好棺材，不論我們兩人誰死了，都可以裝入棺材中。」
楚小楓道：「埋了？」
綠衣少女道：「不用，我死了，他們會把棺木運到萬花園中，和我未婚的丈夫埋骨一處，至於你，你可以先吩咐你的朋友，要他們為你安排後事。」
這位姑娘，溫溫柔柔，但骨子裡，卻充滿著節烈。
點點頭，楚小楓緩緩說道：「好！咱們就這樣一言為定了。」
綠衣少女盈盈一禮，道：「那麼，小妹先走一步。」轉過身子，緩步而去。
望著那綠衣少女的背影，楚小楓吐了一口悶在胸中的長氣。
鬼沒王平快步行了過來，低聲道：「楚兄，你明天真的要來？」

楚小楓點點頭，道：「看來，我對她估計錯了。」

但聞輪聲轆轆，那綠衣少女已修好篷車，登車而去。

王平低聲道：「其實，對付敵人，也用不著太守信用……」

楚小楓搖搖頭，道：「王兄，這個不行，這位姑娘，看上去雖然是很純潔，但她所受到的教育，卻是充滿著執著和冷厲，而且，她本身的成就，和那等無聲無息的暗器，使她有可怕的殺戮能力，我如不按時赴約，很可能引起她大肆殺戮的念頭。」

王平道：「楚兄，在下的意思是，咱們不妨做一些安排和準備，丐幫目下雲集在襄陽府的實力很強大，我們有很多位長老在此，楚公子何不和敝幫的陳長老商量一下，我們設下埋伏……」

楚小楓接道：「這辦法也不好，就小弟的觀察，我發覺了這位姑娘雖然固執，但她還重視倫理和是非觀念，如若能在道理上折服她，比在武功上勝了她，還有用處。」

王平點點頭。

顯然，他已經被楚小楓所說服。

楚小楓嘆息一聲，道：「所以，明天，我準備和你一起來赴約。」

三個人匆匆趕回襄陽城中的大宅院。

楚小楓一路早就盤算好了說詞，準備先和白梅商量一下，然後，再由綠荷、黃梅、紅牡丹的口中，探聽一下那位綠衣姑娘，最後再去見陳長青。

但事情卻出了他意料之外，一進門，白梅和陳長青早已在等候著他。這說明了，丐幫和白梅都十分關心他，但這影響了楚小楓，使他早打算好的腹案，完全推翻。

陳長青笑一笑，道：「楚少俠，貴掌門和丐幫幫主都在候駕，請入廳中吧！」

大廳中坐著黃老幫主和董川。

黃老幫主很客氣，站起身子，拱拱手，道：「請坐。」

周橫、王平沒有跟進來，廳中五個人，是黃老幫主、董川、白梅、陳長青，再加上楚小楓。

其實，方桌四周，也只擺了五張椅子，顯然，這是早就安排好了，兩個丐幫弟子，獻上香茗後悄然退出，順手還帶上了廳門。

黃老幫主喝了一口茶，笑一笑，道：「楚少俠，你見到那位姑娘了。」

楚小楓點點頭，道：「是！見過了。」

黃老幫主道：「十一個丐幫弟子，死在了一種無法查證的暗襲之下……」

楚小楓接道：「這一點，晚輩已經查出來了，那是一種天生的毒刺，中人之後就暈了過去，貴幫中周、王兩位，都曾傷在那毒刺之下。」

黃老幫主道：「唉！想不到，世上真有這種毒刺。」言下之意，似是他早已知曉此事。

楚小楓道：「老幫主，那位姑娘和萬花園是屬於同一個組合。」

黃老幫主點點頭，道：「楚公子，她還和你說些什麼？」

楚小楓沉吟了一陣，道：「咱們火燒萬花園，引爆埋在地下的桐油、火藥，那一舉間，不知道毀去了多少人。」

黃老幫主道：「手段是辣了一些，不過，不如此，實在也無法毀去萬花園。」

楚小楓道：「那位姑娘這次找到襄陽來，就是為了要報仇。」

黃老幫主道：「報仇？給什麼人報仇？整座萬花園中所有的人……」

楚小楓接道：「她不是派出來的殺手，如若她是那組合中派出來對付我們的人，不會是她一個，也不會這樣明目張膽的行動。」

黃老幫主道：「那她是……」

楚小楓接道：「一種私人仇恨的報復，她要替師兄，也是她未來的丈夫報仇！」

黃老幫主道：「那人是……」

楚小楓道：「景二公子。」

陳長青道：「你們說過這件事了？」

楚小楓道：「是！說過了。」

陳長青道：「怎樣一個結果？」

楚小楓道：「我承認了殺死景二的事，我們動過一次手，但卻沒有分出明顯的勝負，所以，我們約好了明天，還有一場激烈的搏殺。」

陳長青道：「楚公子，這件事，丐幫不能坐視，明天，我們派幾個人和你一起去。」

楚小楓道：「不用，她約我單打獨鬥……」

董川接道：「小楓，這不是你一個人的事，至少我們不能坐視，說仇恨，我們也應該找她，明天，我跟你去。」

楚小楓道：「掌門師兄，明天我可以帶一個人去，不過去的那個人應該是丐幫的人。」

陳長青道：「只帶一個人？」

楚小楓道：「是！只帶一個人，那個人，我已經選好，只求幫主答應就是。」

陳長青道：「那個人是誰？」

楚小楓道：「王平。」

黃老幫主點點頭，道：「好……楚公子，你帶王平去，而且我還答應你，全權處置這件事，她雖殺了十幾個丐幫弟子，但我們也毀了他們不少的人，這件事，丐幫都可以不追究。」

楚小楓道：「多謝老幫主。」

目光轉注到董川的身上，接道：「掌門師兄，小弟求師兄，成全小弟答應過的約言。」

董川嘆息一聲，道：「你本來，可以不受門規約束，師父在死去之前，答應了你，不過，小楓，你如何應付這件事，我可以不問，但你不能代表無極門答應人家什麼條件。」

楚小楓道：「這一點小弟自有分寸，不敢有勞掌門師兄吩咐。」

董川道：「好！那你去吧！不過，小楓你要小心些。」

楚小楓道：「多謝師兄關心。」

董川道：「小楓，恩師遺命，你可以不受無極門的門規約束，所以，我也不囑咐你什麼了，只是我這個師兄對你有份期望，不知道我當不當說？」

楚小楓急急站起身子，一揖到地，道：「掌門師兄言重了，小弟不敢，有什麼話，萬請吩咐。」

董川道：「沒有門規來縛你，但君子自重，自己必須愛惜羽毛，不管如何，你總是出身無極門。」

楚小楓道：「小弟記下了，我一定會時時刻刻記著師兄的教訓，至少，每件事，都要求得自己心安。」

董川很滿意，笑一笑，道：「七師弟，我知你是出身於詩書之家，練了一身好武功，也讀了一肚子的書，這些話，也許不用我多說……」

楚小楓接道：「師兄教訓的是句句金玉良言。」

坐在上位的黃老幫主，突然輕輕咳了一聲，道：「董掌門，老叫化也有幾句話，想當著董掌門的面講。」

董川也站了起來，一躬身，道：「老幫主，何用如此客氣，有事請說，晚輩洗耳恭聽。」

黃老幫主道：「董掌門，可知道令師為什麼在氣絕之前，把楚小楓趕出無極門麼？」

董川道：「這個……這個……晚輩愚昧，不太清楚。」

黃老幫主道：「因為，令師有識人之明……」顯然是言未盡意，但黃老幫主卻突然停下來不說了。

董川道：「還請老幫主明示。」

黃老幫主道：「非常人，為非常事，有時候，難免要使用非常的手段，太過刻板的規戒，只怕對他有害無益。」

董川道：「哦！」

黃老幫主道：「所以，老叫化子覺著，有些事必須要授權給他，使他能夠自作主張。」

董川又點點頭，道：「是。」

黃老幫主道：「目下武林正面臨著一場空前的浩劫，這次的大變，和已往不同，很多人被殺了，咱們還不知道敵人是誰，如若還要以堂堂正正的身分，去對付這些非常之事，只怕很難有運用之妙的機會，老叫化子這個意思，董掌門是否明白呢？」

董川道：「晚輩有點明白。」

有點明白，那是還不大清楚。這董川為人方正，對黃老幫主的話頗有些不以為然之感。

黃老幫主是何等經驗豐富之人，如何會看不出董川心中之疑，笑一笑，道：「董掌門，就拿你們無極門被人偷襲一事來說，如若咱們不用心機，能夠查出來凶手是誰麼？」

董川呆了一呆，答不上話。

黃老幫主道：「再說楚小楓吧！如若不給他一點自主隨機應變，你認為他有幾成的活命機會？」

董川又愣住了。

這是很現實的問題，對一個專放冷箭，施用暗襲，無法和他堂堂正正交手的敵人，確是難守成規。

眼看董川已無法應付，白梅接了口，道：「老幫主的話，誠然有春雷驚夢之效，不過，小楓究竟是全無江湖閱歷的人，他表現了過人的機智，也辦了幾件常人很感棘手的事，但卻有幾分僥倖的成分在內，不足為訓，一個人，總不能永遠是鴻運高照。」

黃老幫主笑道：「白老弟，你認為那是僥倖麼？但老叫化子，卻覺著應該是屬於才智，一種天賦的應急才智，不是任何人能夠學到。」

白梅怔住了，他知道黃老幫主很賞識楚小楓，但卻未想到竟然如此地重視他。

不但是白梅感到意外，連陳長青和董川，也有些意外之感。

輕輕吁一口氣，白梅緩緩說道：「老幫主，他還是個孩子啊！可別把他寵壞了。」

黃老幫主笑一笑，道：「老叫化子冷眼旁觀了二十年，終於見到了這場江湖大劫的火頭了。」

目光轉注到楚小楓的身上，接道：「老叫化子，也見到了這個年輕人，一個江湖正義生存寄望的年輕人……」

這幾句話太重了，聽得楚小楓出了一頭冷汗，急急站起身子，道：「老幫主，晚輩實在不敢當。」

黃老幫主笑一笑，道：「孩子，你坐下，有話咱們好好地說。」

語聲一頓，接道：「拐仙黃侗，你見過吧？」

楚小楓道：「晚輩見過。」

白梅道：「怎麼，老幫主認識他？」

黃老幫主道：「他是我一位堂弟，有一些恃才傲物，一心想人力回天，胸懷絕才，但卻偏喜賣弄，雖然晚年有點後悔，但為時已晚，江湖上人，都不大諒解他。」

楚小楓道：「他和我說了很多，只可惜他已經……」

黃老幫主搖搖手，阻止楚小楓再說下去，嘆息一聲，道：「他這一生中，生活得很苦，他想的太多，他想與人爭，想和命鬥。他自已委屈在那些山岩樹身上，就是便於多用心思，他精研奇門，窮究數術，希望能找出些什麼來……」

白梅接道：「他找出了什麼沒有？」

黃老幫主道：「沒有，我勸過他，要他收斂一些，他拒絕了我，而且，他怕拖累了我的盛名，從來不提有我這麼一位堂兄……」

目光轉到楚小楓的身上，接道：「小楓，你知道麼？我們沒有見過，我已經對你有了一些先入為主的觀念，這是他的推薦，他告訴我，能夠挽救這一次武林大劫的人，是你……」

白梅接道：「老幫主，你相信這句話麼？」

黃老幫主道：「相信，他告訴我的事，從來沒有錯過。他要我相信他，並且，要我以武林中的威望，和丐幫的力量支持他。」

白梅道：「哦！」

陳長青回顧了楚小楓一眼，目光轉注到黃老幫主的身上，道：「幫主，只要你老人家吩咐一句，丐幫上下無不遵從。」

黃老幫主道：「長青，這些事還不可宣諸江湖，目下還不是機會，何況，咱們對楚少俠的任何幫助，都是為了丐幫，事實上，他是在幫助我們，幫助整個的武林同道。」

事情越說越嚴重，題目也越說越大，董川似乎是已經無法插口了。

還是楚小楓接了口，道：「老幫主，那個組合，欠了我們無極門一筆血債，敝掌門和晚輩，都在全力以赴，準備討回這筆血債。」

黃老幫主道：「事實上，無極門的受害，只不過為江湖大變揭開了一個序幕，你們毀去萬花園，不但替無極門報了一點仇，也阻止了一場即將暴發的大規模的暗殺。」

白梅接道：「這個老幫主怎麼知道呢？」

黃老幫主道：「黃侗和我談過，也給我幾個頗含玄機的錦囊，那一場翻天覆地的大爆炸之後，我拆閱他留下的錦囊之一，那上面說了不少的事，核對之下，竟然有不少地方相當符合，這是不是有些玄妙呢？」

白梅道：「河圖洛書，五行數術，本是一門深奧的學問，自然不可以等閑視之。」

黃老幫主嘆息一聲，道：「老實說，本來，我對黃侗那些偏旁之學，不太相信，但經過幾次考驗之後，我似乎是也有些不能不信了。」

白梅道：「所以，現在，你相信了。」

黃老幫主道：「現在，倒是有些不能不信了。」

白梅道：「老幫主的意思，可是小楓將承擔些什麼？」

黃老幫主道：「對！所以，老叫化子建議，你們都放開手，要他自行作主。」

白梅道：「老幫主呢？」

黃老幫主道：「我更不會干涉他，我會動員丐幫中一切力量，支援他。」

白梅低聲道：「老幫主，你想到沒有，他年紀輕，缺一個穩字，處置事情，只怕會失之輕率……」

黃老幫主道：「哦！」

眼看黃老幫主沒有回答的意思，白梅仍然忍不住說道：「老幫主，失之輕率，也許不算大錯，但我怕他處置偏邪。」

黃老幫主道：「白老弟，那本來是一個偏邪的組合，如若咱們用正道手法對付，只怕也難收到什麼效果。」

白梅語塞，他想不到這位武林中第一位德高望重的人，竟然是如此看重楚小楓，竟把江湖大事，寄託於一個不到二十歲的孩子身上。

沉吟了片刻，白梅道：「好！就這麼決定了。」

楚小楓道：「老爺子……」

白梅道：「你不用擔心，你師娘那邊，有我去說。」

黃老幫主道：「好！董掌門，是否給老叫化面子呢？」

這是給董川面子，董川急急說道：「老幫主的吩咐，董川怎敢反對？」

黃老幫主對這個答覆似乎是很滿意，笑一笑，道：「很好，很好，咱們就這麼說定了，我已經傳出了竹符令，再調來了一批丐幫精銳，而且，老叫化子也約好了排教中幾位高手，我要和他們見個面，談談雙方面合作的事……」

目光轉注到董川的身上，接道：「掌門人，我看，最好你參與這一場會談。」

董川急急說道：「老幫主，我這個身分，怎麼能夠參與會談，我看不用了……」

黃老幫主搖搖頭，道：「孩子，不可妄自菲薄，你是無極門的掌門人，和任何的掌門身分，都是一樣！」

董川有一點受寵若驚，也感覺到肩負重任，神情嚴肅地說道：「老幫主，我……」

黃老幫主搖搖手，阻止董川再接下去，道：「不用再謙辭了，就這樣決定了。」

董川道：「是！前輩吩咐，晚輩一切從命。」

黃老幫主目光轉注到楚小楓的身上，道：「小楓，你去吧！由現在開始，周橫、王平，都投入你手下聽命，我會交代他們，暫時讓他們離開丐幫。」

楚小楓道：「這個，晚輩覺得，似乎用不著。」

黃老幫主笑道：「事實上，他們也很願意，暫時擺脫丐幫重重的規戒約束，這兩個人一向還自視滿意，但我問過他們，他們似乎對你也很服氣，所以，交給你，也不怕他們頑皮。」

楚小楓道：「老幫主……」

黃老幫主接道：「咱們就這麼決定了，你去休息一下吧！明天，你要帶什麼人去，你自己決定。」

楚小楓應了一聲，起身告退。

望著楚小楓消失的背影，黃老幫主輕輕吁一口氣，道：「白老弟，是不是覺著我今日處置事情，太過獨斷了一些？」

白梅道：「像你老前輩這樣的身分，處置這樣的事，自然是用不著和人商量了。」

黃老幫主苦笑一下，道：「董掌門，白老弟，有幾句話，我想先向諸位說個明白。」

董川道：「晚輩洗耳恭聽。」

黃老幫主道：「我雖然主張楚小楓去涉險，但我卻實在沒有把握能保證他平安無事，這一點，兩位必須要有個心理準備。」

董川道：「老幫主，這一次，真的只讓他帶一個人去嗎？」

黃老幫主道：「真的，全權給他，要他放手應付，不管他怎麼做，咱們都不出手。」

董川道：「老幫主，我們無極門是不是要派個人去？」

黃老幫主道：「我看是用不著了，一則，對方不准他帶人去，二則，貴門派了一個人，反使他束手縛腳的，不能放手施展。」

董川道：「至少，在陷入敵人圈套中時，也多個幫手。」

黃老幫主道：「董掌門人，那對他不但沒有幫助，還可能會拖累他……」

語聲一頓，接道：「董掌門人要明白，楚小楓面對的是一個奸狡無比的強敵，他們凶悍如虎，奸狡如狐，除了一種急智可以應變之外，咱們完全不宜插手，董掌門，老叫化子所說的應變手段，包括機智、詐術，甚至於欺騙。」

董川道：「這個，不太好吧？」

黃老幫主道：「貴門遇襲的事，又豈是君子行徑。」

董川為之語塞。

黃老幫主道：「我相信楚少俠可以應付，不管是他的武功，或是才智，咱們要是硬插一腳，那就大煞風景了。」

白梅心中一動，道：「老幫主，那位姑娘的才貌如何？」

黃老幫主道：「四個字，國色天香。」

白梅道：「幫主，楚小楓對這些事，只怕處置不好。」

黃老幫主道：「那丫頭初入江湖，我聽他們說是一個很固執的人，如何應付，只怕是一件很困難的事。」

白梅接道：「對！我就是擔心這件事，萬一處置不好，豈不是誤了大事？」

黃老幫主道：「白老弟，你有什麼高明辦法，咱們不妨借箸代籌，再轉告給小楓就是。」

白梅沉吟了一陣，道：「咱們沒有見過她，更不知她身世、性情，如何應付，實在是一件很困難的事。」

黃老幫主道：「楚小楓和她訂下了約會，好像是早已胸有成竹。」

白梅苦笑一下，道：「老幫主，不管小楓他讀過了多少書，但他究竟是一個全無經驗的孩子，如若處置失當，豈不是弄巧成拙了。」

黃老幫主道：「白老弟，對方也是一個孩子，他們年齡相若，對事情的看法，和咱們有很多的不同，咱們太老了，處事、對人，都已經沒有了那股銳氣，沒有了那股決斷，我很欣賞他處置綠荷、黃梅、紅牡丹的辦法，所以，我覺著他處事能力很強。」

白梅又沉吟了一陣，道：「也許是老幫主說得對。」

話到此處，似乎是已經無法再談下去，白梅和董川只好起身告辭。

陳長青送走了兩人，回頭一躬身，道：「幫主，咱們要不要派出人手，布置一下？」

黃老幫主搖搖頭，道：「不用了。」

陳長青道：「萬一楚小楓應付不了，接應無人，豈不是要一敗塗地？」

黃老幫主道：「如果楚小楓應付不了，咱們派去的人，也幫不上忙，長青，你知道麼？這是一場豪賭，我心中也沒有楚小楓必勝的把握，如果不幸敗了，整個的江湖形勢，立刻會引起大變，這一屆春秋筆出現之日，很可能就是江湖上劫變開始，咱們既無法掌握主動，那就只有走一步算一步了。」

陳長青道：「老幫主，如是楚小楓勝了，是否就能挽救這一次大劫呢？」

黃老幫主搖搖頭，道：「也不能，只不過我們會爭取得到一些主動……」

語聲一頓，接道：「長青，這些年來，我總覺著江湖上要有一場大變，但卻一直瞧不出端倪，無極門慘案震動了江湖，長青，你見過的江湖慘事不少，但像這樣激烈的處事手段，你可曾見過？」

陳長青搖搖頭，道：「沒有。」

黃老幫主道：「我也沒有見過，江湖上從未曾有……」

臉上泛現出一種悲天憫人的神情，緩緩接道：「去安排一下，今夜二更，我去排教拜訪。」

陳長青道：「老幫主準備在哪裡會見他們？」

黃老幫主道：「湘江船上。」

陳長青道：「登舟拜訪？」

黃老幫主點點頭，道：「對！」

陳長青道：「這個，這個……」

黃老幫主接道：「長青，這些虛名、身分，不用顧忌。」

陳長青一躬身，道：「弟子遵命。」

黃老幫主道：「任奇到了沒有？」

陳長青道：「到了。」

黃老幫主道：「只告訴任奇一個人，今夜，我只帶你們兩個人去，不要驚動別人，你自己去一趟，通知排教教主。」

陳長青意識到了，這是一場很機密的會晤，道：「弟子明白了。」轉身向外行去。

廿二 一決生死

二更時分，浮雲掩月，黃老幫主帶著陳長青、任奇，到了湘江岸邊。

點點漁火，點綴了湘江之夜。

陳長青舉手輕輕互擊三掌，一艘輕舟，突然間衝了過來，衝近江岸。

一個輕裝漢子，忽然間飛躍登岸，一抱拳道：「排教總壇藍翎香主，八步凌波胡天瀾，恭迎丐幫幫主。」

黃老幫主揮揮手，道：「怎麼？貴教上已經到了？」

胡天瀾道：「是的，貴幫通知敝教後，我們立刻發出信號，敝教主乘百里飛舟趕來。」

黃老幫主道：「那真是有勞了。」

胡天瀾道：「請幫主登舟。」

黃老幫主點點頭，舉步一跨，登上輕舟，陳長青、任奇，緊隨身後，三個人上船之後，輕舟立時箭一般地向前馳去。

大約有半柱香的工夫，才停了下來，船行太快，陳長青等也無法知曉這陣工夫，走了多少路，兩艘雙桅船並排停泊在江心，輕舟就靠在兩艘巨船之中。

胡天瀾口中發出了兩聲低嘯，一艘大船的桅上，突然亮起了一盞孔明燈，強烈燈光，照在輕舟上。

一個冷冷的聲音，傳了過來，「什麼人？」

胡天瀾道：「藍翎香主，快請通報教主，就說丐幫幫主駕到。」

片刻之後，一道軟梯，由巨船上放了下來，緊接著響起了一陣輕微的樂聲，兩個白衣童子，引導著一個四旬左右的青衫中年人下來。

胡天瀾低聲道：「幫主，那就是敝教的教主。」

黃老幫主舉步迎了上去。

青衫人目睹一個銀髯如雪的老者迎了上來，急急一抱拳，道：「排教教主雲飛揚，迎見幫主。」

黃老幫主道：「不敢當，不敢當，雲教主大安。」

雲飛揚帶著黃老幫主，登上了軟梯，行近了艙門口處，雲飛揚右手一抬，掀起了一個厚厚的簾子，立時間大放光明，船艙中高燃四支兒臂粗的巨燭，方桌上面，早已擺好了香茗、細點。

進入船艙，分賓主落座，雲飛揚親手取一杯香茗，奉了過去。

黃老幫主接過喝了一口，道：「好茶。」

雲飛揚笑一笑，道：「飛揚末學晚進，應該趨訪領教，怎敢勞老幫主的大駕下訪。」

黃老幫主道：「雲教主言重了。」

艙中只有六個人，任奇、陳長青，站在黃老幫主的身後，兩個白衣童子，分左右守在雲飛揚的身側。

雲飛揚道：「老幫主為了無極門，不惜紆尊降貴，親自坐鎮襄陽，長老仁德，風範可欽。」

黃老幫主道：「火爆萬花園的事，雲教主聽過了？」

雲飛揚道：「飛揚聽過了。」

黃老幫主道：「他們寧願埋身園中，都不肯離開，這個組合的嚴厲，實在可怕。」

雲飛揚道：「對那個組合的事，飛揚知曉不多，老幫主可否多指教一二？」

黃老幫主沉吟了一陣，道：「這個組合，和江湖上一般門戶，有些不同，他們突然而來，飄然而去，不知道他們來自何處。」

雲飛揚點點頭，道：「這倒也是。」

黃老幫主道：「他們可以隨時隨地向咱們突襲，咱們卻無法找到他們。」

雲飛揚道：「對！這要好好地設計一下，誘他們現身。」

黃老幫主道：「這就是我來拜訪的最大原因。」

雲飛揚道：「老幫主只管吩咐。」

兩人開始了一番密談，直到了四更過後，黃老幫主才率人告辭，雲飛揚親自送黃老幫主登上輕舟而去。

送走了黃老幫主之後，雲飛揚回顧一側兩個童子一眼，道：「黃老幫主德望俱尊，當今第一位高人，只是年紀太大了一些，對事情的看法，有些太消沉一些。」

兩個童子既不便表示贊成，更不敢反對，只好唯唯諾諾。

雲飛揚笑一笑，道：「你們準備一下，咱們改扮登岸，我要親自去查看一下。」

他少年得志，三十幾歲的人，接掌了排教的掌門。

排教不但是長江下游的水面霸主，在江南，亦有著龐大的實力。在江湖上各大門戶中，排教也是個充滿神秘的組合，傳言中，排教有著很多奇術，那是屬於武功之外的東西。

中午時分，楚小楓帶著鬼沒王平，到了約定的地點。

一身寶藍色勁裝，寶藍色武生巾，白色盤腰絲帶，身佩著長劍，使得楚小楓有如臨風玉樹，英俊中，別有一股瀟灑的味道。

王平也換了一身勁裝，身佩短刀，靴筒中，暗藏了手叉子。

兩個人也不過剛剛站好，一輛篷車，已快速地馳了過來，車在兩人的面前停下。

垂簾啟動，行出一個年輕女婢，道：「楚公子，咱們姑娘已經在候駕了，兩位請上來吧！」

楚小楓打量那少女一眼，只見她眉清目秀，穿著一身粉紅衣裙，大約有十六、七歲的模樣，笑一笑，道：「姑娘是找我們的？」

紅衣少女微微一怔，道：「你可是楚公子？」

楚小楓道：「嗯！我姓楚。」
紅衣少女微微一笑，道：「你是不是叫楚小楓？」
楚小楓道：「不錯。」
紅衣少女道：「那就不會錯了，請上來吧！」
楚小楓點點頭，和王平一起登上篷車，紅衣少女也上了車，放下垂簾。
王平道：「姑娘，什麼人趕車啊？」
紅衣少女道：「不用人趕，這匹馬，自己會走。」
車廂內，布置的很豪華，有一股淡淡的襲人幽香，篷車由慢而快，行約半個時辰之久，篷車突然停了下來。
紅衣少女打了車簾，當先跳下，道：「兩位請下來吧！」
楚小楓緩緩行下篷車，四顧一眼，道：「就在這裡嗎？」
紅衣少女道：「穿過那片樹林。」
當先舉步行去，這是個荒涼的地方，四處不見行人。
王平緊行一步，追在楚小楓的身側，道：「公子，這地方荒涼隱蔽，他們如若設下了埋伏，咱們連傳訊出去，也不是一件容易的事？」
楚小楓道：「咱們根本也不需要傳訊出去啊！」
王平道：「如若他們不守信約，設下了埋伏呢？」
楚小楓道：「就算他們設下了埋伏，咱們也一樣不用幫手。」

王平哦了一聲，未再多言，但他卻發覺了一件事，這位表面溫和的楚小楓，骨子裡卻是一位極端高傲的人，只是外表的斯文柔和，掩去了他內在的那股傲氣，平常時刻，瞧不出來。

紅衣少女步履加速，在林中一片草地上停了下來，那是一片很廣大的草地，四周都被濃密的林木包圍著，草地一側，放著一口棺材，木蓋啟動，緩緩站起了那綠衣少女。

楚小楓道：「姑娘早已經到了。」

綠衣少女一躍而出，笑一笑，道：「我也剛到不久。」

楚小楓望望那一口棺材，道：「姑娘連棺材也準備好了？」

綠衣少女道：「表示一種決心，你和我，必須要有一個人死在這裡。」

楚小楓淡淡一笑，道：「好！姑娘只有一個人在這裡嗎？」

綠衣少女道：「兩個，我和紅菱……」

語聲一頓，接道：「今日你我一決生死，我如死於你的劍下，希望你能答應我一件事……」

楚小楓道：「你說吧！」

綠衣少女道：「別傷害紅菱，讓她把我的屍體運走。」

楚小楓道：「對在下，也是一樣的了。」

綠衣少女道：「公平兩個字很重要，對你、對我，都是一樣。」

楚小楓道：「好！一言為定。」

綠衣少女輕輕吁一口氣，道：「楚小楓，今日之戰，咱們是以命相搏，所以，不管什麼手段，都可以施用，包括暗器在內。」
楚小楓點點頭，道：「當然了，姑娘的暗器，不帶金鐵破空之聲……」
綠衣少女接道：「其實，我的劍法也不錯。」
楚小楓道：「哦！」
綠衣少女道：「我的話，都說完了，你有什麼說，可以說了。」
楚小楓道：「只有一句話說。」
綠衣少女道：「請說。」
楚小楓道：「姑娘叫什麼名字，是否可以見告？」
綠衣少女道：「我的名字？」
楚小楓道：「對！咱們動上手，必有一人死亡，在下如是死了，也該明白死於何人之手啊！」
綠衣少女道：「如若死的是我呢？」
楚小楓道：「姑娘充滿著信心，你不會。」
綠衣少女道：「唉！我本來充滿著信心，但咱們動手時間愈近，我的信心愈是消退，現在，似乎是完全沒有信心了。」
楚小楓道：「姑娘是不肯說了？」
綠衣少女搖搖頭，道：「不！我說，只不過，我希望你殺死我之後，不要再把我的姓名告訴別人。」

楚小楓道：「哦！」
綠衣少女道：「說出去，對我倒是沒有什麼！但我的師長、親友們，一定受不了，他們會找上你……。」
楚小楓接道：「我如殺了你，他們豈不是會找我報仇？」
綠衣少女低聲道：「有很大的不同，他們雖然有些恨你，但他們決不會為此而找上你報仇，除非我們老公公決定了殺你的時間。」
楚小楓心中一動，忖道：「老公公是什麼人？」
心中念轉，口中說道：「老公公，那是不是你的爺爺？」
綠衣少女道：「不是！不知道怎麼解說，老公公，在我們那裡代表著一種權威，一種很高的稱呼……」
楚小楓接道：「一種很高的稱呼，那是說，是很多人了。」
綠衣少女道：「對！老公公是權威的代表，但不是唯一的權威代表。」
楚小楓道：「哦！」
綠衣少女笑一笑，道：「楚小楓，夠啦！我已經告訴你太多啦！」
楚小楓道：「多謝姑娘。」
綠衣少女道：「我叫于慕蘭。」
楚小楓道：「哦！于姑娘。」
于慕蘭右手緩緩搭在軟劍柄上，道：「你拔劍吧！」

楚小楓道：「于姑娘，難道咱們之間，非要動手一戰不可？」

于慕蘭道：「我想不出還有別的更好的辦法，能解決我們之間的恩怨。」

她已抽出了腰中的軟劍，其薄如紙的利刃，本是軟軟地垂著，現在卻緩緩地伸直起來。

楚小楓也拔出了長劍，平橫在胸前。

于慕蘭接道：「我很後悔，沒有聽從小仙子的警告……」

楚小楓心中又是一動，暗道：「怎麼又出來了一個小仙子。」

他希望多知道對方一些隱秘。

立時接道：「小仙子又是誰？」

于慕蘭忽然微微一笑，道：「小仙子，是我們那裡一個很特殊的人物，不知道你是否有機會見到她。」

楚小楓道：「哦！」

于慕蘭道：「可是，我已經來了。」

楚小楓道：「就算你來，咱們也不一定非要拚一個你死我活不可啊！」

于慕蘭道：「太晚了，大家都知道我來是為他報仇的，小仙子勸告我，我也不肯聽從，唉！沒有一個結果，我如何回去見人。」

楚小楓道：「所謂結果，就是你我之間，要有一個人死亡。」

于慕蘭道：「是！不是你死，就是我死。」

楚小楓點點頭，道：「姑娘如此決心，在下就算是不同意也不行了。」

于慕蘭右腕連連震動，長劍有如活蛇一般，不停地攻向楚小楓前胸與小腹之間。

這是一個很奇怪的打法，只用劍尖的震動力量，攻向一點。

楚小楓的長劍，也被對方的劍勢，逼纏在一點，雙方劍與劍的距離，只不過限制於半尺之內，劍尖與劍頭，不停地接觸，發出了短促的金鐵交鳴之聲。

劍與劍的快速交觸，使得金鐵交鳴聲也連成了一片，聽起來，有如一個聲音連續下去。

鬼沒王平常年在江湖上走動，看到的搏殺，何止數百陣，可算得閱歷豐富，但卻從沒有見過這樣的打鬥，簡直看得呆了。

這打法看上去，並不驚險，但卻劍劍不離要害，一盞熱茶工夫下來，楚小楓的頭上見了汗水。但那綠衣少女的攻勢，卻是愈來愈快。自從兩人動上手後，楚小楓沒有攻出過一招，全是採取守勢。因為，兩個動手的速度太快，快得王平根本就沒有瞧出來是誰攻誰守。

現在，王平看出來，同時也看出了楚小楓處境之險，楚小楓也感覺到了自己處境之危，似這樣打下去，不是辦法，開始向後退避。

他為人細心，動手之前，已看清楚了場中的形勢，退向一棵大樹之後，忽然間，楚小楓全力封出一劍，擋開了于慕蘭的劍勢，身子一閃，躲入了大樹之後。

于慕蘭的劍勢，迅快地刺了過來。只聽一陣卜卜之聲，于慕蘭手中之劍，刺中了大樹身上，一眨眼的工夫，樹身被刺一十二劍。

于慕蘭收住了劍勢，冷笑一聲，道：「楚小楓，你為什麼不打了？」

楚小楓道：「于姑娘，你這是什麼劍法，真是聞所未聞，見所未見。」

他必須盡量地爭取時間，以求恢復體能。
于慕蘭道：「劍之為用，是用以殺人的利器，只要能殺人，不論什麼劍法都是一樣。」
楚小楓道：「我記得姑娘說過，不論用什麼方法，都可以。」
于慕蘭道：「不錯，暗器、兵刃，各憑手段，難道躲在樹後，也是方法嗎？」
楚小楓道：「不錯啊！」
于慕蘭道：「你這算什麼武功、方法？」
楚小楓道：「不是武功，是方法。」
于慕蘭道：「哦！」
楚小楓道：「在下必須借這棵大樹，調息一下我的體能，我很累，必須要有一刻休息，同時，我在想一件事，如何用我自己的辦法，和你動手搏殺。」
于慕蘭冷笑一聲，道：「不論你用什麼辦法，都要憑仗本身的成就才行，我是個不太容易被唬退的人，因為，我已存有了必死的決心。」
楚小楓道：「我知道，同時，也領教了你姑娘的武功，那是在下生平所遇最奇怪的劍法，不知姑娘如何練成的？」
于慕蘭道：「你能殺了景二，再加上，我們昨天動手的情形，使我覺著，你是一個不簡單的人，你一定有你自己很特殊的成就，因為，就一般劍法上的成就而言，你絕對殺不了他，但你畢竟殺了他，這中間，我想一定有很多的原因，所以，我不得不用心一些。」
楚小楓道：「這麼說來，姑娘對在下倒是很重視了。」

于慕蘭道：「我從來沒有輕視過你，昨天一戰之後，使我更多了一些小心。」
楚小楓哈哈一笑，道：「能得姑娘如此相許，在下實在是榮幸。」
于慕蘭道：「楚小楓，我離開時，小仙子告訴過我一句話，……」
楚小楓接道：「什麼話？」
于慕蘭道：「別相信敵人的話，別低估了敵人武功。」
楚小楓道：「小仙子告訴你的話，實在不錯。」
于慕蘭道：「所以，我一直很相信她的話，我昨夜一直在想殺你的辦法。」
楚小楓道：「就是剛才，你對我用出來的劍招？」
于慕蘭道：「那不算什麼奇異的劍法，但卻有一個優點，那就是使你沒有辦法變出很多的花招出來，也必須憑仗真功實學，來和我動手。」
楚小楓道：「可惜，你還是沒有殺了我。」
于慕蘭道：「但我一點也不急，因為，剛才那劍法，只是我想出來殺你的方法之一。」
楚小楓道：「看來，對殺我這件事，姑娘實在是用了不少的心機，但不知姑娘一共想了幾種方法？」
于慕蘭道：「三種，一種比一種厲害，至少，我想第三種辦法，可以殺了你。」
楚小楓道：「姑娘，這麼說來，我是更需要用自己的辦法對付你了。」
于慕蘭道：「希望你的辦法會很有效。」
楚小楓道：「姑娘，我的辦法如若很有效，豈不是要取了你的性命嗎？」

于慕蘭道：「我只在盡本分，替夫報仇，至於是不是一定會成功，那就顧不得了，我死了，也算是成功的方法之一，我聽說，夫與妻生同羅幃，死同穴，我們生未同羅幃，但死了同穴，也是一樣。」

楚小楓呆住了，半晌說不出一句話來。

于慕蘭笑一笑，道：「你怎麼不說話了？」

楚小楓道：「我說不出來。」

于慕蘭道：「為什麼？」

楚小楓道：「因為，我聽到了你說的話，有些太過感動。」

于慕蘭道：「你很感動？」

楚小楓道：「對！姑娘這等生死不渝的深情，放眼當今之世，實在不多。」

于慕蘭道：「女人家三從四德，像我這樣的人，比比皆是。」

楚小楓嘆息一聲，道：「姑娘，你有些不同。」

于慕蘭道：「為什麼，難道我不是女人？」

楚小楓道：「你有一身武功，絕世容色，而且，你還沒有正式的結為夫婦，姑娘，你知道景二公子的為人？」

于慕蘭道：「我聽人家說過。」

兩人本是敵對相處，以命相搏，但此刻談了起來，竟是綿綿不絕。

于慕蘭輕輕吁一口氣，接道：「楚小楓，是不是他的名譽不太好？」

楚小楓道：「這一個，我不便說。」

他不便說，于慕蘭就越是好奇了，眨動了一下大眼睛，道：「唉！你這人也是，既然說了，為什麼不說個明白呢？」

楚小楓道：「因為我不便欺騙姑娘，但又不好實話實說。」

于慕蘭道：「其實，你不說我也知道，他在外面有很多的女人，唉！我也覺著很奇怪，為什麼有那麼多的女人喜歡他呢？」

楚小楓道：「因為他生性風流，人又長得很英俊，所以，有很多的女孩子喜歡他。」

于慕蘭道：「你長得也很英俊，為什麼沒有很多女人呢？」

這話問得很大膽，但也很純真。

楚小楓道：「于姑娘，你不覺這話問得很奇怪嗎？」

于慕蘭道：「很奇怪，為什麼？」

楚小楓心中忖道：「原來她真是一位很純情的姑娘。」

心中念轉，口中卻道：「姑娘，你又怎麼知道我沒有很多的女人呢？」

于慕蘭笑一笑，道：「原來你也有女人？你們英俊的男人，都靠不住。」

這簡直不像是搏命拚殺，有如良友剪燭，西窗共話，談起家常了。

楚小楓嘆息一聲，道：「姑娘，我好奇怪，你師父怎麼會忍心放你出來？」

于慕蘭道：「你是說我的武功，不足以自保，是嗎？」

楚小楓道：「那倒不是，你的武功很高明，但你的江湖經驗太少了。」

招。」

于慕蘭道：「你講這話，顯然是自以為江湖經驗豐富。」

楚小楓道：「在下言出至誠，姑娘要怎麼想，是你自己的事。」

于慕蘭道：「我先謝謝你的指點，不過，我們還是言歸正傳，先領教、領教你的高招。」

楚小楓苦笑一下，道：「姑娘一定要如此，在下只好捨命奉陪了。」

于慕蘭道：「好！你準備吧！由現在開始，我隨時可以出手。」

說完話，緩緩舉起長劍，隨著那舉起的長劍，于慕蘭神情也變得冷肅起來，就算是不懂劍術的人，也會瞧出這一劍，一旦出手，必將有石破天驚的威力。

楚小楓凝神注視，發覺于慕蘭整個人，似乎都溶到那一股劍勢之中，不禁心頭一震。

王平快步行了過來，道：「楚小楓，不能接她這一劍。」

楚小楓高聲說道：「于姑娘，請稍候片刻出手，在下有幾句話，要告訴這位同伴。」

于慕蘭道：「你說吧！我等你，但不要太久。」

楚小楓點點頭，回顧王平，道：「我若死於于姑娘劍下後，請把我屍體運交給無極門，交給掌門師兄，埋在迎月山莊，不用運回原籍，還有，告訴我師娘，這個仇我們報不了，要她解散無極門，帶著一志師弟，遠走天涯，埋名林泉，別再做報仇之想了。見著老幫主時告訴他兩件事情，第一件，就說我有負所托……」

王平忍不住滾下淚水，道：「第二件說什麼？」

楚小楓道：「要他聯合各大門派，山野高人，合力對付這個組合，單是貴幫和排教，只怕沒有這個能力。」

王平一躬身，道：「小的都記下了。」

楚小楓笑一笑，道：「好！記住，就要辦到。」

轉過身子，緩緩舉起長劍，道：「姑娘，在下已說完了遺言，希望你姑娘能夠言而有信，不要殺了這個傳達在下遺言的人。」

于慕蘭道：「你放心的死吧！我答應你的事，一定辦到。」

楚小楓道：「好！姑娘請出劍吧！」

于慕蘭道：「你只有這幾句話嗎？」

楚小楓道：「就是這幾句。」

于慕蘭道：「聽說你父母健在，你就不留幾句遺言給他們嗎？」

楚小楓道：「我父母不是江湖中人，他們不懂這些事。」

于慕蘭道：「那就留幾句給你的妻子吧！」

楚小楓道：「有負盛情，在下還沒有娶妻。」

于慕蘭道：「總該有一、兩個紅粉知己吧！」

楚小楓道：「也沒有，不過，我倒有幾個妖媚的丫頭。」

于慕蘭道：「丫頭？」

楚小楓道：「對！照顧我飲食起居的人，在下死後，也許她們會來見見姑娘，姑娘最好和她們多談談。」

于慕蘭點點頭，道：「我一定成全你的心願。」

楚小楓道：「好！那就請姑娘出手吧！」

于慕蘭道：「其實，我真的不願殺你，能不能告訴我，你不是殺死景二的凶手？」

楚小楓道：「不能，景二公子真真確確死在我的手中，我為什麼不承認？」

于慕蘭幽幽說道：「你要不殺他，他一定會殺死你了？」

楚小楓笑一笑，道：「姑娘，鐵案如山，在下不論如何推托，都不是辦法，姑娘也不要打算替我脫罪，咱們之間，非得拚一個勝敗不可了。」

于慕蘭道：「你好固執。」

重新舉起了手中的長劍。

楚小楓也擺出了一個拒敵的姿勢，吸氣凝神，抱元守一，聚起全身功力，準備接下于慕蘭排山倒海的一擊。

王平神情肅然，凝視著兩人。

他和楚小楓相處的時間不久，但他內心之中，卻對楚小楓非常崇敬。

他雖然是假扮常隨，但這兩天下來，他內心之中，卻覺得跟著楚小楓這樣灑脫的人，就算真的做一個從人，也是一件很愉快的事。

可是，這愉快的相處，很快就要結束了，片刻之後，于慕蘭那全力一擊之下，楚小楓就要濺血當場。

事實還未發生，王平的腦際中已泛起了那一擊之後的慘樣，楚小楓滿身浴血躺在地上。

忽然間，王平大喝一聲，道：「不行。」
于慕蘭劍勢正要發出，聽得王平這一聲大叫，不禁一呆。
收住了劍勢，于慕蘭緩緩說道：「你叫什麼？」
王平輕輕嘆息一聲，道：「好悲慘的景象。」
于慕蘭道：「什麼景象？」
王平嘆息一聲，道：「那是一種幻覺，姑娘，咱們不談了。」
于慕蘭笑一笑，道：「我知道，你一定想到了我們的搏殺中，分出了勝負？」
王平道：「不論我想到了什麼，也沒有辦法使你們這一場搏殺停下來。」
于慕蘭道：「這不能怪我，我已經給了他機會。」
楚小楓笑一笑，道：「避開了今日，避不開明日，你出手吧！」
于慕蘭望著王平，道：「你聽到了，這是他逼我的，怎能怪我。」
楚小楓笑一笑，道：「于姑娘，你現在或許真有罷手之意，但你會很痛苦，而且，心中總覺不安，以後，你會永遠記著這件事……」
于慕蘭呆了一呆，道：「真的麼？」
楚小楓道：「真的，你會永遠自責，覺得自己沒有盡力。」
于慕蘭道：「楚小楓，我心中好矛盾，唉！我也許是不該來的。」
楚小楓道：「姑娘，出劍吧……這一劍，不論你是否能殺了我，你才會心安。」
于慕蘭又緩緩舉起了劍，這一次，她沒再猶豫，騰身而起，劍如長虹，直刺而至，王平忽然閉上了眼睛。

楚小楓長劍掄出，化做了一道白虹，只聽一陣金鐵交鳴之聲，傳入了耳際，白芒斂收，劍氣消滅，于慕蘭臉色一片慘白，輕皺著秀眉，橫劍而立。

楚小楓長劍支地，支撐著身子，前胸處的傷口，肌肉翻出，鮮血浸了前面一半衣衫，這時，于慕蘭只要再出一劍，立刻可以置楚小楓於死地。

王平呆了一陣，道：「公子！」快步奔了過去。

楚小楓笑一笑，道：「王平，我很好，我接下了一劍。」

王平道：「但你受了傷。」

楚小楓道：「受點傷算什麼，比我想像的好多了。」

于慕蘭緩緩收了長劍，道：「楚小楓，我已經盡了力，但不能殺你了。」

楚小楓道：「嗯……」

于慕蘭道：「你說得對！我的心，現在平靜了，我已經對得起未婚的丈夫，我誠心要殺死你的，替他報仇，但我做不到。」

楚小楓道：「姑娘可還有別的打算？」

于慕蘭道：「沒有，我要走了，我要離開這個地方，你如記恨我，可以找我報今日傷你之仇。」

楚小楓搖搖頭，道：「姑娘，你為景二公子盡了力，私願已償，在下想和姑娘談談江湖大事。」

于慕蘭道：「我從未在江湖上走動過，認人不多，對江湖中的事物，也知道的有限。」

楚小楓道：「你知道的江湖事情不多，但是非之分，卻是出自一個人的良知，和江湖經驗無關。」

于慕蘭沉吟了一陣，道：「我只是一個未經太多事故的小女孩，不要對我寄望什麼，也別想由我口中得到什麼，我要去了，你、我保重……」

淒然一笑，接道：「山不轉路轉，也許咱們日後還有見面的機會。」轉過身子，帶著女婢而去。

楚小楓呆呆地望著于慕蘭的背影，直到她消失於視線之外。

王平輕輕吁了一口氣，道：「公子，包起傷勢吧！」

楚小楓點點頭，道：「王兄，她知道很多隱秘，只是她不肯說出來。」

王平道：「公子，你忘了，她本來就是咱們的敵人。」

取出金創藥，包紮起他前胸的傷勢，劍傷入肉三分，長過半尺，再要深入一些，就可能傷到內臟、筋骨，王平一面敷藥，一面替楚小楓直唸佛號。

但楚小楓卻未理會自身的傷勢，凝目沉思，似是正在思索著一件困難之事。

王平包紮好楚小楓身上傷勢，低聲說道：「公子，該回去了。你傷得不輕，要好好的休息幾天才行。」

楚小楓答非所問的道：「王平，貴幫是否在外面佈有監視之人？」

王平道：「本來是有，但為遵從公子之意，陳長老已經下令撤退了四下樁卡。」

楚小楓霍然站起身子，道：「走……快去通知陳長老，我們要追踪那丫頭。」

說完話，忽然一皺眉頭，若有無限的痛苦，顯然是震動了傷口。

王平輕輕歎息一聲，道：「丐幫追踪之能，天下第一，這丫頭跑不了的，你不用為此煩心，養息傷勢要緊。」

楚小楓點點頭，行出了樹林，王平的神通廣大，很快的召來了一頂小轎。

楚小楓乘轎疾行，直奔回大宅院中，小轎直入大廳，才停了下來，楚小楓在轎中已經運氣調息了一陣，小轎停下時，楚小楓已然醒來。

啟簾出轎，立時一呆，只見黃老幫主、陳長青、白梅、白鳳、董川，五個人，一排站在轎前。

急急行兩步，撩衣跪下，道：「師娘，及諸位前輩，這等寵愛，小楓如何敢當……」

白鳳接道：「快起來，聽說你傷得不輕。」

黃老幫主道：「孩子，我還是錯了一步，低估了對方。」

董川伸出右手，扶起了楚小楓。

黃老幫主抬抬手，道：「走！咱們到內廳說話。」

廳中，早已擺好了香茗細點，黃老幫主、陳長青、白梅、白鳳、董川，再加上楚小楓，一共是六個人。

楚小楓有些茫然的回顧了一眼，道：「老幫主，可有什麼大事……」

黃老幫主接道：「小楓，先說說看，你傷得如何，能不能支持得住？」

楚小楓道：「不要緊，晚輩不過是受一點皮肉之傷罷了。」

黃老幫主點點頭，道：「那就好……」

目光一掠白鳳，接道：「無極門，已經付出了太重的犧牲，老叫花子衷心不願再有無極門中人受到傷害。」

白梅道：「老幫主，這件事……」

黃老幫主點點頭，接道：「我明白，無極門仍願為江湖上正義盡力……」

白鳳接道：「董川，把咱們決定的事，告訴老幫主。」

董川道：「是！……」

轉眼望著黃老幫主，接道：「老幫主，咱們無極門商討了一個決定，那就是我們願意盡所有的力量，參與這一場武林中的紛爭，楚小楓，以及無極門中每一個人，都已將生死事置諸度外，老幫主只要覺著有用得著我們的地方，只管吩咐，不用顧慮什麼。」

黃老幫主道：「好，很好，有你們這句話，老叫化子就放心了……」

輕輕吁一口氣，接道：「如若只是搏殺拚命的事，丐幫有的是人，但在搏殺中，還要心機，那就必須貴門中的楚小楓出馬了。」

白鳳道：「老幫主，小楓真的有這樣能幹麼？」

黃老幫主暗暗一皺眉頭，笑道：「話不能這麼說，楚小楓只不過比別人更適合一些動心機的事，……我想，這和他讀書多一些有關，有些事，他的看法比較通達。」

白梅道：「你這麼看重無極門，他們都很感動，不但小楓這孩子，只要是你覺著有需要，無極門中人，不論哪一個，都聽你老幫主一句話。」

黃老幫主點點頭，目前凝注在楚小楓的臉上，道：「孩子，老叫化子替你由丐幫中選出了幾個人，他們的武功，在丐幫中不算太好，但他們的勇猛，卻是很少有人能比。」

楚小楓道：「多謝前輩。」

此時此刻，楚小楓也覺著沒有再推辭的必要了，當仁不讓的承當下來。

黃老幫主道：「除了丐幫替你選的幾個助手之外，排教也替你選了四個人，聽說他們不但是排教中年輕高手，而且，還各有專長，這一批人，明天，都可以交給你了。」

董川道：「老幫主，我們無極門中可以派人麼？」

黃老幫主道：「可以，我替你們留下了一個缺額。」

董川道：「只有一個人？」

黃老幫主道：「丐幫七個人，排教四個，七、四，一十一，你們無極門再派一個人，剛好促成了十二之數。」

董川回顧了白鳳一眼，道：「師娘，這個由弟子……」

白鳳接道：「不行，你是一派掌門之尊，如何能去，要一志去。」

白梅道：「對！董川，應該由一志去。」

董川道：「是，但我師叔和弟子談過，他要助小楓一臂之力。」

黃幫主道：「好吧！你們派兩個人，一個編入十二金剛之中，一個跟著楚小楓作為近身護衛。」

白鳳呆了一呆，剛想開口，卻被白梅示意攔阻。

董川道：「好！我們出兩個人，成中岳、宗一志。」

黃幫主點點頭，道：「小楓，你先下去休息一下。」

楚小楓抱拳一揖，道：「晚輩告退。」

目睹楚小楓背影消失之後，白鳳才搖搖頭，道：「老幫主，你太寵他了。」

黃老幫主嘆息一聲，道：「白鳳，丐幫、排教和無極門，都沒有辦法去應付這件事，一葉知秋，人家表現幾下子，實在相當驚人，我不是寵愛楚小楓，而是借重他……。」

白鳳接道：「他還是個孩子，搖旗吶喊可以，鬼點子也夠多，了不起只能做馬前先行，你這是要他做主帥，如何叫人心服？」

黃老幫主道：「丐幫中兩個精靈，神出、鬼沒，他們就佩服楚小楓，說他們兩個人怕我，那是不錯，但他們卻未必心中服我，丐幫七虎，排教四傑，都是下一代中很傑出的人，但也很調皮，沒有幾個花招的人，也統馭不了他們，我把這些人交給楚小楓，要他們自成一個格局，不是排教，不是丐幫，也不是無極門……」

白鳳接道：「老幫主，你這做法，應該有個目的吧？」

黃老幫主道：「有！你算算看，很快就是春秋筆出現的時間了，老叫化子必須要盡快離開這裡，但火燒萬花園的事，正在發展，這個後果，讓誰承擔呢？」

白鳳道：「要小楓擔起來？」

黃老幫主道：「對！」

白鳳道：「老幫主，別誤會我的意思，我總覺著他年紀太輕，知道的事情太少，只怕挑不起這個擔子。」

黃老幫主略一沉吟，道：「他是年輕一些，不過，在我們這些人中，他是最適合的一個人了。」

白鳳哦了一聲，未再多言。

白梅道：「老幫主，我相信，你已做過很詳細的盤算，留給他一批人，實力也相當的強，但他們是不是太年輕了？」

黃老幫主道：「白老弟的意思呢？」

白梅道：「我的意思，把長青留下和他們在一起。」

黃老幫主笑道：「你也留下來，是麼？」

白梅道：「如若老幫主覺得有這個需要，在下決不推辭。」

黃老幫主搖搖頭，道：「這個，我已經想過了，絕對不行。」

白梅道：「為什麼？」

轉臉望去，只見陳長青也是一臉迷惘之色，顯然，他內心之中，也有些懷疑，只是不敢啟齒罷了。

黃老幫主道：「我留下這一批年輕人，就是要他們橫衝直撞，不按規矩辦事，你和陳長青留下來，那就完全不是我的本意了。」

白梅點點頭，道：「是這麼回事！」

黃老幫主道：「對！你、陳長青、白鳳、董川，不能留下來！」

董川道：「晚輩和小楓只是師兄弟，留下來，有何不可？」

黃老幫主道：「小楓太敬重你，凡是他太敬重的人，都不宜留下來，必須要以他為主，隨心所欲地去辦。」

目光轉到了白鳳的臉上，接道：「你要告訴一志、中岳，千萬不可違拗小楓的意思，留下來，就必須聽命行事。」

白鳳道：「這麼說來，成師弟留下來，只怕是不太方便了。」

白梅道：「不要緊，這話，我對成中岳去說，要他維護小楓的權威。」

白鳳點點頭，未再多言。

黃老幫主回顧了一眼，點點頭，道：「好！事情就這樣決定了，不過，白老弟，你也不能閑著。」

白梅道：「老幫主有事情，但請吩咐！」

黃老幫主道：「你，白鳳姪女、董掌門，都算是無極門中人，所以，跟老叫化子去看看春秋筆，這一次出現的熱鬧。」

白梅道：「這熱鬧，在下還沒有見過，老幫主肯攜帶，那就最好不過。」

黃老幫主笑一笑，道：「白老弟，我和排教教主，一同組織十二金剛，都以門下最精銳的年輕弟子，交給楚小楓，同時，他們在丐幫和排教中的身分，也一起除名。」

董川呆了一呆，道：「幫主，這又為了什麼呢？我們無極門是否也要如此？」

黃老幫主道：「無極門怎麼做，老叫化了沒有意見，不過，老叫化子要把這中間的原因，告訴董掌門人。」

董川道：「不敢，幫主請指教。」

黃老幫主道：「老叫化子告訴他們，這是一種犧牲，而且明白地告訴他們，當他們離開了丐幫和排教之後，就完全的脫離了這個門戶，丐幫、排教的規戒，對他們已經完全沒有約束，他們只要做一件事，那就是聽從楚小楓的話，他們此後的一切，都要以楚小楓的生死成敗為主。」

董川道：「老幫主，這麼說來，成師叔和一志師弟，也都要脫離無極門了。」

黃老幫主道：「這個，要你們自己想一想了，老叫化子要他們脫離丐幫和排教，還有一個原因，那就是不希望他們受太多的約束，武林中很多的門戶，都有他們傳統的規矩，這些規矩，本是限制門下弟子，不可為惡，走入邪途，但遇上不講江湖規矩的組合，那就等於綁住了兩隻手和人打架。」

董川道：「對！晚輩也有這種感覺。」

黃老幫主道：「我要他們組成一個特殊組合，沒有門規約束他們，以楚小楓為中心。」

董川道：「老幫主，這樣一個組合，以十二個人，對付他們那麼一個龐大的組合，如何能夠應付呢？」

黃老幫主道：「這個，我們自然還要支援他們，不過，我們要按規矩行事。」

董川道：「是！晚輩有些明白了。」

黃老幫主道：「雖只是十二金剛，但也是十二個無名英雄，他們這一個組織，只許一個人出名，那就是楚小楓。」

黃老幫主又接道：「自然，團結在楚小楓周圍的人，不止這十二個人，楚小楓除了他三個女婢之外，還有丐幫的神出、鬼沒，和貴門的宗一志，再加上排教教主，把他身旁的兩個劍童也派了出來，跟著楚小楓做僕從，在他身側，就有了八個人，這實力雖非強大，但也相當可觀了。」

白鳳道：「老幫主，你這樣太捧小楓了。」

黃老幫主道：「白鳳，有麝自來香，他有這個才慧、能力，才使老叫化和排教教主願意如此。」

白鳳道：「老幫主，你這做法實在叫人感動，看到老幫主這等為人處事的態度，使晚輩感到慚愧。」

黃老幫主道：「賢姪女，你要這麼一說，倒叫老叫化子有些不安了，我這些做法，有些違反傳統。」

白鳳道：「大是大非之下，無法兼顧小節了。」

黃老幫主道：「好！賢姪女能想到這一點，老叫化子實在很欣慰。」

白鳳道：「老幫主，這件事，就這麼決定了，我會囑咐中岳和一志，要他們遵照老幫主的意思。」

黃老幫主道：「賢姪女的打算呢？」

白鳳道：「如若黃老幫主覺著我還有可用之處，晚輩也準備和老幫主一起去開開眼界。」

黃老幫主接道：「好！你和令尊、董掌門人，咱們一起去看春秋筆出現的情形，此地的事，就交給楚小楓了。」

白鳳道：「好！一切都遵從老幫主的安排。」

事情到此地步，算是有了一個圓滿的結束。

黃老幫主的年紀雖然很大了，但辦事的效率，卻是出奇的快速。

第二天，中午過後，楚小楓就被召到了人廳之中，人廳中坐著兩個人，一個是丐幫的黃老幫主，一個是三十左右的青衫中年人。

兩個人的木椅，相距半尺，偌大一座敞廳，只有兩個人，楚小楓不認識那中年人，但只看那人的氣勢，就知道這人的身分非同小可。

緊行幾步，楚小楓抱拳一禮，道：「老幫主，有何指教？」

黃老幫主笑一笑，道：「我不告訴你他的身分，但你要仔細地看看，記住這個人。」

楚小楓抬頭看看那中年人，低聲說道：「見過前輩。」

那中年人點點頭，微微一笑，道：「你很好，黃老幫主慧眼識英雄，對你很推重。」

楚小楓道：「老幫主錯愛。」

青衫中年人笑一笑，未再答話。

黃老幫主道：「小楓，我給你選出了十二個人，等一下，他們會來拜見你。」

楚小楓道：「是！小楓記下了。」

黃老幫主道：「這十二個人，我稱他們作十二金剛，不知道你是否同意？」

楚小楓沉吟了一陣，道：「這個，等晚輩見過他們之後，再答覆前輩。」

對黃老幫主這樣德高望重的人，楚小楓如此回答，顯然有些不敬。

但黃老幫主對楚小楓這些答覆，竟然十分讚賞，點點頭，道：「好！這件事，應該由你決定。」

那青衫中年人似乎也很欣賞楚小楓這種態度，笑一笑，微微頷首。

楚小楓道：「老幫主，晚輩有不解的地方，想請教一下？」

黃老幫主道：「好！你說，有問題，最好能問清楚。」

楚小楓道：「其實，晚輩的問題，只有兩個，老幫主要我做什麼？怎麼做？」

黃老幫主道：「交給你一批人，保護你自己的安全。」

楚小楓道：「我是什麼身分？」

黃老幫主道：「領頭的，不是無極門，也不是丐幫，你高興怎麼做，就怎麼做，沒有規戒束縛你。」

楚小楓點點頭，道：「這一點，晚輩明白了，還有一點，晚輩此後的行止如何？」

黃老幫主道：「悉憑你意，你不用去找任何人幫助你，你就是你，一個完全獨立的組合，你領導這批人，帶他們闖蕩江湖也好，坐下來，自封一個門派的主持也好，孩子，你要什麼，就做什麼，目下江湖上沒有規矩的人太多了，你如太守規矩，那就無疑被縛住了手腳。」

楚小楓黯然一嘆，道：「晚輩受教！」

黃老幫主回顧了那青衫中年人一眼，道：「要不要吩咐他兩句？」

青衫人欠欠身，看了楚小楓一眼，微微一笑，道：「區區只有一語相贈，大道不孤。」

楚小楓一抱拳，道：「晚輩承訓。」

青衫中年人又點點頭，拂髯一笑，兩個人四目相注，頗有意氣相投之概，即便楚小楓沒有問對方姓名，對方也沒有告訴楚小楓身分。

黃老幫主突然舉手互擊三掌，道：「七虎何在？」

但見一扇室門啟動，七個勁裝大漢，魚貫而出。

楚小楓轉頭，只見這些人，都在二十四、五之間，穿著淡青色的勁裝，胸前繡一個黃色的虎頭，每個虎頭之下，都有一個編號。

微微突起的太陽穴，和雙目蘊含的神光，說明了這些人，都已是內外兼修的高手。

身上佩著一把長刀，腰中還插著一把一尺五寸的短刀。

楚小楓心中明知道他們是丐幫弟子，但他們穿的衣服和用的兵刃，和丐幫的傳統，都是完全不同。

青衫中年人打量了七人一眼，笑　笑，道：「果然是七隻猛虎。」

語聲一頓，道：「四英、二童何在？」

另一扇門中，魚貫行入了六個人。前面四個，都是二十六、七左右，身著深藍色勁裝，都佩著一把長劍，腰間掛著一具革囊。四人之後，是兩個十六、七歲的童子，眉目清秀，海青長衫，各佩雙劍。

青衫中年人指指楚小楓，道：「過去，見過你們的主人，從此刻起，生從主，死亦從主。」

四個藍色勁裝人，應聲轉身，齊齊跪倒地上，報名道：「段山、夏海、劉風、馬飛叩見主人。」

這時刻，楚小楓表現出了他統帥三軍的氣度，微微一躬身，道：「四位請起。」

四人應聲而起，肅立一側。

兩個青衣童子，緊隨著拜伏於地，道：「劍童成方、劍童華圓，叩見主人。」

楚小楓點點頭，道：「兩位請起吧！」

黃老幫主手拂長髯，道：「黃山七虎，還不拜見主人！」

七虎應聲拜伏於地，齊聲道：「拜見主人！」

楚小楓道：「七位請起。」

七人應聲而起，道：「我們全都姓黃，以號排名，在下黃一虎。」

「在下黃二虎。」

「在下黃三虎。」

楚小楓接道：「我明白，諸位都是黃老幫主培養的猛虎。」

黃一虎道：「主人明鑒。」
黃老幫主嘆息一聲，道：「兩位也請出來吧！」
成中岳、宗一志，緩步行了出來。
黃老幫主道：「楚小楓，這就是你的人，再加上陳橫、王平、綠荷、黃梅、紅牡丹。」
楚小楓道：「晚輩明白了。」
青衫中年人道：「很好，你們現在，是不是可以離開了。」
楚小楓道：「是！晚輩告辭了。」
黃老幫主道：「聽說，襄陽城，有一家很好的客棧，叫做豪傑居。」
楚小楓道：「請受晚輩感恩一拜。」
撩衣拜伏於地。
這一次，黃老幫主和那青衫中年人，倒沒有推辭，大馬金刀地受了楚小楓的跪拜大禮。
沒有人送行，但大門外面，卻站著很多的人在等候，是陳橫、王平、綠荷、黃梅、紅牡丹。陳橫、王平，都換了一身青色勁裝。
王平輕輕咳了一聲，道：「成爺、四英和七虎，合稱十二金剛，他們以對抗敵人為主，其餘的，包括我兄弟在內，咱們都是保護主人安危之責，不過，咱們也得把工作分配一下，免得人多嘴雜，不好辦事。」
成方笑一笑，道：「王兄江湖上的閱歷多，咱們推你做頭兒。」

王平道：「當仁不讓，如是諸位不反對，在下就承擔起來。」
事實上，他也是最適當的人選，自然是沒有人反對。
王平道：「好！你們沒有人反對，那就算承認，在下先把諸位工作，分配一下。」
目光一掠綠荷、黃梅、紅牡丹，緩緩說道：「你們三姑娘，擔負照顧公子的生活起居，兼司防人下毒之責。」
綠荷、黃梅、紅牡丹，一躬身，道：「小妹們遵命。」
王平道：「不用客氣……」
目光一掠成方、華圓，道：「你們兩位，是主人的近衛，日夜守護身側。」
成方、華圓一躬身，道：「領命。」
王平望望陳橫、宗一志，道：「咱們三個是從衛，也跟著主公行動。」
這時，四英中的段山，快步行了過去，道：「段山有事，請命主人。」
楚小楓笑一笑，道：「什麼事？」
段山道：「成爺德威俱尊，我們已推他為十二金剛之首，還望主人成全。」
楚小楓回顧了成中岳一眼，只見他挺胸抬頭而立，一臉肅然之色，點點頭道：「好！」
段山道：「謝主人。」行了一禮，退了下去。
王平道：「請示主人，咱們此刻，要到哪裡去？」
楚小楓笑一笑，道：「諸位，咱們雖然職司不同，但相處卻不用太過拘禮……。」
語聲一頓，接道：「豪傑居。」

廿三 茅舍陷阱

豪傑居，王平很熟，帶路向前行去，這一個年輕、無名的江湖組合，就這樣崛起於江湖，浩浩蕩蕩的陣容，立刻引起了很多人暗中的注意，到了豪傑居，包下兩座庭院。

楚小楓召集了所有的人，集於一座上房中，道：「我們沒有什麼門規約束，但也不能胡作非為，行禮義之事，求良心平安，希望記住這幾句話就行了。」

陳橫道：「主人，咱們人數不算少，也該有個名稱才好。」

楚小楓道：「我來自迎月山莊，就是迎月莊主。」

成中岳、宗一志，都聽得大為感動，但兩人都未多言。

王平道：「我們是什麼身分？」

楚小楓道：「都是迎月山莊的武士，你就稱為總管吧……」

語聲一頓，接道：「咱們敵人很多，也很惡毒，由此刻起，諸位就要小心一些，諸位可以請回了。」

簡簡單單的幾句話，聽起來，沒什麼章法，但卻說明了一件事，那就是盡可以放手對敵，不用顧忌什麼。

四英，七虎，來自兩個不同的大組合中，彼此之間，由素不相識，一下到生死同命的一個組合中，就算想要他們說些什麼，實在，也無法開口。

楚小楓明白道理，帶人要恩威並濟，現在是立威的時刻。

十二金剛都對楚小楓表現了忠誠，和尊敬，都恭恭敬敬地行了一禮退出去。

但楚小楓心中清楚，這些人，對他的敬重，並非是完全出於本意，而是承受另一個人的命令，嚴格點說，這種尊敬，只是奉命行事。

眼看十二金剛退出之後，王平低聲說道：「莊主，咱們現在應該如何？」

楚小楓笑一笑，道：「應該做點事。」

王平道：「不錯，做什麼呢？」

楚小楓道：「咱們沒有辦法找人時，最好讓別人找咱們。」

王平道：「對！如何才能夠讓別人找我們呢？」

楚小楓沉吟了一陣，道：「你們在江湖上走動多年，又是晚一代中最能幹的人，難道就想不出一個法子麼？」

王平道：「過去，我們會得到很多的幫助，現在不行了，我們一切都要憑藉自己的力量去辦。」

楚小楓道：「人貴自立，為什麼不自己想個辦法呢？」

王平道：「所以，咱們才向莊主請示。」

楚小楓道：「招搖好像是引人注意的辦法之一。」
王平道：「不錯！先讓別人注意我們，我們才能找別人！」
楚小楓笑一笑，道：「辦法有了，我們想想看該如何進行吧！」
王平道：「望江樓，襄陽城中的望江樓，好像是每個到襄陽的武林人物，必去之處。」
楚小楓道：「現在，還不算太晚。」
王平道：「請莊主移駕望江樓。」
很少開口的陳橫道：「莊主，要不要通知十二金剛一聲？」
楚小楓沉吟了一陣，道：「文房四寶。」
成方立刻奔了出去，片刻工夫，手中捧著文房四寶走了進來。
楚小楓提筆寫了兩封密函，道：「交給他們。」
華圓道：「給成爺？」
楚小楓點點頭，華圓執函而去。
兩函都已經密封，成中岳接函一看，見上面註明了拆開的時間，立刻收入懷中。
楚小楓吩咐綠荷等三妹妹留在豪傑居，配合十二金剛的行動，帶著兩位劍童，和神出、鬼沒，直奔望江樓。
這不過是申末光景，但望江樓上已上了八成座。
店伙計迎上來，笑一笑，道：「諸位，雅室。」

雅室，就是圍起來的小房間。

王平笑一笑，道：「不用了，就在大廳中，找一個靠窗的桌位就是。」

店伙計道：「大哥，很抱歉，大廳靠窗的桌位沒有了。」

王平道：「那邊不是空了一個桌位麼？」

店伙計道：「那桌位，被人訂了。」

王平道：「什麼人訂位？」

店伙計道：「大興綢緞莊的李掌櫃。」

王平沒有再理會店伙計，大步走了過去。

那是張大桌子，早已擺好了碗筷，上面還放了一個訂位人的牌子。

王平笑一笑，隨手把牌子拿起來，丟在地上，笑道：「伙計，我看，咱們就坐這一桌了。」

這時，負責斷後，暗中查看的宗一志，也登上了望江樓。

宗一志沒有和楚小楓坐在一處，獨自一個人，坐在一個對著樓梯的位置上，這是楚小楓的安排，以便彼此接應。

看看楚小楓的氣派，和王平擺出的那一副要打架的樣子，店伙計呆住了。

這望江樓是襄陽鬧區最大的一座酒樓，也是武林人物最喜歡的地方，這裡發生任何一點小事情，立刻就會傳揚。

楚小楓輕輕咳了一聲，自行在上位坐下，兩個劍童，卻分左右站在身後，陳横、王平，打橫坐在兩邊，空出了楚小楓對面一個席位。

楚小楓笑一笑，道：「王總管，叫伙計上菜。」

吃飯時，身後兩側，站著兩個佩劍童子，這氣派夠大，也夠狂。

王平回頭望著那發呆的伙計，冷冷說道：「你小子在發什麼愣，想找罵麼？還不拿酒菜上來！」

這氣派，再加上這一陣爭吵，早已經引得酒樓上大部分客人的目光，都投注過來。

店伙計低聲道：「總管大爺，訂位的是小號的老主顧，你這麼一來，豈不要敲了小的飯碗嗎？」

只聽一陣步履之聲，傳了過來，接著，樓梯口處，一連上來了六個人，當先一人，身著長衫，足踏福字履，正是大興綢緞莊的李掌櫃，李掌櫃似乎是早已知道了他訂的位置，直對楚小楓等走過來，那店伙計一看雙方撞了板，哭喪著臉，站在一側。

李掌櫃看到訂的桌位上早已坐了客人，頓時笑容一斂，回頭看到店伙計，更是火上加油，道：「這是怎麼回事？望江樓的生意太好了，咱們訂好的桌位，也被賣了。」

店伙計一躬身，道：「大掌櫃，這桌位咱們早就留下來了，可是這幾位大爺一定要坐，小的，小的……」

李掌櫃回頭望望楚小楓，只見楚小楓揚著臉，望也不望他一眼，心中更是火大，冷笑一聲，道：「不論什麼事，總該有個先來後到，是不是李太爺吃飯不付錢？去叫你們掌櫃，今天，我非要一個公道不可。」

店伙計應了一聲，轉身要走，卻被王平伸手攔住，道：「等一等……」

站起身子，王平聳一下雙肩，道：「這位想是大興綢緞莊的李掌櫃了？」

李掌櫃道：「是啊，在下姓李。」

王平道：「大人不見小人怪，你大掌櫃這個火麼，用不著發在店伙計的身上。」

李掌櫃怒道：「你這是什麼意思？」

王平道：「店伙計說過了，這桌位已被你大掌櫃訂了，不過，咱們沒看到李大掌櫃，算是搶先了一步，先來後到嘛，所以，咱們就先坐了下來。」

李掌櫃道：「可是，咱們現在人到了。」

王平道：「諸位晚了一步，那就只好請換個地方坐了。」

他究竟出身丐幫，受的忠義教誨，就算想要賴，也無法擺出冷面孔，還要想一段交代過去的說詞出來。

李掌櫃火更大，蓬然一掌，拍在了桌子上，道：「這是什麼話，這還有王法麼？」

王平笑一笑，道：「你不用咆哮如雷，吃一頓飯小事情，和朝廷的王法無關，如是李大掌櫃覺著咱們欺侮了你，那你就看看該怎麼辦？」

楚小楓心中已經有了數，暗道：「這望江樓隱藏過黑豹劍士，定然和那神秘組合有關，這李掌櫃如若真是做生意的人，也不會有這麼大火氣……」

楚小楓已經擺出了武林人的氣勢，真正的生意人，誰願意找這樣一個麻煩，李大掌櫃這大火氣分明有恃無恐，想不到，事情竟會如此的順利，一下子就撞上了點子。

修養兩個字，說來容易，但要做到，卻十分困難，斤兩重的人，要他裝得輕巧些，更是不太容易。

微微頷首，楚小楓示意王平，放手施為。

王平得了暗示，氣勢又壯了很多，笑一笑，接道：「李掌櫃，在下要奉告一句話，咱們莊主人已經坐了，你如想讓他再站起來，可是不太容易。」

李掌櫃冷笑一聲，道：「怎麼坐下，怎麼站起來，我相信也不會太難，我本來找店家理論，你既然把事情攬上了身，在下也只好找你說話。」

王平道：「咱們人在這候著，你李掌櫃有辦法叫咱們站起來，儘管施展。」

李掌櫃道：「這是硬吃了，好！我倒要看看你們有多大勢力，竟然如此個不講理法。」

說完話，人卻向後退了一步，兩個身著長衫的大漢，卻突然行了上來，這是李掌櫃同來的五個人中的兩個，兩個長衫人同時一伸手，向王平抓去。

王平一側身滑開三尺，冷冷說道：「怎麼？要打架？」

望江樓的敞廳雖然很大，但卻擺了很多的桌子，王平一閃身，滑退到另一張桌子後面。

那張桌子上，本來坐著四個人正在吃喝，眼看打起來，立時離位避開。

兩個長衫人一擊不中，同時繞身而去，分由兩側，向王平兜去。

王平笑一笑，道：「兩位，這望江樓上，可都是細盤子、細碗，你們在這裡打架，豈不是大煞風景麼？」

口中說話，雙手卻未停，兩個長衫人各攻了三掌，一、二掌，都被王平化解開去，第三招，王平卻硬接了兩人一掌。

兩個長衫人各自向後退了一步。

李掌櫃臉色一變，道：「你們兩個，收拾不了人家一個。」

兩個長衫人，垂下頭去，滿臉慚愧之色。

李掌櫃嘆息一聲，道：「養兵千日，用兵一時，平常你們吃香的、喝辣的，可是遇上了事情，一件也辦不通。」

楚小楓心中暗道：「做生意的和氣生財，這人，哪像個做生意的樣子。」

兩個長衫人突然一撩衣襟，伸手摸入腰中，那是準備亮傢伙的動作。

李掌櫃皺皺眉頭，道：「你們還不退下去，硬要在這裡丟人現眼嗎？」

兩個長衫人，手已觸到了刀柄，但卻立時又鬆了手，垂頭退了下去。

楚小楓腦子裡，不停地打轉，推斷這位李掌櫃的來路，但表面上，卻是漠不經心，連望也未望那位掌櫃一眼。

陳橫和兩位劍童，也站著未動。

王平卻微微一笑，道：「吃飯嘛，每天都要有幾次，算不得什麼大事，難道還用得著拚命麼？」

李掌櫃冷笑一聲，道：「閣下說得是，咱們訂的位置被你們強行霸佔，實在是一件小事，吃飯嘛，用不著拚命，算你們狠，咱們認了！」

提高了聲音，接道：「伙計，咱們換個地方。」

店伙計道：「是！李爺請了。」
轉身向前行去，李掌櫃緊隨身後行去。
王平微微一皺眉頭，回顧了楚小楓一眼，臉上是一副無可奈何的神色。
似乎是完全沒有料到，那位李掌櫃竟然會忍下了這口氣，轉身而去。
到了楚小楓身旁，低聲說道：「主人，這小子能屈能伸，完全出乎我們的意料。」
楚小楓道：「坐下來，要人家瞧出來咱們是有意找麻煩的。」
王平應了一聲，坐回原位，店伙計很快送上來酒菜。
兩個劍童一直站在楚小楓的身後，表面上垂目而立，事實上，兩個卻一直留神著上下望江樓的人。
酒菜上得很快，片刻之間，擺上了滿桌佳肴。
李掌櫃帶著人上了三樓，完全離開了楚小楓等的監視，望江樓上的客人，越來越多，擠得沒有了一個空位，但酒客仍然往上擁，生意實在是好得邪氣。
這時，突然有一老一少兩個人，行到了楚小楓所坐的桌子前面，望江樓上還可以擠下兩個人的，只有楚小楓這一張桌子，但只要看看楚小楓那股子氣勢，就沒有人願意自找麻煩。
但世上也偏有不怕麻煩的人。
這一老一少，老的大約五十多歲，穿著一件灰布長衫，長得很瘦，瘦得除骨頭之外，全身很難秤出來三斤淨肉。
雙目沉陷，面如黃紙，就像害了一年癆病的人。

但那年輕人，卻是唇紅齒白，長得十分英俊，穿著一身藍緞子緊身箭衣，腰裡還掛了一把金柄彎刀。

刀鞘上鑲了七顆貓眼大小的寶珠，這麼兩個人走在一起，給人一種很難相配的感覺。

兩個人行到桌子前面，一聲不響地就坐了下去。

灰衣枯瘦老者招招手，道：「伙計，伙計。」

經過了剛才一場風波，店伙計也實在不敢招惹楚小楓這一夥人，所以，兩人坐下去，店伙計裝作沒有看見。

但人家這麼一叫，想裝也沒有法子，只好硬著頭皮走過來，道：「這位爺，你有何吩咐？」

灰衣老者道：「你們不是賣酒菜的店舖子？」

店伙計道：「是啊！」

灰衣老者道：「是還要問什麼？拿酒菜上來。」

店伙計望望楚小楓和王平，道：「老爺，這裡有客人。」

灰衣老人道：「有客人怎麼會空了兩個位置，再說，客人都不講話，你在囉嗦什麼？」

店伙計道：「我！我……」

楚小楓端起了面前酒杯，笑一笑，道：「伙計，加兩副杯、筷上來。」

楚小楓叫的菜實在不少，三個人坐著吃，至少有十幾樣菜，其中有一半還沒有動過。

店伙計想不到這客人，忽冷忽熱，眼看一場麻煩，忽然化去，立刻應了幾個是字，轉頭就走。

灰衣老者卻突然冷冷地喝道：「給我站住。」

店伙計愣了一愣，道：「什麼事？」

灰衣老者道：「老夫不是要飯的，又不是付不起銀子，為什麼要吃人家的殘酒剩菜？這樣子，給我再來一份。」

店伙計道：「老爺，再來一份，如何能夠擺得下呢？」

灰衣老者冷笑一聲，道：「擺不下，不會把他們吃過的給收了。」

店伙計道：「這個，這個……」

灰衣老者伸手取出了一塊七、八兩重的銀子，道：「你怕我白吃麼？先把銀子收下。」

楚小楓笑一笑，道：「店伙計，咱們吃過的菜，也該收下去。」

店伙計呆了一呆，道：「是、是，兩位客爺想來定是老朋友了。」

灰衣老者道：「朋友？什麼朋友？老夫沒有朋友！」

這是十成十找麻煩，完全擺出一副惹是生非的架式，楚小楓笑一笑，乾了面前一杯酒，沒有反唇相激，也沒有發怒之意，更奇怪的是王平，竟然低著頭，大吃大喝，一句話也不說。

店伙計還愣在了那裡，灰衣老者卻已不耐，冷冷說道：「伙計，你還站著不動，難道覺著老夫不會殺人麼？」

那灰衣老者雖然枯瘦，但有　股特別陰森的味道，給人一種很恐懼的感受，店伙計心頭震動了一下，轉身而去。

那灰衣老者抬頭望了楚小楓一眼，道：「閣下很大方？」

楚小楓道：「四海之內皆兄弟也，彼此見面，總算有緣。」

灰衣老者冷冷說道：「我看這叫冤家路窄。」

楚小楓道：「咱們是冤家？」

灰衣老者道：「不錯，咱們是冤家。」

楚小楓道：「在下和閣下何處結怨，為何成了冤家，還望你朋友指點一二。」

灰衣老者冷笑一聲，道：「老夫高興怎麼說，就怎麼說，難道世間還有管得了老夫的人？」

楚小楓道：「沒有管得了你的人？」

灰衣老者突然用手一按桌子，桌上的一盤紅燒魚突然飛了起來，直向楚小楓飛了過去，就像有人端起那個盤子投了過去，盤子急速地旋轉，直向楚小楓的咽喉上撞了過去。

楚小楓手中正端著一只酒杯，微微一抬，酒杯擊在盤子邊緣，噹的一聲，那盤旋而飛的盤子，忽然間又向後飛了回去。

酒杯沒有破，盤子也沒有損壞，兩個人，完全以內功把盤子震得飛了回去。

一種很高強的內功，把力道化成一股很柔和的內勁，使得杯、盤相擊，互不損傷，卻借勢把內力傳了出去。

灰衣老者冷哼一聲，突然伸手抓起一支筷子，擊在大瓷盤上，那大瓷盤突然旋轉著向楚小楓飛了過來，楚小楓冷笑一聲，也隨手抓起了一支筷子敲在瓷盤之上，像耍魔術一樣，一個盛滿紅燒魚的大瓷盤，不停地在空中飛來轉去，奇怪的是，瓷盤中的湯汁，竟然點滴不溢，瓷盤在空中飛旋，愈來愈快。

望江樓所有客人，都被這種景致所吸引，放下了杯、筷，盯在那個瓷盤之上，但見瓷盤飛旋，往來數十遍。

那灰衣人已感到有些不耐，冷冷說道：「好小子，倒是瞧不出來，你竟然有這麼大的成就。」

右手一揮，手中竹筷突然硬擊瓷盤，但聞啪的一聲，瓷盤碎裂，那條兩斤重的紅燒魚，也忽然化成了片片碎塊，連同湯汁齊向楚小楓飛了過去。

忽然間，寒芒閃動，成方、華圓，兩個劍童突然出手。

四柄劍在楚小楓的面前，結成了一片嚴密光幕，所有飛向楚小楓面前的碎塊、湯汁，盡被擊落。

兩個劍童的動作很快，四柄長劍，出鞘一閃，立還鞘中。但這一來，桌子上杯盤狼藉，完全不能看了。

灰衣人臉色大變。

陳横、王平，也離開了座位。

楚小楓神色很冷靜，搖搖頭，道：「閣下這一手，實在不高明。」

緩緩放下手中酒杯，王平、陳横，忽横跨兩步，擋在那灰衣老者的兩側，灰衣老者也緩緩站了起來。坐在一側的年輕人，右手握住了彎刀柄上，遠遠坐著的宗一志，一直冷眼旁觀著情勢發展，事情似乎是和他完全無關一樣。

王平道：「莊主，這老小子如此放肆，是不是該教訓他一頓？」

楚小楓道：「問問他們的來路，如是無名小卒，叫他們磕個頭，放他們去就是了。」

他說得很和善，但言詞之間，對那灰衣人卻有著無比的藐視。

灰衣老者仰天打個哈哈，道：「你可是叫做楚小楓？」

楚小楓心頭微微一震，表面上仍然保持相當的平靜，笑道：「不錯，在下正是楚小楓，閣下怎麼稱呼？」

灰衣老者道：「我知道你是楚小楓就行了，老夫是誰，你就不用管了。」

楚小楓道：「哦！」

灰衣老者道：「楚小楓，這地方太狹小，要打架，咱們何不出去找一處寬大的地方，比個勝負出來。」

楚小楓道：「閣下是誠心找麻煩來的？」

灰衣老者道：「就算你說對了，咱們是找麻煩來的。」

楚小楓點點頭，笑道：「就只有兩位麼？」

灰衣老者道：「老夫覺著咱們兩位已經夠了。」

楚小楓淡淡一笑，道：「好！本莊主初入江湖，也正想闖闖名號，揚揚萬兒，不過，咱們要鬥有名氣的人，沒有名氣的人，咱們不予理會。」

灰衣老者怒道：「難道老夫這身分還不夠分量麼？」

楚小楓道：「到現在為止，咱們還不知閣下是何許人物。」

灰衣老者道：「你們不認識老大，卻在江湖上走動，豈不慚愧。」

楚小楓心中暗道：「王平，陳横，都是久年在江湖上走動的人，就是我不認識這兩個人，但他們應該認識，何以兩人竟然是全無反應，難道他是在唬我不成？」

心中念轉，口中卻淡淡一笑，道：「本莊主初入江湖，本就不認識江湖中人，不認識閣下，實也算不得什麼大事。」

灰衣老人道：「你本不認識我，就算我說了姓名，又能如何？」

楚小楓道：「說得也是，閣下請帶路吧！」

灰衣老者回顧了那英俊少年一眼，兩個人雙雙站起，舉步向外走去，王平、陳横，當先帶路，楚小楓居中而行，兩位劍童，卻緊跟在楚小楓的身後。

宗一志沒有動，仍然坐在原位上。

原來，楚小楓在離開了原位時，已經發出了指令，要宗一志留在原處監視。

第二道令諭，由王平代為發出，命令十二金剛中的成中岳帶兩人上來，接應宗一志。

這些傳令之法，都融合在日常生活之中，一個筷子的擺法，行路時手臂的移動，手指伸屈的配合，都成了傳令之法。

灰衣老者和那年輕人，似是早有成竹在胸，兩人一下望江樓，直奔南門外。

楚小楓點點頭，低聲對成方說道：「快去通知段山，要他們四個人留在望江樓上，八個跟上來。」

楚小楓的人手，集中在一起，不算少，但就一個門派而言，那就不算多了，尤其是，他們缺乏那種通訊、聯絡的暗樁、探子。

二十一個一流高手，集中一處，確是不易對付，但如一分散，那就又顯得實力單薄了，成方轉身而去，楚小楓故意放慢了腳步，以便給予十二金剛充分的時間。那灰衣老者本來走得很快，但楚小楓等一放慢腳步，他們也只好放慢了下來，很明顯又是一個安排好的陷阱。

楚小楓笑一笑，道：「王平，看來，他們是非要把咱們引入他們布置的陷阱中不可了。」

王平道：「是！他們覺著咱們會上這個當，也太低估咱們了。」

楚小楓道：「不入虎穴，焉得虎子。」

這時，成方已然快步追了上來，低聲道：「回主人話，小的已轉達了主人的令諭。」

楚小楓點點頭，道：「由此刻起，要留意兩邊的景物，可疑的地方。」

成方、華圓齊齊點頭。

這時，夕陽已盡，暮色蒼茫，那灰衣老者和藍衣少年，已然行到了南門城外。

王平忽然停下腳步，道：「閣下是怎麼回事，還有多遠才到，咱們酒、飯還未用好。」

灰衣人道：「就到了，前面那座茅舍。」

但見火光一閃，那座茅舍之中，突然亮起了一片燈光，那是處在曠野的一座茅舍，竹籬環繞，景物十分優美，一道小徑，穿過田野，直達茅舍。

進了籬門，才看出這茅舍的庭院很大，一合頭的房子，都是三明兩暗的格局，每一幢房子大門口前，都吊著一盞氣死風燈，照得庭院中，一片通明。

那灰衣老者和藍衣少年，都站在庭院中，陳横、王平，站在了楚小楓的身前，成方、華圓兩個劍童，卻站在楚小楓身後兩側。

楚小楓回顧了一眼，道：「就是這個地方麼？」

灰衣老者冷冷說道：「不錯，楚小楓，你不該來的。」

楚小楓道：「為什麼？」

灰衣老者道：「因為，這是一個陷阱，你來得就去不得了。」

楚小楓笑一笑，道：「這一點，在下倒是瞧不出來。」

灰衣老者道：「你要見識一下嗎？」

楚小楓道：「在下一向有這個習慣，不到黃河心不死，閣下既然擺下了道場，那就給在下見識一下吧！」

灰衣老者點點頭，道：「好！你先瞧瞧也好。」

舉手互擊三掌，但見那些窗上的垂簾，忽然大開，窗口處都布置弩弓、針筒，每一個窗口處，至少都有十件以上的不同暗器，對著五人。

灰衣老者道：「現在有二十四張連珠弩，十二個五毒梅花針筒，十八個陰燐毒火筒，對著閣下，我只要一聲令下，大羅神仙，也難逃得性命。」

楚小楓神情瀟灑地笑一笑，道：「這麼厲害麼？」

灰衣人道：「好！老夫再讓你開一次眼界。」
提高了聲音，道：「打出一枚陰燐毒火彈，讓他開開眼界。」
但聞嘯聲破空，緊接著閃起了一片綠光，蓬然輕震中，地上一塊青石上，突然燃起了一片綠火。
灰衣人道：「這等陰燐毒火，有如附骨之蛆，揮之下去，熄之不滅，不論你是什麼人，練成了什麼樣的武功，但只要你被毒火沾上，那只有一個結果，非被活活的燒死不可。」
楚小楓心中確然有些震動，想不到竟然會落入這個陷阱之中。
但他表面上，卻保持了絕對的平靜，冷然一笑，道：「這毒火果然厲害！」
灰衣老人回顧了身旁的藍色勁裝少年，道：「老夫忘記給楚莊主引見了。」
楚小楓道：「你是說這位兄台？」
灰衣人道：「正是，正是。」
楚小楓笑一笑，道：「難道這位兄台還是一位很有名氣的人物？」
灰衣老者道：「不錯，你認識景二？」
楚小楓道：「景二公子？」
灰衣老人道：「不錯，死在了你的手中。」
楚小楓道：「你的消息實在很靈通，景二確是死在區區手中。」
灰衣老人道：「好！這一位是景四，景二的師弟，也是他的親弟弟，有道是，打架親兄弟，上陣父子兵，他們兄弟的感情，一向很好。」

楚小楓道：「我說呢？看起來，怎麼會有點面善。」

灰衣老者道：「現在，你總算很清楚了。」

楚小楓道：「明白了十之八九，閣下是什麼人，還不清楚。」

灰衣老者道：「好吧！你一定想知道，老夫就只好告訴你了。」

楚小楓道：「在下只有洗耳恭聽了。」

灰衣老者道：「江湖上有四隻鷹……」

王平接道：「你就是那一隻灰鷹？」

灰衣老者道：「不錯，老夫正是灰鷹卜風。」

王平道：「灰鷹確是一位很有名的武林高手，但我想不明白，為什麼竟會和景二公子攀上了關係？」

卜風道：「你不用知道的太多，你知道老夫是灰鷹卜風就是了。」

楚小楓道：「王總管。」

王平一躬身，道：「屬下在。」

楚小楓道：「灰鷹卜風，是一個什麼樣子的人，說出來給我聽聽。」

卜風徐徐說道：「住口。」

王平看也不看卜風一眼，說道：「十年之前，江湖有四頭很著名的鷹，灰鷹只是其中之一，而且是排名最後的一隻。」

楚小楓道：「嗯！以後呢？」

王平道：「近十年來，四隻鷹忽然失去了消息，想不到今天竟叫咱們碰上了一隻。」
楚小楓道：「這灰鷹的為人如何？」
王平道：「四鷹之中，大約是以這隻灰鷹最不成材了。」
楚小楓道：「他在江湖上的行為呢？」
王平道：「四鷹一樣，是正邪之間的人物。」
楚小楓道：「原來如此。」
卜風道：「你們說完了沒有？」
楚小楓道：「完了，我已經對你知道了一個大概，你是什麼人？是否該殺了？」
卜風臉色一變，道：「你要殺我，那是以後的事，現在，先答覆老夫的話。」
楚小楓心中一直在尋思，如何對付那一十八個燐火筒，那才是致命的威脅，但他明白，決不能讓對方瞧出自己無法對付這些暗器，說起來容易，但真要做到不動聲色，卻是一件很難的事了。
但楚小楓卻能作到。
笑一笑道：「答覆你什麼？」
卜風道：「放下你手中兵刃，束手就縛。」
楚小楓道：「這暗器如是真如閣下所說，凶厲無比，可以要我們的性命，反抗難免一死，但如咱們放下兵刃，束手就縛，豈不是更死定了。」
卜風道：「那倒未必，我們不殺你，就是因為你還有可以不死之道。」

楚小楓道：「在下還有這點分量，說說看，是怎麼樣情形？」
卜風道：「放下兵刃後，咱們會帶你去見一個人，如是你們說得很好，那也許可以保住你的性命。」
楚小楓道：「如是說得不好呢？」
卜風道：「你只要答應他所有要求，豈有說不好的道理。」
楚小楓聳聳肩，舉手敲敲腦袋，借機會發出了一個暗記。
那是一道叫人戒備的令諭，但不可輕舉妄動，一切要聽他之命行事，但一動，就要如閃電一般的快速。
裝出一副無可奈何的樣子，楚小楓緩緩說道：「卜風，你也是常年在江湖上走動的老江湖了，想想看，這些要求，如若是咱們加諸閣下，你會答應麼？」
卜風道：「那要看我的處境如何了。」
楚小楓道：「就像我們現在的處境呢？」
卜風道：「答應！至少可以保下性命，因為，你們正處在一個死結上。」
楚小楓笑一笑、道：「卜兄，你的意思，可是勸在下留得青山在，不怕沒柴……」
卜風冷冷接道：「你錯了，我要你識時務一些，你要知道，咱們目前仍然是敵對之勢。」
楚小楓道：「哦！」
卜風道：「姓楚的，我不願再對你多費唇舌，你可以做個決定了。」

楚小楓沉吟了一陣，道：「我已經決定了。」

卜風道：「好！決定如何？」

楚小楓笑一笑，道：「咱們不受威迫……」

迫字出口，人已對卜風直撲過去，成方、華圓，雙劍出鞘，撲向那藍衣少年景四，景四手中的彎刀閃電而出，一道冷芒飛起，連串金鐵交鳴聲中，兩個劍童手中的長劍，盡被那刀光逼開。

好凌厲的一擊，王平、陳橫，更是精靈無比，兩個一左一右撲向景四，在飛撲景四的同時，兩個人也亮出了兵刃，王平是兩把短刀，陳橫是兩支短劍，這些兵刃，都不是丐幫中人常用的兵器，顯然，德高望重、高瞻遠矚的黃老幫主，已經有了某些準備，那是很早以前，即安下了心的準備，所以，王平的刀法很凌厲，陳橫的兩柄短劍，也很凶悍。

楚小楓赤手空拳，獨鬥卜風的雙掌，王平、陳橫、成方、華圓，六劍、雙刀，纏上了景四公子。

四短四長，八件兵刃，圍鬥一柄彎刀，但仍然無法使那柄彎刀屈服。

但這四個年輕人都很凶悍，兩個劍童的年紀雖不大，但劍上的造詣卻是很深，每人都用的雙劍，別有一種劍法，雙劍忽合忽分，招數變化萬端。

就算如此，但如只有兩個人，也一樣無法對付那柄彎刀的凌厲變化，幸好，還有陳橫和王平，兩柄短刀，兩柄短劍，也自有一套攻擊之法。

兵刃上本有一寸短、一寸險的說法，這兩個人的招術又極怪異，四個全力施為，勉強保持了一個不勝不敗之局。

楚小楓和卜風，也鬥得十分激烈，卜風掌風呼呼，攻得十分凌厲，楚小楓看似不是對方之敵，但楚小楓的招數之中，常常有神來之筆，使原本隱入劣勢的局面，忽然間，扳了回來。

就這樣，雙方保持了個半斤八兩的均勢。

室中，雖然有數十件很惡毒的暗器，指著他們，但因雙方你來我往地陷入了混戰之局，一時之間，卻也無法打出手去。

他們害怕誤傷了自己人，這正是楚小楓的用心，先讓對方無法打出惡毒的暗器，然後，再想辦法脫去圍困。

卜風的掌勢很具威勢，楚小楓雖然不斷有奇招出手，但仍然無法抗拒得住對方綿密的攻勢，忽然，楚小楓被擊中一掌，掌勢打中了楚小楓的左臂，楚小楓身不由己地後退了一步。

卜風哈哈一笑，道：「看來，我們把你估計太高了，早知如此，不用這些埋伏，就是老夫一人，也可以生擒你了。」

楚小楓身軀搖了一搖，又向前衝去，卜風大跨一步，攻了上來，蓬然一掌，擊中了楚小楓的右肩，楚小楓又被打退了一步，這一次，楚小楓似是承受不了這沉重一擊，身子一仰，向後倒去，卜風疾探右手，一把抓住了楚小楓的右腕，用力一拖，硬把楚小楓給拖了起來，楚小楓似是傷得不輕，嘴角間流出了鮮血。

卜風道：「姓楚的，早知如此，我實在不用準備這樣的大陣仗，我們使出捉獅子的手段，但你只是一隻小白兔。」

他右手緊扣著楚小楓的脈穴，自然是不會顧慮他的反抗了，回頭望去，只見景四仍然和四人搏殺得十分激烈，景四沒有落敗的跡象，但也沒有取勝的徵候，看樣子雙方還有得一陣搏殺。

望望面色慘白的楚小楓，卜風冷冷說道：「姓楚的，叫他們停手吧！」

楚小楓點點頭，道：「可以。」

卜風很希望把這副得意的神氣，讓景四看看，高聲說道：「四公子，擒賊擒王，打蛇打頭，我已經生擒了楚小楓，我這就要下令他們停手，咱們逮著了這幾個活的回去，那可是大功一件。」

語聲一頓，冷冷接道：「楚小楓，你要他們停手。」

楚小楓大喘了兩口氣，強提真力，大聲喝道：「你們不用打了。」

神出、鬼沒、二劍童，應聲停手，景四也收了彎刀，他原本有些不信，卜風能輕易地制住楚小楓，但眼見為真，楚小楓確然被卜風扣住了脈穴，那自然是假不了。

但他心中仍有些懷疑，道：「卜風，楚小楓這樣輕易地被你制住，他又怎能殺了景二？」

卜風道：「四公子，聽說他殺死二公子的經過，並非是全憑武功。」

景四道：「你能扣住他的脈穴，他的武功，實在不算高強。」

這句話，話裡有話，卜風聽得很不舒服，笑一笑，道：「四公子，這話說得不錯，他能殺死二公子，大概是運氣好了一些，二公子失敗，也許是他經驗太差了一些。」

景四笑一笑，道：「不管如何，你總算是生擒了楚小楓。」

卜風道：「四公子說得是，對陣搏殺，雖然是武功第一，但有時候，江湖上的經驗，卻常有出奇制勝的作用。」

景四笑一笑，道：「這一件大功，是卜兄所有了。」

卜風道：「哪裡，哪裡，這件功勞，也有你四公子的一半。」

目光一顧楚小楓，接道：「要他們放下兵刃。」

楚小楓道：「好！你們都過來，把兵刃放下。」

神出、鬼沒、成方、華圓，應了一聲，緩步走了過來。

這時，窗口處數十筒暗器，雖然指向著楚小楓等，但一來，楚小楓等還和卜風、景四等混在一起，二來，卜風已經取得了絕對優勢，自然，用不著打出暗器了。

這時，神出、鬼沒，全都垂頭喪氣走了過來。

卜風雖然扣著楚小楓的右腕脈穴，但他仍然有著很高的警惕之心，雙目中神光湛湛，盯著四個人。

景四冷冷說道：「你們到哪裡去？」

王平道：「咱們把兵刃交給莊主。」

景四道：「楚小楓？」

王平道：「對！」

卜風道：「就地放下，何用如此麻煩。」

王平道：「唉！咱們想不到，莊主竟然是如此一個貪生怕死的人。」
卜風道：「哦？」
王平道：「所以咱們要把兵刃交還給他，就此離去，永不再為他座前武士。」
只聽楚小楓嘆息一聲，道：「你們一定要走，悉聽尊便，放下兵刃去吧！」
王平道：「咱們對莊主的失望……」緩緩把手中一對短刀，放在地上。
陳橫、成方、華圓，依樣施為，蹲下身子。
就在幾人兵刃著地之時，突然一個貼地翻滾，疾如流星一般，滾出了兩丈多遠。
避開了窗邊暗器的射向，楚小楓也同時一翻被扣的右手，五指反扣在卜風的腕上，用力一拖，把卜風拖得近在身前。
這時，楚小楓已然躲開了大部分暗器的射向，尚餘下一點空隙，卻被卜風給擋了起來。
卜風睜大了雙眼望著楚小楓，臉上是一片驚異的神色，道：「你，你怎麼會……」
楚小楓接道：「我能殺死了景二公子，自然不是個容易對付的人。」
卜風道：「但我扣住了你的脈門。」
楚小楓道：「可惜，我學過移穴換位的手法，我讓你抓住手腕的時候，我已經移開了脈穴的位置。」
卜風道：「你很狡猾。」
楚小楓道：「你不覺著自己更狡猾麼？把我們引入到這樣一個地方。」
卜風神情冷厲地說道：「楚小楓，只要我一聲令下，他們不會顧及到我的生死，他們會盡快地射出那些凶毒的暗器。」
楚小楓笑道：「卜風，縱然他們肯射，但那些暗器也未必能夠射得到我。」
卜風道：「我和你同歸於盡。」
楚小楓道：「那就試試看吧！」
這時，二劍童和神出、鬼沒，又向後退了五、六尺遠，他們已可以脫離險境，退出圍籬，但為了楚小楓，他們卻一直站著不動。
一直很少說話的景四，突然開了口，冷厲地說道：「卜風，你太大意了，你自命老江湖，卻栽到一個初出茅廬的小子手中。」
卜風道：「四公子，這不能怪我，照他這個年紀，他應該不會移穴換位的功夫才是。」
景四道：「他能殺死我二哥，自然不是個簡單的人物，你竟不知留心，為他所乘。」
卜風道：「四公子的意思呢？」
景四道：「你只好陪他們殉葬了，我要下令他們射出暗器了。」
只見他舉起彎刀一閃，高聲道：「四面包圍。」
但見窗門閃動，隱藏於茅舍中的暗器殺手，全部飛躍而出。
楚小楓道：「快退出去……」
王平道：「主人你……」
楚小楓道：「不用管我。」
王平一揮手，成方、華圓、陳横，齊齊飛身而起，躍出籬外。

楚小楓道：「卜風，你小心了。」

右手加力，拖著卜風，直向後面退去，卜風並未掙扎，竟然隨楚小楓向後退去，但表面上看去，楚小楓仍然是拖住卜風而退，雙方面的動作都很快速，一瞬間，楚小楓已然退到了門口處。

但茅舍中埋伏的暗器高手，也都躍入了庭院中，他們沒有出手，似乎是在等待景四公子的令諭。

景四怒聲道：「你們還不出手，等待什麼？」

但聞金風破空，一排弩劍當先射來。

這時，籬門已被王平打開，楚小楓用力一帶，把卜風一起拖出了籬門，他動作雖然很快，但卜風的背上仍然中了兩支弩箭，那弩箭一排射出，不下十餘支之多。

楚小楓閃出籬門之外，段山、夏海、劉風、馬飛已然趕到，這四人也是暗器高手，不待楚小楓吩咐，手中已握了暗器，閃在籬門兩側。

楚小楓一瞥間，發覺了劉風、馬飛手上都已經戴上了鹿皮手套，顯然，這兩人用的是很惡毒的暗器。

目光匆匆一瞥，立刻又轉到卜風的身上，道：「我點了你的穴道，讓你們自己的人救你吧！」一出手點了卜風兩處穴道。

這時，四英已同時打出暗器，但見一團黑砂，一篷銀芒，再加上四點寒星，由籬門中飛進去，暗器飛射之中，響起了幾聲慘叫。

楚小楓沉聲喝道：「退！退到東北方的樹林中去。」

喝聲出口，人已當先向前奔去，華圓、成方、王平、陳橫，緊追身後而行，四英又打出一波暗器，才斷後而行，那樹林距離茅舍，不過二、三十丈，幾個飛躍已入林中。

景四和一批暗器高手，本來可以追出籬門的，但因四英連續施放了兩次暗器，傷了己方十餘人，使得己方心中有了很多顧忌。

所以，他們沒有追出來，等景四追出籬門時，楚小楓等已躲入了樹林之中。

景四目光轉動，瞧到了倚在竹籬上的卜風，不禁臉色一變，冷冷說道：「你還沒死？」

卜風道：「楚小楓沒有殺我。」

景四道：「灰鷹，你可知道，他為什麼不殺你？」

卜風道：「我想，他要用我擋住你們射來的暗器。」

景四道：「楚小楓本來應該死的，但他卻沒有死，都是因為你自作聰明。」

卜風道：「四公子，我實在想做好的，但是，我沒有做到。」

景四道：「哼！如非你上了楚小楓的當，怎麼會落得這般下場。」

卜風嘆息一聲，不再多言，景四並沒有立刻解去卜風身上的穴道，但他見他雙臂流血，不停地滴了下來，在他身側地上，放著兩支弩箭。

冷笑一聲，景四緩緩說道：「什麼人傷了你？」

卜風道：「四公子下令施放暗器，在下被咱們自己的弩箭所傷。」

景四公子道：「誰替你拔出了弩箭？」

卜風道：「楚小楓。」

景四道：「看來，楚小楓很體恤呢。」

卜風道：「四公子，這話是什麼意思？」

景四道：「楚小楓恨你入骨，他應該殺掉你的，可是他不但沒有殺你，反而拔了你身中的弩箭。」

卜風道：「四公子，難道你對我起了懷疑？」

景四道：「事實如此，不能不叫人生疑了。」

卜風道：「四公子，你……」

景四道：「我不信楚小楓那麼仁慈，你告訴了他多少秘密，才換得了你的性命？」

卜風道：「四公子，你這疑心，只怕很難服人。」

景四緩緩揚起右手，道：「卜風，我再給你一個機會，說實話。」

卜風索性閉上眼睛。

景四冷笑一聲，一伸手，抓起了卜風，道：「卜風，你很英雄，不怕死是麼？但我不會讓你死得很痛快。」

右手一抬，卡登一聲，錯開了卜風的左臂關節，這是武功中逼刑最殘酷的手段之一，卜風臉色一變，出了一頭大汗，但他卻咬咬牙沒有叫出聲，顯然，他忍受著極大的痛苦。

景四神情冷肅，緩緩說道：「有種！我看你能撐到什麼時候！」

伸手又抓起了卜風的右臂。

卜風霍然睜開雙目，冷冷說道：「你這是什麼意思？」

景四道：「我要你說實話……」語聲一頓，接道：「你經驗多，見識廣，我才跟著你出來磨練，想不到，你竟然是這樣一個沒有出息的人。」

卜風道：「四公子，你這樣待人，我姓卜的死難瞑目。」

景四道：「我要逼不出你的口供，我生不安心。」

卜風道：「四公子，我實在沒有口供，你知道麼？你四公子這樣對我，我可以忍受下去，何況，楚小楓根本沒有逼過我。」

景四道：「那是因為你心中有一個錯覺，這個錯覺，使你感覺到楚小楓真的可以殺了你，所以你才害怕，他問什麼，你就說什麼！」

卜風冷笑一聲，道：「四公子，欲加之罪，何患無詞，你這不是逼供……」

景四道：「不是逼供，是什麼？」

卜風道：「你是強加人罪。」

景四道：「說得好。」右手一抬，格登一聲，又錯開了卜風的右肘關節。

卜風身受兩處箭傷，血流不止，再加上幾處穴道被點，使他也無法運氣行功，抗拒這些痛苦，兩個手肘皆被錯開，這種痛苦，使得他極難忍受，所以，痛得他一身大汗。

卜風道：「四公子，你不能這樣整我。」

景四道：「說，告訴我，你對楚小楓說了什麼？」

卜風道：「什麼也沒有說，真的，四公子，你沒有想想看，這中間沒有好多時間，我能和他說些什麼？」
景四道：「其實，重要的話，只要三、五句就行了。」
卜風道：「四公子，你想殺我，就出手吧！用不著這樣多的花招。」
景四笑了一笑，道：「我如是殺了你，豈不是死無對證了。」
卜風答道：「你聽著，景四，我不知道你是真的有此疑心，還是要找個殺我的機會。」
景四道：「真的疑心！」
卜風道：「那很容易，咱們這個組合，有著很嚴苛的規法，我不敢跑，也跑不了，只要你把我的罪行向上面報告一聲，執法如山的秦掌刑，決不會放過我。」
景四道：「你很希望落在秦掌刑的手中？」
卜風道：「不論何人，只要落在秦鐵的手中，不死也要脫一層皮，但我自己覺著，落在他手中，還比此刻的處境好一些。」
景四道：「這麼說來，我比秦掌刑還要嚴格一些了？」
卜風道：「不是，如論施刑之惡毒，逼供手法之高，你不及秦掌刑十分之一，但他有一點比你好！」
景四道：「哦！哪一點？」
卜風道：「他講理，也有著比你精明、深入的判斷力。」
景四吁一口氣，道：「也許我真的不如秦掌刑，不過，我是親眼看到的……」
卜風怒道：「你看到了什麼？」

景四道：「看到了你和楚小楓的事。」
卜風道：「我們有什麼事？」
景四道：「人性有很多的缺點，怕死是最大的缺點之一！」
卜風道：「所以，我用本組合的機密，交換了我的性命？」
景四道：「不錯，正是如此。」
卜風道：「因為，我怕楚小楓殺我，又怕你懷疑，所以，我用短短幾句話的時間，就把我們的內情說了出來？」
景四道：「唉！你要早些如此說，豈不是免去了分筋錯骨之苦。」
卜風道：「我現在想明白了，與其現在求生不得，求死不能，倒不如實話實說，死了的好。」
景四道：「是！你真是明白人。」
卜風道：「四公子，咱們可不可以談談條件？」
景四道：「可以。」
卜風道：「我如承認了這件事情，四公子要如何發落我？」
景四道：「那要看嚴重到什麼程度了。」
卜風道：「好！承認了。」
景四道：「好！卜風，能不能告訴我，你洩漏了本門中多少隱秘？」
卜風道：「可以，但我雙臂疼得厲害，你可不可以把我錯開的關節接上。」

景四道：「行！」
伸手接上了卜風被錯開的關節。
景四笑一笑，道：「現在你可以說了吧？」
卜風道：「我背上傷處，疼得厲害，可不可以替我敷點藥？」
景四道：「可以。」
立刻招呼了兩個人來，替卜風敷上了藥物。
卜風動了一下雙臂，道：「唉！現在舒服多了。」
景四道：「卜風，我對你不錯吧？」
卜風道：「好！簡直好極了。」
景四道：「唉！人非聖賢，誰能無過，只要知過能改，仍是一樣。」
卜風苦笑一下，道：「四公子，我犯了很大的錯，我不該放了楚小楓，更不該告訴他咱們組合中的隱秘。」
景四道：「你都告訴他些什麼？」
卜風道：「我真的該死，凡是我知道的，我全都說了。」
景四道：「你知道的不少吧？」
卜風道：「很多，我加入咱們組合十餘年，聽也聽到了不少的事。」
景四道：「如不是你的錯誤，咱們早就制服了楚小楓，對不對？」
卜風道：「對！我的疏忽，實在太大，大到不但使楚小楓死裡逃生，而且，反使我們幾乎傷在他們的手中。」

景四滿意地點點頭，道：「卜風，你這樣自承錯誤，倒是一件很有勇氣的事。」

卜風道：「四公子，所有的罪狀，我都承認了，現在，我們應該如何呢？」

景四道：「我們應該去追楚小楓，但你受了傷，似乎是沒有法子去追他了。」

卜風道：「對！在下犯下嚴重的戒律，所以，我應被送入刑堂受審。」

景四笑一笑，道：「說得也是……」

突然舉手一抬，道：「你們都出來吧！」

籬門中魚貫行出了數十個勁裝大漢，他們手中執著各種不同的暗器針筒。

景四笑一笑，道：「你們都聽到了沒有？」

數十人齊聲應道：「聽到了。」

灰鷹卜風心中忽然一動，道：「你們聽到了什麼？」

一個執著陰燐毒火筒的大漢道：「聽到你的自白罪狀，你放了楚小楓，使我們受了很大的傷害。」

卜風道：「哦！」

景四道：「卜風，現在，我們應該如何處置你？」

卜風道：「我已經招認了罪狀，所以，最好能把我送往掌刑那裡受罰。」

景四道：「應該送你去的，不過，強敵當前，只怕我們沒有這個時間。」

卜風道：「四公子的意思呢？」

景四道：「咱們相處一場，又有這麼多人，目睹你放走了楚小楓，使我們的人手，有了很大的傷亡，又都聽到了你自白的罪狀，就算我有饒你之心，他們也不會答應……」

卜風臉色大變，接道：「四公子，可是想殺了我？」

景四道：「不用！我不殺你，你自己想個法子，自絕了吧！」

卜風點點頭，道：「四公子，我們之間是有冤或有仇？」

景四道：「無冤無仇。」

卜風道：「既然無冤無仇，你為什麼定要加害我呢？」

景四道：「我不是加害你，只是秉公處事罷了。」

卜風暗中一提真氣，道：「好！四公子一定要殺我，在下就只好讓你稱心了。」

突然一伸手，拔出了一柄匕首，指在前胸處，黯然說道：「四公子，我這一畏罪自絕，你是連一點責任也不負擔了，我三個義兄弟，也不會追究我的死因了。」

景四道：「你放走敵人，自白罪狀，有這麼多人聽到，就算他們追究這件事，我也不怕。」

卜風道：「四公子說得是，但我一直想不明白，四公子為什麼要殺我？」

景四臉上閃過一抹獰笑，道：「你已經決定要死了，多知道一些，又有何益。」

卜風道：「四公子，這把鋒利的刀，很快地可以使我死去，難道，我死了，也要糊糊塗塗？」

景四笑一笑，道：「卜風，我的年紀輕，江湖上的閱歷不夠，但我絕不會上你的當，我不會留下任何把柄。」

卜風高聲道：「這就是你的把柄。」忽然一提氣，飄身而起。

他早已做好準備，身子一翻，人已到了庭院之中。

景四道：「施放暗器。」

立刻有部分暗器手，衝入籬門。

只聽機簧、弓弦聲，不停地傳入了耳際，流矢、飛針，夾雜著幾道陰綠光芒，交錯而出。

卜風早已算好行動，就地一滾，避開了一排弩箭、十支飛針，和兩枚陰燐毒火彈後，人已到四、五丈外。

對一個身懷絕技的武林高手而言，錯過了一個擊殺他的機會，就很難再殺死他。

景四眼看卜風已經脫出暗器可及的射程之外，心中大急，怒喝道：「卜風，你敢逃麼？」

卜風道：「我為什麼不敢逃，景四，你要殺我，也該用些高明手法，如此低劣的手法，豈不被明眼人一眼看穿了。」

他口中答話，人卻隱入一處屋角之後。那是一處死角，暗器無法射到的地方。

景四冷冷說道：「好！卜風，你敢逃走，我就下令追殺了。」

他一連喝問數聲，不見有人回答，已知卜風逃走，心中悔恨不已。

且說卜風忍著滿身傷疼，緊咬著牙關，飛身而起，逃入了樹林之中，他心中也明白，那樹林之中，隱藏著楚小楓等人，但這座茅舍的四周，只有一面有草有樹，另外三面，卻是一片空蕩，如若不隱入林中，那就很可能無法逃過景四和暗器手的追蹤。

卜風明白這些暗器的厲害，機簧控制的毒針，和陰燐毒火彈的厲害，只要進入三丈距離之內，逃脫的機會，實在不大。

所以，他逃入林中。

果然，隱在樹林中的楚小楓，看得十分仔細，眼看卜風循著草叢，進了樹林之中。

王平低聲道：「公子，江湖上四隻鷹，個個輕功高明，不是好對付的人物，看樣子灰鷹似乎是受傷不輕，咱們說不定，可以活捉這頭灰鷹。」

楚小楓笑一笑，道：「別傷害他，傳我令諭給四傑，想法保護他，別讓他落入景四公子的手中。」

對楚小楓放了卜風這件事，王平的心中，本來充滿著懷疑，但此刻，他卻不得不佩服楚小楓的高明了。

一個很普通的離間之計，立刻發生了很驚人的效果，王平快步行了過去，發覺灰鷹卜風已然在段山等監視下。

事實上，他逃入樹林中後，已因失血過多，和傷疼的折磨，有些承受不了，心中一鬆，人就躺了下去。

王平和四傑打個招呼，緩步行了過去，行到了卜風的身側。

卜風笑一笑，道：「好！你來得好，拔出刀來，割了我的頭吧！」

王平搖搖頭，道：「我們要殺你，早就取了你的命，怎會等到此時。」

卜風道：「那你來幹什麼？」

王平道：「奉命來此保護你。」

卜風回顧一眼，道：「你……」

王平道：「我和很多別的人。」

卜風看了段山等四人，果然都隱在附近樹後。

沉吟了一陣，卜風冷冷說道：「去告訴楚小楓，我姓卜的，用不著人來保護。」

王平笑一笑，道：「是否保護你，是我們公子的事，不用閣下多言……」

卜風怒道：「為什麼？」

王平接道：「小聲些，景四公子率人白林中行來，死雖不可怕，但活罪卻能使百鍊鋼化作繞指柔。」

卜風吃過了景四的苦頭，餘悸猶存，沉吟了一陣，道：「貴主人，究竟用心何在？」

王平道：「沒有用心，閣下要做的一件事，就是放心休息，盡快地恢復你的體能，然後，想法子逃離此地。」

卜風有些意外的哦了一聲。

王平道：「卜風，我們莊主只是覺著你很委屈，貴組合中人，也未免太過嚴苛。」

卜風道：「只是如此？」

王平冷冷說道：「時間會證明咱們莊主的博大、仁慈……」

語聲一頓，接道：「左面一丈左右處，有一個土坑，那裡面可以使你安靜地坐息一陣，動作最好快一些，景四似乎是決心要追殺於你，他已經帶著人進入樹林中了。」

卜風似乎已經被王平說服，強行站起身子，左行一丈，躲入了土坑之中，茂密的草叢，掩隱了那天然的土坑，除非人腳踏上，否則，很難看得出來。

王平和段山等四人，就在附近掩起了身子，很顯然，楚小楓等並沒有退走的打算，準備在林中，展開一次決戰，景四沒有來，只到林邊，停了一會兒，便率人退走了。

待景四等人去遠，王平才緩步行到土坑前面，道：「灰鷹，景四率人走了，咱們也要走了，你多保重吧！」

灰鷹卜風道：「慢著。」

爬上土坑，接道：「我要見你們莊主。」

王平道：「莊主已走多時了。」

卜風道：「那你們……」

王平道：「我們是奉命留下來保護你的。」

卜風道：「唉！這叫人如何敢當。」

王平道：「卜風，你現在明白吧！咱們莊主年紀不大，但他天賦奇才，胸襟、氣度，都有過人之處，咱們一接觸，就願意受其驅策，為其效命，時日愈久，此志愈堅。」

灰鷹卜風點點頭，道：「貴莊主楚小楓，姓卜的永遠記下了，在下告退了。」

轉過身子，向外走去，他步履有些踉蹌，顯然，傷勢還沒有好轉，但他很倔強，不願別人看到他痛苦的樣子，望著卜風的背影，王平也招呼段山等四人現身。

夏海道：「那小子本來已帶著人入了林子，可以好好地放開手大殺一場，想不到，他竟然會突然退走。」

段山道：「王兄，公子真好心，叫咱們來保護敵人。」

王平笑一笑，道：「本來，我也是有些奇怪，但現在想一想，公子真是天生絕才，超人一等，像卜風這等人，殺了他，對他們那個組合，並沒有什麼大的傷害，但如留下他，所能發揮的力量，可就無法估量了。」

段山道：「對！」

劉風笑一笑，道：「其實，這道理很容易明白。」

馬飛道：「什麼道理？」

劉風道：「公子如和咱們一樣，咱們不叫四英，應該改叫五英了。」

段山微微一笑，道：「這話不對！」

劉風怔了一怔，道：「怎麼不對了？」

段山道：「公子是什麼身分，怎麼能拿來和咱們相比？」

劉風道：「大哥教訓的是。」

王平笑一笑，道：「咱們公子是一個很隨和的人，這些事，他不會放在心上。」

劉風笑一笑，道：「是！公子是大人大量，怎會和我一般見識。」

王平笑一笑，道：「劉兄，別這麼說，我和公子相處的時間久了一點，對他的為人，知道的稍多一些，他很喜歡和咱們相處的親若兄弟……」

段山接道：「那是人家做主人的氣度，但咱們從僕，卻要自行檢點。」

劉風、夏海、馬飛，齊齊點頭應是。

王平只看得心中暗暗敬佩，看來排教對人的訓練，比丐幫還要嚴厲，四英和楚小楓相識不久，就算得敬重他的為人、智略，也不會如斯虔誠，這全是受了教主的一句吩咐。那幾句吩咐之言，在他們心目中，有著無與倫比的分量，也構成他們對楚小楓無比的敬重。

段山回顧了王平一眼，輕輕咳了一聲，道：「王總管，主人現在何處？」

王平點點頭，道：「到那座茅舍中去了。」

段山道：「我們呢？」

王平道：「現在趕過去。」

楚小楓果然在茅舍中，黃氏七虎，分別在茅舍外面警戒，成方、華圓，卻各執著一盞燈籠，分站在楚小楓的兩側，兩人不停地移動著手中的燈籠，隨著楚小楓的目光移動，原來，楚小楓正在仔細勘查那座茅舍。

四英自行留在室外警戒，王平卻輕步走了進去，靜立一側。

直待楚小楓看完了一處牆壁後，王平才輕聲說道：「卜風很感激主人！」

楚小楓道：「他撐得下去？」

王平道：「他的功力深厚，看上去，一點也不礙事。」

楚小楓道：「那很好。」

足足花去了大半個時辰的光景，楚小楓才帶著滿意的微笑，進了廳中，坐在了張竹椅上，道：「王平，請段山等四位進來。」

四英很恭敬地行了一禮，道：「見過主人。」

楚小楓笑道：「此後，咱們是長時相處，患難與共，不用太過多禮……」

語聲一頓，接道：「四位在劍上的造詣如何？」

段山道：「小的等在劍法上，都下過十八年以上的苦功。」

楚小楓道：「諸位少年英雄，劍法高強，不過，劍藝深博，就算是非常人，也無法盡得所有，劍派各家，都有其長，區區對劍藝，亦略有心得。」

段山道：「主人淵博，自非小的等能及萬一。」

楚小楓道：「劍藝一道，各有所長，在下極願把一點心得，貢獻各位，也許不算什麼！只不過聊表一點心意罷了。」

段山道：「主人言重了。」

楚小楓道：「這一套劍法，只有四式、八招，每一式中兩個變化，看起來，並不複雜，不過，卻是很實用的劍法。」

段山道：「是！主人指教，在下等洗耳恭聽。」

楚小楓站起身子，由成方手中取過長劍，緩慢地演出了四式、八招。

開始時，段山、夏海、劉風、馬飛等只是格於情面，不得不謙遜幾句，但一看到那楚小楓出手的劍招之後，都不禁心神一震。

四人對劍法上，都有著很高的修養，一看那四式劍招，立刻明白那是很凌厲的劍法。

四個人，同時由心中升起了一股由衷的敬佩之感。

事實上，七虎、四英，連同成方、華圓兩個劍童也算上，對楚小楓的敬重，都是出於受命，那不是發自本心的敬意。

他們都是丐幫和排教的精銳弟子，兩個組合中的首腦人物，苦心培養出來的秘密弟子，他們對自己的成就，十分自傲，表面上的恭順，並非內心中的誠服。

楚小楓明白這一點，如若不能表示出一些真正使人敬服之藝，決無法使人心悅誠服。

這四式、八招，就是他表現出來的劍上造詣。

四英的臉上，流露出無比的敬佩之色，神情肅然地說道：「公子劍藝精絕，小的們大開了眼界。」

楚小楓笑一笑，道：「這四式、八招，自成一路劍法，你們記下了沒有？」

段山等四人低聲交談了幾句，道：「劍藝博大深奧，咱們一時還無法領受到它們的精要所在，公子能不能再示範一遍？」

楚小楓道：「可以，你們看仔細一些。」

他很慢地又演練了一遍，這一次，速度更慢，每一式、每一招，都練得十分仔細。

演完之後，楚小楓收劍，笑道：「四位記下了嗎？」

段山道：「記下了。」
楚小楓道：「好！」
目光轉到成方、華圓的身上，接道：「你們是否也看明白了？」
成方、華圓齊聲應道：「看明白了。」
楚小楓道：「那你們也去練練吧！」
四英和兩劍童齊聲應了一聲，轉身而去，室中只剩王平。
回顧了王平一眼，楚小楓緩緩說道：「去！請黃氏七虎進來。」
王平低聲道：「公子，他們正在警戒，如何能夠撤回來？」
楚小楓道：「我想今夜他們不會再回來了。」
王平道：「哦！」
楚小楓道：「去吧！請他們進來。」
王平應了一聲，轉身而去，片刻之後，七虎魚貫走了進來。
黃一虎一抱拳，道：「見過主人。」
楚小楓一揮手，道：「不用多禮。」
黃氏七虎，一字排開，神情間十分恭謹。
黃一虎道：「主人傳喚，有何吩咐？」
楚小楓道：「你們都是用刀的？」
黃一虎道：「是！小的們練的是刀中刀。」

楚小楓道：「北海門中武功，就是以刀中刀見長，無極門主，就傷在了袖裡刀下。」

黃一虎道：「回主人話，小的們初出茅廬，對江湖中事，知道的不多。」

楚小楓道：「我知道，我也不是問你們這些事情，我只是想傳給你們幾招刀法。」

黃一虎不像段山等那麼拘謹，為人也比較憨直，躬身說道：「小的們練的刀法，比較怪異，屬於很直接的殺人刀法，不適合一般刀法。」

言下之意，似是不願意接受楚小楓的指點。

楚小楓笑一笑，道：「藝多不壓身，我傳你們刀法，雖然不是很高明，不過，至少，也不是太壞的刀法，好在只有三招，學起來也很快。」

黃一虎道：「是……主人一定要傳授我們刀法，小的們自然是應該接受。」

楚小楓笑一笑，道：「哪位的刀，借給我用用。」

黃一虎恭恭敬敬，遞上了單刀。

楚小楓伸手接過，道：「只有三招，很簡單的刀法，諸位留心了。」

舉刀揮舞，演出了三招刀法，黃一虎等怔住了，這是三招很凌厲的刀法。

黃一虎的額頭上，忽然出現了汗水，恭恭敬敬道：「主人高明，這是三招奇學。」

楚小楓道：「算不得什麼奇學，你們如若覺得還過得去，那就用心學一學。」

黃一虎道：「小的汗顏，出言無狀，主人鑒諒！」

楚小楓道：「不用客氣。」

黃一虎道：「刀法變化太奇，似是由極不可能的角度中，反向變化，那是凌厲無匹的變化，所以，小的們沒有看清楚。」
楚小楓道：「黃兄的意思呢？」
黃一虎屈膝道：「小的不敢，小的叫黃一虎。」
楚小楓笑一笑，道：「好！黃　虎，你的意思是……」
黃一虎接道：「小的意思是，希望主人再教一遍。」
楚小楓道：「好！你們看仔細了。」
緩緩舉刀，又演了一遍，這一次，七虎都全神貫注，看得十分仔細。
這刀法名雖三招，事實上，三招連在一處，有如一刀一樣，個中的變化都極微小，但那微小之變化，卻是致命的手法。
黃氏七虎都是習刀的能手，但卻從未見過這種刀法，完全不同於正統的刀法。
他們也體會出來，在刀法運用上，這等出人意外的變化，將會使對方完全無法防備。
黃一虎道：「主人，這三招刀法，有沒有一個名字？」
楚小楓道：「就叫保命三刀吧！」
黃一虎道：「主人的吩咐，語重心長，小的們完全明白，不到致命的時候，不用這三招刀法。」
楚小楓道：「我們的人手太少，不希望有任何的死亡。」
黃一虎道：「小的明白。」
這時，七虎由內心中萌生出真正的敬服。

楚小楓道：「好！你們就在此地練習一下。」

舉步向外行去，庭院中，四英正在練習他傳授的劍法。

望著楚小楓的背影，黃一虎臉上是一片崇敬之色，自言自語地說道：「他樣樣都強過我們，實在，比我們高明得太多了，我們有幸追隨，必可為武林中留一段可歌可泣的事跡。」

楚小楓走出了竹籬外面，心中有些得意，也有些黯然！

那本不是三招刀法，而是他由無名劍譜中得來的三招劍法，應該稱作「奪命三劍」，很精奇的三招劍法，三招溶於一招中的劍法！

但經過楚小楓的一番巧思之後，稍加改變，當做刀法使出，那自然是有背正統的刀法，也正因如此，感覺中特別凌厲！

但想到不知要有多少人可能死於這三招之下，又不禁不為之黯然。

這三招劍法的改變，使得楚小楓生出了一個很奇怪的想法，如若能把刀、劍的招術，溶於一爐，比原有的刀法、劍法，是不是更凌厲一些？

他開始思索，一個人，能不能同時用兩種兵刃，一把刀和一把劍，如是左手刀，右手劍，是不是能把兩樣完全地合起來運用？

這件事，深深地困擾了他，凝目思索，不知道過去了多少時間。

只聽王平的聲音，由耳際響起，道：「主人，時間不早了，也該休息一會兒啦！」

楚小楓道：「什麼時光了？」

王平道：「四更時分了。」

楚小楓道：「好！咱們回客棧去。」

王平低聲道：「公子，陳横跟我約好了，五更之前，定有消息傳到此地。」

楚小楓道：「不會這樣快。」

王平道：「公子，陳横這個人……」

楚小楓接道：「我知道，咱們走吧！」

不論是四英或七虎，都已對楚小楓深深的佩服，楚小楓不但表現了斷事料敵的機智，也表現出了他的武功。

王平也不再多言，群豪匆匆轉回了客棧。

第二天，中午之後，仍未得到陳横的消息。

成中岳、宗一志、綠荷、黃梅、紅牡丹，沒有一個人回來。

王平沉不住氣了，忍了又忍，直到吃過午飯，緩緩說道：「公子，他們都還沒有消息。」

楚小楓道：「我知道。」

王平道：「他們這麼久沒有口來，咱們要不要派個人去找找他們？」

楚小楓道：「如若他們能回來，咱們何必去找，如若他們回不來，咱們現在去找，已經晚了。」

王平道：「公子，坐視不理，總不如出去查看一番。」

楚小楓神情肅然地說道：「我們事先的行動，可以有很周密的計劃，但我們沒有特別時間，去挽救失敗。」

王平點點頭，道：「公子說得是。」

忽然間，步履聲響，一個人大步走了進來，是成中岳。

楚小楓內心之中，充滿歡愉，笑一笑，道：「師……」

成中岳搶著說道：「中岳見過主人。」

楚小楓道：「其他的人，沒有消息嗎？」

廿四　官船匪窟

成中岳道：「有！三個姑娘很平安，一志現在混入了一個地方，正跟一些人混在一起。」

楚小楓道：「那些人，都是些什麼人？」

成中岳道：「身分還不太清楚，不過，一志被關在萬花園中一段時間之後，已經有了很多的轉變，轉變得成熟多了。」

楚小楓道：「哦！」

王平道：「成大俠，見過陳横沒有？」

成中岳道：「也許陳兄久年在江湖上走動，見識廣博，易容術也比我們高明很多，在下一直沒有發現他。」

王平道：「喔！原來如此！」

成中岳笑一笑，道：「不過，王兄可以放心，我們都沒有受到傷害，何況，像陳兄這樣的商人呢？」

王平道：「唉！他如不貪功，大概就不會遇上什麼危險，如若貪功，那就很難說了。」
成中岳笑一笑，道：「主人，如若沒有別的吩咐，中岳告退了。」
楚小楓道：「你休息一下，等一會兒，咱們再詳談。」
他很關心宗一志，但卻一直沒有表示出來。
望著成中岳離去之後，王平低聲道：「公子，咱們要不要有什麼行動？」
楚小楓道：「等他們回來之後，再作計議，我說過，任何人都必須在今天太陽下山之前趕回來，我不希望有人違犯這個令諭。」
他臉上帶著微笑，但言中之意，卻是十分的堅決。
王平不敢再說，一躬身退了下去。
成方、華圓，仍然站在楚小楓的身後。
楚小楓道：「你們也下去休息一下，也許今晚上，咱們會有一番激戰。」
成方一躬身，道：「公子的安危，是我們最關心的事，再說，小的也不覺得累。」
楚小楓道：「養精蓄銳，才能振奮殺敵，休息很重要，退下去吧！」
成方道：「公子，小的和華圓輪流守候在此，以備公子差遣。」
楚小楓看他們一臉誠懇之色，也不便婉拒了，只好點點頭，道：「要守就守在屋外，兩個時辰之內，任何事都不要驚擾我。」
成方道：「如是他們回來了？」
楚小楓道：「要他們等一等，兩個時辰之後再見。」

成方道：「小的遵命。」和華圓雙雙退了下去。

楚小楓掩上了房門，坐息一陣，以指代劍，開始練習那無名劍譜上的劍法。

這些口訣，他都已熟記在心，只是有些還未練習純熟。

他從來沒有感到過，對武功的需要，是如此迫切。

不論你的想法如何？但人在江湖，就不能免俗，那就是說，一個人想領導一個組合，不論他的武功、才智，都必須有過人之處才行。

他想到過去太浪費，自己熟記了那樣一本劍譜，那樣多武功招數，但卻一直沒有用心去練習過它。

如若他用心練習過，現在，至少已經練會了大部分。

他必須利用每一刻可用的時間，盡早把劍譜上的劍法練成。

經過這些時間的體會、思量，發覺那無名劍譜上記載的劍法，無一不是奇技絕學。

隨便找出幾招來，傳給別人，就會引起人家很大的驚奇。

一代劍客，正在默默地成長。成長在一個急促、忙碌的環境中。

楚小楓剛剛練習完一套劍法，門外已響起了波波之聲，道：「公子，公子。」

是成方的聲音。

楚小楓站起身子，調勻了呼吸，緩緩打開木門。

只見陳橫滿頭大汗，一定是很緊急的事情。

果然，楚小楓還未來得及開口，陳橫已經搶先說道：「公子，綠荷、黃梅、紅牡丹，身陷危境，要公子派人搭救。」
楚小楓道：「人在哪裡？」
陳横道：「被押到了一艘大船上，還泊在湘江岸畔。」
楚小楓道：「在船上？」
陳横道：「是……」
楚小楓道：「好！你先進去，擦擦臉上汗水，說明詳情……」
陳横接道：「不！公子，救人如救火，要救她們，得早些行動。」
楚小楓輕輕吁一口氣，道：「好吧！咱們立刻動身。」

湘江岸畔，靠著一艘巨形的雙帆大船，紅漆金字，寫著水師督府。
楚小楓道：「這是一艘官船。」
陳横道：「就是這艘船，我親眼看到，他們把三人押上船去。」
楚小楓道：「沒有看錯吧！如是錯登官船，這個漏子就大了。」
陳横道：「是不是官船，我不知道，但她們三個在船上，我敢保證……」語聲一頓，接道：「除非，他們很快地又把三個人押離此地，不過，這個也不太可能。」
楚小楓道：「好！咱們上船去。」
楚小楓打量了四周地形一眼，發覺大船正好直泊，浮橋搭在岸上，立刻舉步向上行去。
成方、華圓，緊隨身後。陳横、王平，跟在華圓身後。

這是一艘很氣派的大船，連甲板上，都鋪了紅氈。

這是一艘專門坐人的大船，船艙，佔了整艘船的一半。

木門雕花，白綾掩窗，門前還掛著兩盞白綾糊製的宮燈。

甲板上靜悄悄的，不見人蹤。

楚小楓吁了一口氣，道：「成方，過去叩門求見。」

成方應了一聲，伸手摸摸肩頭上的劍柄，舉步向前行去。

一個劍士，摸到他慣用的劍柄，內心中就生出了一種充實的感覺。

受過嚴格訓練的成方，輕輕叩兩下艙門，立時退後三步。

艙門呀然而開，一個手中抱著水菸袋，身著團花黑馬褂的中年大漢，緩步行了出來，打量了成方一眼，道：「你是幹什麼的？」

成方道：「你老兄是什麼身分？」

中年大漢怒道：「這是什麼地方，你知道麼？」

成方道：「我知道，這是一艘官船。」

中年大漢冷笑一聲，道：「既然知道是一艘官船，你怎麼還敢上來？」

成方笑一笑，道：「我知道這是一艘官船，但做官的人，一向都很講理，所以，我們公子特來拜訪。」

中年人哦了一聲，道：「你們公子是幹什麼的？」

成方道：「你不是這船上的主人吧？」

中年人道：「老夫雖不是主人，卻是總管身分，這船上的事情不論大小，都要先經我同意才行。」

成方道：「話說得很對，不過，你只能跟我談，咱們公子的身分很尊貴，你總管這個名銜，還不夠。」

中年大漢怒道：「你在胡說些什麼？」

成方道：「我說的都是實話，總管大人，咱們既然敢上來，那就不會把任何事放在心上，最好大家能和氣交談。」

中年人冷哼一聲，目光投注在負手而立，正望著遠天出神的楚小楓，道：「那一位，可就是你們的公子？」

成方道：「不錯！」

中年人接道：「好！你們不敢叫他，我去問他。」舉步向前行去。

成方右手一伸，攔住了中年人的去路，道：「慢著，叫你們主人先出來再說。」

中年人呼的一聲，吹燃了右手的紙煤，呼呼嚕嚕吸了一口菸，然後把紙煤放在水菸筒中，笑一笑，道：「年輕人，你的膽子實在不小。」

成方道：「我的膽子如若不夠大，怎麼敢登上你們的這艘船？」

中年人道：「你實在膽大得可以，老夫見識過很多的人，但卻從沒有見過你這麼膽大妄為的人！」

成方道：「好說，好說，你今天總算見識到了。」

中年人點點頭，道：「好！我現在，先告訴你這艘船上住的什麼人。」
成方道：「什麼人？」
中年人道：「長江水軍督府，陸副將的內眷。」
成方道：「住的內眷？」
中年人道：「對！如是副將在船上，單是你們帶劍上船，就犯了圖謀不軌的大罪，早就把人給拿下了。」
成方笑一笑，道：「總管大人，副將不在，這船上何人才能作主？」
中年人道：「自然是陸夫人了。」
成方回頭望了楚小楓一眼，看他並沒有阻止的意思，恍如不聞，笑一笑，道：「那就請陸夫人吧！」
中年人怒道：「你放肆得很。」
右手一揮，突然向成方抓了過去。
成方一閃避開，反手切出一掌。
中年人一手抱著水葯袋，一手和成方過招，你來我往，片刻間，搏殺了二十餘招。
成方沒有擊中那中年人一掌一指，中年人也沒有扣拿住成方的脈穴。
中年人疾退了一步，停下手，道：「好！年輕人，你身手不錯。」
成方道：「彼此，彼此。」
站在楚小楓身側的華圓，突然開了口，道：「成方，公子已經等得不耐煩了！」

成方應了一聲，右手握在了劍柄之上，冷冷說道：「閣下，如若還是不肯替我們通報，在下就要動劍了。」

中年人原本沒有把成方放在心上，但兩人動手之後，他發覺遇上了勁敵。這個年輕的孩子，手法快速，招術靈動，似乎不是容易對付的人。

看看華圓，再看看楚小楓，中年人有些氣餒的感覺，緩緩說道：「好吧！你們一定要見，在下只好替你們通報了。」

成方冷冷說道：「我們一定要見，而且，愈快愈好。」

中年人道：「好，諸位請稍候片刻。」

成方道：「慢著。」

中年人本已轉身向內艙行去，聞言又停了下來，道：「什麼事？」

成方道：「咱們公子已然不耐久等，閣下既是總管身分，就該請咱們公子，進入廳中坐坐才是。」

中年人道：「好吧！」

成方快步行到楚小楓的身側，躬身說道：「請公子，進入艙中坐候。」

楚小楓嗯了一聲，舉步走入艙中。

成方、華圓當先開路，楚小楓居中，王平、陳横，緊隨身後。

陳横已拭去了臉上的易容藥物，恢復了本來的面目。

客艙的地方很大，放了六張太師椅。

成方輕輕吁一口氣，道：「總管，快去通報貴主人吧！」
中年人淡淡一笑，道：「在下這就去，不過，有一點，在下要先說明。」
成方道：「好！請吩咐。」
中年人道：「你們冒犯官眷，這是殺無赦的死罪，諸位要不要再想想？」
成方道：「想什麼？不用想了，沒有三兩三，怎敢上梁山，閣下只管通報。」
中年人轉身而去，不大工夫，耳際間響起了環珮叮咚之聲，兩個白衣女婢扶著一個綠衣麗人，緩步走了出來。
水綠衣裙，更顯得皮膚白皙，長裙拖地，掩去了雙足，但看她走路的娉婷之姿，似乎是一雙小腳。
她不算太美，但卻有一種成熟的誘惑，動人情懷。
只見她輕啟玉齒，露出了一口細小的白牙，道：「哪一位要見我？」
她口中說話，兩道目光，卻投注在楚小楓身上。
楚小楓笑一笑，道：「在下求見夫人。」
綠衣麗人道：「請教貴姓？」
楚小楓道：「迎月莊主楚小楓。」
綠衣麗人道：「賤妾陸王氏。」
楚小楓道：「陸夫人。」
陸夫人道：「不敢當，賤妾記憶之中，未見過楚莊主？」

楚小楓道：「楚某也不識夫人，在下是初度拜訪。」

陸夫人道：「那麼楚莊主和拙夫是故交了。」

楚小楓道：「在下和陸先生，也是從未晤面。」

陸夫人道：「素不相識，楚莊主就貿然登舟拜訪，不覺得太過孟浪麼？」

楚小楓道：「在下來的是孟浪一些，不過無事不登三寶殿，在下想請教夫人幾件事。」

陸夫人道：「好！楚莊主請說。」

楚小楓道：「在下想先知道陸大人是什麼身分？」

陸夫人道：「拙夫是長江水師督府的副將。」

楚小楓道：「很大的官。」

陸夫人道：「不敢當，還過得去。」

楚小楓道：「夫人，陸大人不在船上嗎？」

陸夫人道：「不在，他有事到襄陽城中去了，不過天黑之前，一定可以回來。」

楚小楓道：「如若在下有事請教夫人，夫人能不能作主呢？」

陸夫人道：「那要看是什麼事了？賤妾一向不問拙夫公務。」

楚小楓道：「這件事情應該是半公半私了！」

陸夫人道：「那請楚莊主說說看吧！」

她溫文有禮，確是一副貴夫人的派頭。

楚小楓打量了陸夫人一眼，笑一笑，道：「夫人，水師營管不管抓人的事？」

陸夫人道：「這些事，我們婦道人家，一向不過問。」

楚小楓道：「哦！那是說，一定要見到陸大人才行了？」

陸夫人道：「是！如若楚莊主要談公事，那只有等拙夫回來了。」

楚小楓道：「夫人，陸大人什麼時候離開這裡的？」

陸夫人：「楚莊主，這話就問的有些不通了。」

楚小楓道：「問的太多了？」

陸夫人道：「對！拙夫好歹，也是一個副將，朝廷的命官，你這樣問東問西，豈不是太過狂妄了一些。」

楚小楓道：「夫人，你多原諒，在下既然來了，就不會怕麻煩。」

陸夫人道：「楚莊主，這是不是威脅？」

楚小楓道：「不是，在下正向夫人提出一個問題，希望夫人能有個答覆。」

陸夫人道：「我說過，我一向不太喜歡過問拙夫的事，楚莊主一定要探問內情，那就只有等拙夫回來，再請他回答了。」

楚小楓笑一笑，道：「夫人，在下覺得，只怕是很難等下去了。」

陸夫人道：「那你要幹什麼？」

楚小楓道：「我要搜查夫人的這艘船！」

陸夫人呆了一呆，道：「你說什麼？」

楚小楓心中暗道：「這女人倒是很沉得住氣。」

心中盤算，口中卻冷笑一聲，道：「夫人，我看這是唯一的辦法了！」
陸夫人道：「你這人當真是可惡得很，這是什麼地方，你竟然如此放肆。」
楚小楓道：「夫人，我說過，我們來了，就不怕任何後果。」
陸夫人怒道：「你這人得寸進尺，究竟是什麼意思？」
楚小楓一擺頭，道：「搜！」
王平、陳横，加上華圓，立刻向內艙行去。
陸夫人道：「站住，你們要幹什麼？」
楚小楓一揮手，道：「你們去吧！成方，攔住這位夫人。」
成方應了一聲，横跨兩步，攔住了陸夫人，道：「夫人，你要過去，只有一辦法，憑武功衝過去。」
陸夫人道：「你是強盜？」
成方道：「就算是吧！夫人，小的只聽主人吩咐，夫人想說什麼，只管和我們主人說吧！」
陸夫人道：「我有些不明白，你們究竟是哪裡來的，來這裡想找什麼？」
楚小楓道：「夫人，你只有一個辦法，可以阻止他們進入內艙。」
陸夫人道：「什麼辦法？」
楚小楓道：「用武功。」
陸夫人道：「哦！除了這個辦法之外，沒有別的辦法了？」

楚小楓道：「沒有，夫人如是不肯動手，那只有讓他們進去搜一搜了。」
陸夫人道：「楚莊主，真想不到啊！你這麼一個人，看上去斯斯文文的，竟然是這麼一個不講理的人。」
楚小楓心中暗道：「難道他們已經早有準備，她竟然如此沉得住氣。」
原來，王平、陳橫、華圓，已然轉入內艙中去。
陸夫人沒有出手攔阻，那位總管，也沒有出手阻擋。
成方手執長劍，擋在艙門口處。
楚小楓道：「陸夫人，在下心中有些奇怪？」
陸夫人道：「奇怪什麼？」
楚小楓道：「夫人明明有一身好武功，卻不肯出手攔阻他們。」
陸夫人冷冷說道：「你們強梁霸道，還要說風涼話麼？」
楚小楓心中暗道：「難道，這個女人真的不會武功麼？」
凝目望去，只見她雙目中淚光隱隱，似乎是要流淚的樣子。淚光，遮去了她的眼神。
一副無可奈的樣子，緩緩在一張木椅上坐下，兩個女婢，緊守在她的身側。
楚小楓開始對自己的判斷，產生了懷疑。
難道這女人，真是陸副將的夫人不成，果然如此，這個漏子就闖大了。
心中念轉，口中卻緩緩說道：「夫人，最重要的一件事是，我不信你是真的陸夫人。」
陸夫人怒道：「你這人真是胡說八道，世界上什麼都有人冒充，哪裡還會有人冒充別人的老婆。」

楚小楓道：「夫人，陸副將幾時回來。」

陸夫人道：「天黑之前一定會回來。」

楚小楓道：「好！天黑之前，我們已經離開這裡，也許不會和陸副將照面。」

陸夫人道：「哼！你們早知道他不在船上，才敢這樣無法無天？」

楚小楓道：「夫人言重了，就算陸副將在這裡，咱們要來時，一樣會來。」

陸夫人道：「這麼說來，你們是天不怕，地不怕，全無王法的人？」

楚小楓道：「夫人，這就言重了。」

陸夫人突然站起了身子，似要發作，但看了楚小楓幾眼，忽然又坐了下來，嘆息一聲，道：「楚莊主，你們究竟要幹什麼？」

楚小楓道：「找人！」

陸夫人道：「找什麼人？我的丈夫，還是我？」

楚小楓道：「都不是。」

陸夫人道：「請說說看吧！要找什麼樣子的人？為什麼找上我們？」

楚小楓道：「找三位姑娘，有人看到她們被押上了這艘船。」

陸夫人看了那位總管一眼，道：「鄭總管，咱們這艘船上，押的有犯人沒有？」

鄭總管道：「沒有。」

陸夫人道：「楚莊主，是什麼樣子的女人？照說，拙夫一向不會把犯人帶到我住的地方，這一次，他因公在外，也許會破一次例，不過，我不知道這件事，但鄭總管應該知道的。」

楚小楓左看右看，一直瞧不出一點破綻，心中暗道：「這女人如是有意裝作，那實在裝得太像了。」

陸夫人輕輕吁一口氣，接道：「楚莊主如是不信，儘管搜查，真能搜出三個女犯人，老實說，我也心中感激，他怎麼可以把女犯人，帶上此船，不過，楚莊主，假如是搜不出來，是不是該給我一個交代？」

楚小楓道：「這個，我……」

只見王平快步奔了上來，道：「見過莊主。」

他雖然盡力想保持鎮靜，但仍然無法完全遮住那股驚愕之色。

楚小楓一皺眉頭，道：「找到了沒有？」

王平急行一步，低聲說道：「陳横、華圓，都暈倒在底艙之中。」

楚小楓道：「有這等事，怎麼發生的？」

王平道：「他們好像中了一種迷藥！」

楚小楓道：「哦！你們聞到丁香味沒有？」

王平道：「沒有，屬下沒有聞到什麼香味。」

楚小楓道：「如是迷魂藥物，應該有一種香味才對！」

王平道：「是！屬下也這麼想，如若有什麼藥物，至少，應該有一種藥味，但我沒有聞到過什麼氣味。」

楚小楓點點頭，目光轉到陸夫人的臉上，道：「夫人，這是什麼意思？」

陸夫人道：「我不懂你在說什麼？」

楚小楓道：「夫人，說笑話也應該有個限度，你這麼做，那是逼迫在下出手了。」

陸夫人道：「男子漢，大丈夫，只會欺侮女流之輩，算得什麼英雄好漢？」

楚小楓淡淡一笑，道：「夫人，如若你們不用迷神藥物，在下幾乎就被你蒙騙過去了。」

陸夫人道：「這話怎麼說？」

楚小楓道：「可惜，你還是不夠沉著，這就叫百里行程半九十。」

突然出手一把，扣住陸夫人的左手腕脈。

陸夫人呆了一呆，道：「你這是什麼意思，難道你不懂男女授受不親？」

楚小楓道：「我不懂，不過，我知道夫人的性命，至少重過我那幾位兄弟。」

陸夫人道：「你這強盜，竟然敢傷害命官夫人。」

楚小楓道：「放了他們，要不然，夫人可別怪在下無情。」

一面說話，一面暗運功夫，五指緊收。

陸夫人覺著指力增加，只好運氣抗拒。這一來，無疑露了原形。

楚小楓冷然一笑，指力又加強了三分，道：「夫人，你終於露出原形了。」

陸夫人一著失錯，自知已無法再作狡辯，嘆息一聲，道：「放開我，咱們好好談談。」

楚小楓道：「王平，看什那位總管，夫人，請下令放了他們兩人，在下保證不傷夫人。」

口中說話，右手卻不斷地增加實力。

陸夫人只覺著骨疼欲裂，提不起真氣。

她雖然咬著牙沒有呼叫出聲，但卻疼的忍不住流下淚水來。

楚小楓輕輕吁一口氣，道：「夫人，再不肯下令，在下就要扭斷你的腕骨了。」

陸夫人道：「放開我，放開我，我做不了主。」

楚小楓道：「那是，這艘船上，還有比姑娘身分更高的人了？」

他問話的聲音，雖然和氣，但手上的力量，卻不停地加重。

他心中明白，此時此刻，決不能有半點仁慈之心。

這是個計劃得很精密的陰謀，稍有疏忽，就可能陷入對方的計算之中。

陸夫人彎下了腰，蹲下了身軀。這種痛苦實在很大，極不容易忍受。但她竟然忍住了，不再回答他的問話。

楚小楓冷冷說道：「夫人，真的不肯說了……」

這時兩個女婢之中，突然有一個開了口，道：「楚莊主，你殺了她也沒有用，她做不了主，就是做不了主。」

楚小楓道：「誰能做主，那個人若是男子漢，就應該站出來。」

那女婢冷笑一聲，道：「他本來也不是男子漢。」

楚小楓怔了一怔，道：「這麼說來，是你姑娘了。」

女婢道：「不錯，是我。」

楚小楓道：「失敬，失敬，請教姑娘怎麼稱呼？」

對這種變化，楚小楓心中雖然有著意外之感，但他表面上卻裝作無限平靜。

那女婢淡淡一笑，道：「我叫柳煙。」

楚小楓道：「柳姑娘，很雅致的名字！……」

語聲一頓，接道：「這位陸夫人是冒充的了。」

柳煙道：「那倒不是，她是貨真價實的陸夫人，你應該由她的風度上看出來，一個冒充的人，決不可能如此沉著、從容。」

楚小楓道：「想不到，你們竟然和官府中人，也有勾結。」

柳煙道：「我們的勢力，遍布江湖，無孔不入，這世界上有人的地方，就可能有我們的暗樁、有我們的殺手。」

楚小楓道：「聽起來，當真是可怕得很。」

柳煙道：「你楚公子帶的人手中，說不定也有我們的人混在其中。」

楚小楓哦了一聲，道：「姑娘當真是越說越神了……」

神情突然間，轉變得十分嚴肅，接道：「柳姑娘，不論貴組合有多大的勢力，也不會使在下畏懼，再說，一碼歸一碼，現在，姑娘最好先對眼前的事，作一個決定。」

柳煙道：「楚莊主，目前，我們手中已經掌握了你們三條命，你手中扣著的，卻是貨真價實的陸夫人，傷害了一個將軍夫人，對你一個小小的莊主而言，那實在不是一件什麼好事？」

楚小楓道：「柳姑娘，你如覺著這對我是一個很大的威脅，那就想錯了，柳姑娘，別忘了還有你，除非，你自己覺著，有把握能夠勝過區區。」

柳煙道：「我既然出了面，就和陸夫人無關，放了她，我可以奉陪，文比武打，悉聽尊便。」

楚小楓沉吟了一陣，道：「好！柳姑娘願意出面，那是最好不過。」

揚手兩指，點了陸夫人的穴道，向後一帶，交給了成方，道：「看住她。」

成方接住陸夫人，置於一側。

柳煙臉色一變，道：「楚莊主，你這是什麼意思？」

楚小楓笑道：「江湖上陰詐的事情太多，在下不得不小心一些。」

柳煙冷冷說道：「嗯！陰險小人。」

楚小楓大笑三聲，道：「姑娘，咱們可以談談正題了。」

柳煙道：「請說。」

楚小楓道：「放了我三個手下，交出她們三姊妹，在下保證不動這船上的一草一木。」

柳煙突然一揮雙臂，一副外罩的長衫，突然片片碎裂落下，露出了一身黑色勁裝。

成方、王平，都為之臉色一變。

這柳煙表現出來的武功，十分驚人。

原來，一件衣服穿在身上，想要一舉間把它震得片片碎裂，實在不是一件很容易的事。那必須要內功到了完全收發隨心的境界，全身每一個部分，同時發出強大的勁力，一瞬間，震碎長衫。

柳煙，看上去，只不過是一個十七、八的小姑娘，卻有如此成就。

成方、王平，自覺無法辦到這一點。

當然，每個人的造詣不同，有的劍上成就高，有的掌上威力強，也有專練內功，也有專練拳掌的。

柳煙表現出了她內功上傑出的成就。

楚小楓心頭震動了一下，但他已學會了鎮靜功夫，冷淡地笑一笑，道：「姑娘好功力。」

柳煙嗯了一聲，道：「楚莊主，你準備親自出手呢？還是先要你兩個從人上來試試？」

楚小楓道：「自然是在下親自奉陪，在下還是想先說明一件事。」

柳煙道：「拖延時間，對我沒有什麼害處，你說吧！」

楚小楓道：「咱們這一戰，只求分出勝負呢？還是以命相搏？」

柳煙道：「拳腳、兵刃，都沒有長眼，動起手來，那就很難保證不會傷亡，再說，咱們也不是比著玩的。」

楚小楓道：「姑娘之意，可是說，咱們一動上手，那就是生死存亡之分了？」

柳煙道：「既然動上手，還有什麼顧慮……」

回顧了身側女婢一眼，道：「傳我令諭下去，如果他們傷害到陸夫人，那就把擒得之人，亂刀分屍，拋入湘江餵魚。」

女婢應了一聲，轉身而去。

成方突然一個快速轉身，攔住了女婢的去路，道：「請姑娘站住。」

那女婢對成方的攔阻，並無畏懼，笑一笑，道：「小兄弟，你可是在嚇我？」

成方道：「不是！在下認得姑娘，手中之劍卻不識人，而且，我是很認真的。」

那女婢冷然一笑，道：「小兄弟，我看你還是讓讓路的好。」

成方道：「為什麼？」

女婢道：「因為柳姑娘已經傳下了令諭，她的聲音很大，布守在艙底的人，已經聽到了。」

成方道：「既是聽到了，那就不用姑娘再費口舌走一趟了。」

女婢道：「只怕他們沒有聽清楚，萬一他們聽錯，立刻動手，把你那三位同伴，亂刀分了屍，丟入湘江，那豈不是一樁大憾大恨的事。」

這丫頭口齒伶俐，而且出口之言，威脅極人。

精明的成方愣住了。

呆了一陣，才緩緩說道：「你聽著，你如敢殺了我們三個同伴，那是逼我們大開殺戒，至少，這裡，我們還有四個人。」

女婢掩口笑道：「你色厲內荏了，是麼？你們三個同伴，現在是直挺挺地躺在那兒，等候宰割，我們隨時可以動手，至於我們麼？那就有很大的不同了。」

成方看看楚小楓，並沒有立刻出手的意思，才冷冷接道：「有什麼不同，難道你們不是人命？」

女婢道：「是人命，但你們那位年輕的楚莊主，未必是我們柳姑娘的對手，再說，你也未必能殺得了我。」

那位中年總管，哈哈一笑，道：「楚莊主，最好你放明白些，除了陸夫人不算，目下，我們還是三對四的局面，何況，只要我們招呼一聲，立刻，就會有很多人衝上艙來。」

柳煙笑一笑，道：「不用威脅這位楚莊主，你難道沒有看到麼？這位楚莊主，不是一個受威脅的人。」

總管道：「姑娘，在下不是威脅，我說的都是實話。」

柳煙道：「就算你說的實話，人家只怕也不會相信。」

楚小楓道：「兩位說完了吧？」

柳煙笑一笑，道：「楚莊主不相信我們會殺人，那就試試吧！」

楚小楓道：「江湖上，本多風險，生死由命，那也算不得什麼大事。」

柳煙道：「好！楚莊主當真是豪氣干雲。」

楚小楓回顧了一眼，道：「姑娘，我看咱們先開始吧！」

柳煙道：「小妹隨時候教，只艙中太過狹窄，怕施展不開。」

楚小楓心中忖道：「這丫頭好狡得很，似乎是想把我誘出艙外，不可再上了她的當。」

心中念轉，口中緩緩說道：「我看咱們就在這裡湊合一下算了。」

柳煙道：「好！楚莊主請出手。」

她口中謙讓，右手一抬，食、中二指，已然點了出去，話出口，手指已到了楚小楓的前胸。

楚小楓右手一拂，暗勁湧出，逼開了柳煙的二指。

柳煙身子一轉，突然雙足齊飛，踢了過來。

這一下來的很奇幻，也很突然，如非楚小楓這些日子中大有進境，躲開這一招就很不容易。

但楚小楓躲開了。

柳煙道：「好身手。」

喝聲中，已拍出四掌，踢出了六腳。

她的人，好像就沒有落過地，一直在空中飛轉攻擊。

這艘官船的大艙，比一般的船艙，雖然高了一些，但飛騰搏擊，亦非易事。

柳煙雖然身軀嬌小，但也無法在如此低矮的艙中飛躍。

楚小楓學會了留心觀察，所以，他看得十分仔細。

發覺了飛騰的柳煙，一直保持身子的彎曲。她的雙腿，一直收著，身子也成屈弓之狀。

正因如此，她的攻勢也特別的快速凌厲。看上去，像一個在空中滾動的圓球。

楚小楓連接下數十招攻勢，竟然無法還擊一招。

楚小楓皺了皺眉頭，只覺這地方有些狹小，很多招數，都無法施展。

柳煙一陣連綿的攻勢過後，人才落著實地，吁一口氣，道：「楚莊主，你怎不還手啊？」

楚小楓雖然聽出柳煙的話，有股揶揄的味道，但他仍然很平靜，因為，他並沒有失敗。

淡然一笑，楚小楓緩緩說道：「姑娘的攻勢很快速，快得使在下沒有還手的機會，不過，並不是說，你柳姑娘，已經勝了這一場搏殺，對麼？」

柳煙道：「至少，楚莊主也沒有得勝，是麼？」

楚小楓道：「姑娘，眼下只是沒有分出勝敗，但咱們這一場搏殺，還沒有結束，對麼？」

柳煙道：「對！現在還不知道是一個什麼樣的結果。」

楚小楓笑一笑，道：「咱們還沒有分出勝負，現在，就要開始了。」

柳煙道：「楚莊主，準備出手了。」

楚小楓道：「不錯，姑娘小心了。」

突然一掌，拍了出去。這一掌，變化不奇，只是平平淡淡地拍出一掌。

柳煙竟然看不出掌勢上，蓄藏有何變化。

眼看到掌勢將要近身之時，柳煙才突出一指，點向了楚小楓的右腕脈穴。

楚小楓一挫腕，原本平平的一掌，突然間變成了彎曲之狀，五指連綿彈出。

五縷指風一齊飛向了柳煙脈穴。

柳煙急急縮腕，但仍然慢了一步，被一縷指風擊中腕脈。

但覺腕穴一麻，楚小楓人已疾欺而至，一把扣住了柳煙的左腕，冷冷說道：「姑娘，現在，咱們分出勝負了。」

柳煙臉色鐵青，冷笑一聲，道：「你這算什麼武功？」

楚小楓道：「不論什麼武功，但我已經制服了你。」

柳煙神情冷厲，緩緩說道：「你們不用顧及我的生死，不過，我如死了，你們給我報仇就是。」

楚小楓道：「三命四命，你們也佔不了先。」

出手一指，點中了柳煙兩處穴道，接道：「姑娘，一定要死，也要我們動手殺了你，我不會給你自絕的機會。」

柳煙頸間兩處穴道被點，口中雖然含有毒藥，但卻無法吞下。

楚小楓望著另一個女婢說道：「柳煙的武功不弱，想來，你也不是一個容易對付的人物了。」

那女婢一直在成方的監視之下，成方手中握著劍柄，凝神相待。

武功高手一旦運功戒備，都帶有一種濃烈的殺氣。

那女婢輕輕吁一口氣，道：「楚莊主，你太高估小婢了。」

楚小楓道：「姑娘，其實，也用不著太過謙虛，如若姑娘不施展一下，就束手就縛，豈不是死也難以瞑目了。」

那女婢淡淡一笑，道：「楚莊主，我確實也會點武功，不過，我的武功，不如陸夫人，更不如柳煙姑娘，當面出醜，倒不如藏拙的好。」

成方道：「你倒是很識時務啊！」

女婢淡淡一笑，道：「閣下手握劍柄，全神防範，似乎是隨時就可以出手，刀劍無眼，我又何必冒險呢？」

楚小楓冷笑一聲，道：「成方，快出劍，逼出她的左手。」

成方劍出如風，一劍逼上了那女婢的左腕。原來，那女婢的左手，忽然間縮入了袖中。

成方冷冷說道：「姑娘拿出左手來。」

楚小楓道：「不用太仁慈，不聽話，就斬下她的左腕。」

那女婢搖搖頭，笑道：「一隻白白嫩嫩的手，我不相信你小哥真會忍心把它斬斷。」

成方劍勢一沉，鮮血迸濺，一隻血淋淋的玉手，落了下來。

那女婢直等手落在地上，看到了身上的鮮血，才覺一股劇痛，直透肺腑，大叫一聲，向後退了三步。

成方長劍一揮，架在那女婢脖子上，道：「姑娘，再不肯聽話，我會割下你的腦袋。」

楚小楓道：「姑娘，這也怪不得我們狠心，你手中的暗器，我相信十分惡毒。」

成方目光一轉，只見地上那隻沾滿鮮血的手中，握著兩個墨色的彈子。

兩粒圓圓的墨色彈子，在地板上滾動。

楚小楓很小心地撿了起來，投出艙外。

成方右手微微加力，長劍寒刃，似是要劃破那女婢的皮膚而入。

那女婢驚急失聲，道：「不要……」

她似是自知失態，立刻住口。

楚小楓道：「姑娘，你們在場的四個人中，算你的運氣最壞，我想到你們可能有嚴苛的規戒，你不敢說，只可惜你，必須在兩個嚴苛的事實中，選擇一個，哪一個對你，都不是太好的結果。」

那女婢道：「我！我……」

楚小楓道：「你不用想用言詞套住我，我不是什麼成名江湖的大人物，我們也不會太受江湖上什麼規矩約束，我們有自己的作法，姑娘不肯回答在下的問話，我會叫他殺了你。」

那女婢已自點了肘間兩處穴道，止住流血，臉上的驚容雖然未消，但人已經鎮靜了不少，苦笑一下，道：「你一定要殺我，那是活該，我什麼也不能告訴你。」

楚小楓心中暗道：「對付這等人物，如若不表現出毒辣手段，只怕無法震服他們。」心中念轉，口中說道：「姑娘，很遺憾，我們要殺了你。」微一擺頭，示意成方下手。

成方右腕一推，唰的一聲，長劍過處，人頭落地。

鮮血狂噴中，那女婢的屍體倒了下去。

楚小楓頭也未回，轉身對柳煙行了過去，道：「姑娘，我們也給你一個機會。」

眼看活生生的一個人，被一下子斬下腦袋，實在有些可怕。

柳煙雖然盡量保持著鎮靜，但雙目中仍然露出了恐懼之色，道：「你要幹什麼？」

楚小楓道：「問你話，你如是不肯說，那位姑娘就是個榜樣。」
柳煙道：「你要殺我？」
楚小楓道：「對！姑娘如是不肯合作，或是不願回答，我就可能殺了你。」
柳煙道：「你知道麼，我和他們的身分不同？」
楚小楓道：「什麼身分不同？」
柳煙道：「我比他們的身分高很多。」
楚小楓笑一笑，道：「這一個，在下不會放在心上，殺一個也是結仇，殺十個，也是結仇，在下問一句，希望你姑娘回答一句……」
柳煙道：「我……」
楚小楓接道：「成方，我問第一句，她如不肯回答，你就斬下來她左手兩根指頭，第二句話不肯回答，你就斬下她的左手，第三句不回答，就斬下她的腦袋。」
成方道：「回主人的話，如是殺了她，咱們豈不是沒有人可以問了。」
楚小楓道：「還有兩個活的。」
柳煙道：「就算還有兩個人，他們也不知道什麼。」
楚小楓道：「他們不知道，在下也會殺了他們。」
柳煙道：「你很嗜殺。」
楚小楓道：「江湖上本來就沒有咱們這一號人物，所以，咱們也用不著太顧忌江湖上有些什麼規矩。」

柳煙道：「看你們武功，和這股銳氣，年紀輕，衝勁足，也許應該有一點發展，可惜你們出來的不是時候。」

楚小楓心中暗道：「曲徑通幽，話中套話，也許能夠聽出一點真實內情。」心中打了兩個轉，緩緩說道：「不是時候！為什麼？」

柳煙道：「因為，有一個比你們強過一倍、百倍的組合，也正在開始活動。」

楚小楓道：「這個，在下怎的完全沒有聽說過？」

柳煙的口風很緊，話題一轉，道：「江湖上門派分立，不但各大門派，不允許你們猖狂，就是丐幫、排教，也不會准許你們這一批年輕人，胡作非為。」

楚小楓道：「咱們既然進入了江湖，本來就準備闖出一番局面，不論什麼人，只要想阻止我們，都辦不到，除非他們能用武功把我們制服了。」

柳煙道：「就憑你們這一批人，難道還能和丐幫對抗麼？」

楚小楓道：「姑娘，不用拿丐幫、排教壓我，就算是少林、武當，也不會放在我們心上，大不了，拚一個血濺黃沙。」

柳煙道：「看起來，你似乎是一個很有豪氣的人。」

楚小楓道：「咱們這個組合，年紀雖輕，但卻都是充滿著自信的人。」

柳煙道：「你們想闖出一個什麼樣子的局面？」

楚小楓略一沉吟，道：「咱們也有自知之明，所以，也沒有太大的心願，只是希望混出一個不太大、也不算太小的局面就行了。」

柳煙道：「你說說看，怎麼樣才算一個不大不小的局面？」

楚小楓道：「這個，很難做個適當的比喻，大體上說，咱們在江湖上，要有相當的聲譽，控制著一片地盤，能受到武林同道相當的敬重。」

柳煙道：「這野心的確不算太大。」

楚小楓道：「姑娘，這些事，告訴你，也沒有什麼作用，現在，我只想知道一件事，你們願不願放人？」

柳煙道：「放人很容易，只要我說一句話就行。」

楚小楓道：「那就有勞大駕，請說一句。」

柳煙道：「我說一句話可以放人，但也可以殺人，如若咱們談判不成，你可以殺了咱們，你那六個兄弟姐妹，也要給咱們抵命。」

楚小楓道：「我們出來闖蕩的，生死之事，都不會放在心上，不過，誰要殺了我們一個人，只要我們有一口氣在，就不會放過他，他會受到最殘酷的報復。」

柳煙笑一笑，道：「楚莊主，在江湖上走動，這種事情，我見過的太多了，人一個，命一條，誰也不能死兩次，你不用威脅我，我雖然不願死，但如非死不可時，那也只好咬咬牙挺上去。」

楚小楓道：「好！咱們就試試看吧！成方，斬下她一條手臂。」

成方應了一聲，仗劍衝了過去，右手一抬，長劍劈下。

柳煙道：「住手。」

廿五　刀過無聲

成方早已得了楚小楓的暗示，立刻收住了劍勢。

楚小楓道：「你要下令放人？」

柳煙道：「你這愣小子，一點也沒有心機，如何成得大事？」

楚小楓道：「就在下所知，初入江湖，如想揚名立萬，必得有一股狠勁。」

柳煙道：「那是匹夫之勇，你真想在江湖上混出一個局面，最好聽聽我這大姊姊的意見。」

楚小楓哈哈一笑，道：「大姊姊？姑娘今年貴庚啊？」

柳煙道：「你不用管我幾歲？我總比你大兩歲就是，你資質不錯，人也夠英俊，更難得的是，還有一身好武功，如是再能有一點頭腦，倒也不難闖出一個局面！」

楚小楓：「哦！」

柳煙道：「聽我說，別覺著你這點武功，已經天下無敵，更別指望你們這一群愣小子，真的能打出一個什麼局面出來，不過，眼下倒有很好一個機會，你們如若願意，我可以幫你一個忙，三、五年內，就可能得到你所期望的局面。」

楚小楓道：「有這等事？」

柳煙道：「你願不願意，只憑你一句話。」

楚小楓心中忖道：「無論如何，先要救出來華圓、陳横、成中岳，再作主意，既是黃老幫主要我自作主意，那就不能用太正規的辦法。」

暗定主意，吁一口氣，道：「咱們闖了一陣，也傷了幾個兄弟，到現在，還是沒有揚名立萬，在下也正在想，是不是方法沒有用對，如是姑娘說的句句真實，在下倒希望合作，只是咱們不能太相信你。」

柳煙道：「好！有你這一句話就行了，我先要他們放人……」

提高了聲音，接道：「放了那三個姑娘，另外給三個中毒人解藥，放他們上來。」

她的話，還真管用，片刻工夫，成中岳、華圓、陳横，和綠荷、黃梅、紅牡丹，都由底艙中行了出來。

柳煙道：「楚莊主，你現在如是想變卦，還來得及。」

楚小楓解了柳煙和陸夫人的穴道，笑一笑，道：「咱們雖然不受江湖規戒束縛，但這信義二字，還要遵守。」

柳煙活動了一下手腳，道：「把屍體抱出去。」

那名中年總管，抱起女婢屍體，向外行去。

人到艙門口處，柳煙卻突然一揚右手，一縷細芒飛出。

那中年總管身子一搖，道：「鬼丫頭，你……」
一句話沒有說完，人已經斷了氣，一張臉，也變成了一片紫黑。
好厲害的暗器。
楚小楓心頭一震，道：「姑娘，為什麼殺他？」
柳煙道：「滅口。」
楚小楓道：「你們自己人，怎的還要殺他滅口？」
柳煙道：「他看到了剛才的情形，定認為我很怕死，我又不願意，把這件事傳出去。」
楚小楓道：「哦……」
望望陸夫人，接道：「你也要殺了這位夫人麼？」
柳煙道：「她不要緊，是我的好姐妹，我想她不會說出去。」
陸夫人道：「小妹根本就沒有聽到什麼，如何會說出呢？」
一面把管家和那女婢的屍體，拖入了底艙之中。
柳煙舉手理一下鬢前亂髮，道：「你願不願意跟我去見見那個人？」
楚小楓道：「看到你姑娘對自己人的手段，實在叫人寒心，咱們兄弟闖蕩江湖，至少不會殺害自己人。」
柳煙道：「每人的處境情況不同，不能相提並論。」
楚小楓道：「不談這件事。但姑娘要帶在下去見一個什麼樣的人物，總該先說清楚吧？」

柳煙沉吟了一陣，道：「這個，我不能事先奉告，不過，大姊我確是一片誠心，你見他之後，自然會明白。」

楚小楓略一沉吟，道：「那人現在何處？」

柳煙道：「距此不遠。」

楚小楓道：「也在船上？」

柳煙道：「嗯！」

楚小楓道：「至少你要告訴我是男的，還是女的？」

柳煙道：「女的。」

楚小楓道：「我們一起去麼？」

柳煙搖搖頭，道：「不行，只有你一個人去。」

王平低聲道：「不能去。」

楚小楓微微一笑，道：「我可以去見她，但不是現在。」

柳煙道：「什麼時候？」

楚小楓道：「明天午時，地方也要由在下指定……」

他想到成中岳等突然暈倒的事，心中猶存餘悸，不能不小心一些。

柳煙道：「這麼看來，你也不是太莽撞的人。」

楚小楓道：「在下一向膽大心細。」

柳煙搖搖頭，低聲道：「這個辦不到，事實上，我縱然肯帶你去，她是否肯見你，還在未定之中。」

楚小楓道：「你們究竟是一個什麼樣了的組合？看上去，好像十分神秘。」

柳煙道：「對！等我們一旦不神秘時，那就達到完全統治江湖的目的。」

楚小楓笑一笑，道：「這就很難說攏了，姑娘如若不能同意在下的辦法，只好作罷，在下要告辭了。」

一揮手，群豪魚貫向外退去。

楚小楓走在最後，而且是面對著柳煙，緩步退出艙門，下了大船。

直待下了大船之後，才轉身疾行而去。

柳煙行到了艙板之上，望著楚小楓等去遠，未再出言勸阻。

一口氣行出了數百丈，楚小楓才放慢了腳步，回顧了綠荷、黃梅、紅牡丹三人一眼，道：「你們怎麼會被人生擒了去？」

綠荷道：「不知是什麼緣故，我們在不知不覺中，就失去了主宰自己的能力，跟著她們登上這條船。」

楚小楓道：「有這等怪事？」

王平道：「這並非太難，下五門的拐騙之術，就有迷暈小藥餅的施用。」

楚小楓道：「綠荷，還記不記得你們如何中毒的事？」

綠荷道：「記不清楚了。」

楚小楓道：「黃梅、紅牡丹能夠記起來吧？」

黃梅、紅牡丹，同時搖搖頭，道：「小婢們也記不清楚了。」

楚小楓道：「唉！這一陣，咱們總算未遭傷亡，不過，情勢變得已引起了對方注意，我想，此後咱們一定還會遇上很多凶險。」

王平道：「公子，咱們在短短幾日之內，就引起了他們的注意，那就證明公子的計劃很成功。」

楚小楓道：「如是他們集中了全力對付咱們，咱們遇上的危險也大。」

王平、陳横，齊齊說道：「公子，這一點不用顧慮，咱們跟公子的時候，已有必死之心，只要咱們的死亡，有價值，死而何憾。」

楚小楓苦笑一下，道：「這話雖然不錯，但我如把你們完全帶入死亡之路，那就是一樁很大的憾事了。」

王平道：「公子，我們……」

楚小楓一擺手，阻止王平再接下去，低聲道：「小心戒備。」

這時，王平等，都已對楚小楓有了很強的信心，聽他如此說，立刻散布開去，各自亮出了兵刃。

楚小楓道：「什麼人？」

只聽三丈高一株大樹上，響起了一陣哈哈大笑之聲，道：「好耳目。」

微風颯然，飄落下兩個全身黑衣的大漢。

楚小楓拱拱手，緩緩說道：「就只有閣下兩個人麼？」

兩個黑衣人並排向楚小楓行了過來。兩個人的動作一致，舉手投足之間，完全像一個人似的。

楚小楓皺皺眉頭，回顧了王平一眼，道：「這兩人的舉止很怪，你認識他們麼？」

王平搖搖頭，兩個黑衣人行到楚小楓身前五尺才停下腳步。

左首一個黑衣人冷冷說道：「咱們兄弟很少在江湖上出現，認識咱們的人不多，閣下也不用多費心了。」

楚小楓道：「請教兩位大名。」

左首黑衣人道：「巫山雙煞。」

王平呆了一呆，道：「是你們……」

左首黑衣大漢冷笑一聲，接道：「怎麼？你小子知道我們？」

王平道：「在下聽說過，兩位不是已經息隱二十年了嗎？」

左首黑衣人道：「咱們只是息隱罷了，沒有死，自然可以再出來。」

王平道：「公子，巫山雙煞，是三十年前，名動江湖的殺手，不過，已經息隱了二十年，想不到竟然會在今晚叫咱們遇上。」

楚小楓道：「遇上不要緊，要緊的是，遇上了有什麼結果？」

王平道：「看來，他們好像是衝著我們來的！」

楚小楓道：「咱們似乎是沒有和這些人結過仇吧？」

王平道：「沒有，咱們都還不到三十歲，和這兩位高人，從來沒有見過面。」

楚小楓道：「問問他們看，來此的用心何在？」
王平應了一聲，回頭對兩個黑衣人道：「兩位都聽到了？」
黑衣人道：「聽到了。」
王平道：「兩位攔住咱們，必有目的了？」
仍由左首黑衣人道：「有！留下你們公子的人頭。」
王平笑一笑，道：「你們可知道，咱們公子是什麼人麼？」
左首黑衣人道：「不管他是什麼人？我們只是要他的人頭就行。」
成方、華圓，各自向前踏了一步，右手已握住了劍柄之上。
楚小楓臉上帶著微微的笑意，望著兩個黑衣人，卻不開口。
王平輕輕咳了一聲，道：「兩位想要咱們公子人頭，總該有一個理由吧？」
左首黑衣人道：「你年紀輕，少不更事，巫山雙煞，要殺人，就是殺人，從來不說理由。」
王平嘆息一聲，道：「咱們公子為人，最是敬老尊賢，但兩位這等做事之法，卻是老而不賢，那就不值得咱們敬重了。」
左首黑衣人怒道：「咱們來殺人的，不是來聽你們教訓的，老二，出手吧。」
右首黑衣人應了一聲，突然踏出一步，直向楚小楓衝了過去，右手一探，抓了過去。
成方、華圓，雙劍並出，寒芒如剪，向黑衣人斬了過去。
兩個黑衣人的一切舉動，就像是有一條無形之線，連在一起一樣。

右手黑衣人一發動，左首那黑衣人也緊攻了出來，但他卻是攻向成方。
右首的黑衣人攻出的右手微微一縮，成方、華圓雙劍落空。
但左首黑衣人攻向成方的一掌，卻乘虛而入，直逼到成方的右臂之上。
成方要回劍相救，已是不及，但他很滑溜，右臂一收，身子忽然向後退開了五尺。
他和華圓，配合的也很好，華圓唰的一劍，殺了過來，逼開了對方掌勢。
雙煞、二童，展開了一場激烈的搏殺。
四個人，都配合的很好，二童劍勢，相互支援，雙煞的掌勢，也配合的攻守相助。
楚小楓索性後退了幾步，凝神觀戰。
王平、陳横，也未插手，冷眼旁觀著這一場龍爭虎鬥。
成方、華圓的劍上造詣，有些出乎意外的高明，兩支劍交互的變化，竟把雙煞擋住。
王平等看得心中暗暗佩服。
這是楚小楓組成這個組合以來，第一次和人正式動手。
對兩個劍童的佳妙配合，楚小楓也有些意外。
但巫山雙煞卻是有些心頭震動了。
兩個人這次重出江湖，想不到竟遇上了這麼扎手的人。
正點子還未出手，但是人家身側兩個劍童就把兩人給擋住。
片刻之間，雙方已經交手了五十餘招，仍然保持個不勝不敗之局。
巫山雙煞，忽然間同時向後退了一步，收住掌勢。

成方、華圓，也收住了劍勢。
一側觀戰的陳橫、王平，只看得暗叫了一聲慚愧，忖道：「想不到這兩個小小的劍童，竟有如此的武功，排教這個組合，實是不可輕視。」
楚小楓也看得十分滿意，他不惜把自己由無名劍譜上得到的劍招，傳給這些人，目的就是想增加他們武功上的成就。
但成方、華圓，對付巫山雙煞的劍招，卻沒有一招用的是楚小楓傳授的劍法。
只是他們本身苦練的劍招，那是他們原有的成就，抗拒了巫山雙煞的攻勢。
楚小楓忽然感覺到自己領導的是一個年輕、強大的組合，這些人，雖然年輕，但卻都是第一流的高手。
黃老幫主說得不錯，丐幫和排教，都把最精銳的屬下交給了他。
這一批年輕人，人數雖然不算太多，但武功、銳氣，卻是武林中從未有過的第一流的組合。
楚小楓臉上泛出微微的笑容。
巫山雙煞互相望了一眼，仍由左首的黑衣人，道：「你們這兩個娃兒，叫什麼名字？」
楚小楓端起了公子的架子，微笑不言。
成方看看楚小楓的臉色，才接口說道：「你問得太多了，咱們只是公子的兩個劍童，名不見經傳。」
左首黑衣人冷冷說道：「咱們兄弟息隱了二十年，二十年不殺人了，有些下不得毒手，你們兩個小兒，劍術造詣不錯，老夫不忍心殺了你們……」
華圓接道：「兩位，你們不怕風大傷了舌頭麼？」
左首黑衣人冷冷說道：「小娃兒，你認為老夫真的殺不了你麼？」
華圓道：「在下可以奉告兩位前輩，咱們也有很多的殺手，沒有施展出來。」
左首黑衣人道：「哦！」
華圓道：「正因為兩位沒有施展殺手，所以我們也手下留情，沒有施展奇招。」他不是恐嚇之言，楚小楓傳授他的劍招，都是武林中的奇招、絕學，如果施展出手，巫山雙煞，實在也很難抵擋。
巫山雙煞愣住了。
右首那黑衣人突然長長嘆一口氣，接道：「老大，一代新人勝舊人，咱們今天算栽到家了。」
左首黑衣人道：「老二，你的看法，咱們應該如何呢？」
右首黑衣人苦笑一下，道：「走，這件事咱們辦不了！」
左首黑衣人道：「老大，你認為，咱們走得了麼？」
成方道：「咱們公子，一向寬大為懷，兩位儘管請便，咱們公子不會阻攔。」
左首黑衣人搖搖頭，道：「老二，你記得，咱們來此之前，喝的一杯酒麼？」
老二道：「怎麼？那杯酒難道還有古怪？」
老大道：「是！那是一杯藥酒，咱們如是帶不走他們公子的人頭，天亮時，藥性就會發作。」

老二皺皺眉頭，道：「老大，我有點想不明白，他們為什麼要這樣對待咱們？」

老大道：「要咱們死！」

老二道：「咱們死了，對他們有什麼好處？」

老大道：「好處大了。」

這才是楚小楓要知道的事，立刻凝神傾聽。

雙煞老大嘆息一聲，道：「咱們死了，會使巫山姥姥動火……」

老二接道：「這個我自知道，但殺咱們的不是楚莊主啊！」

老大道：「嫁禍，他們早就布置好了，而且，很快會把這消息傳上巫山神女峰。」

老二道：「其實，楚莊主，並沒有惹咱們，這件事，得想個法子，讓姥姥知道，唉！叫他們嫁禍之計，難以得逞。」

老大苦笑一下，道：「現在就是他們肯放，咱們也沒有辦法把消息送到神女峰去，因為，咱們的生命，只有幾個更次了。」

楚小楓覺著不能再不管，向前行了兩步，接道：「兩位，如若肯相信在下，咱們不妨商量一下。」

老大道：「商量？……」

楚小楓接道：「譬如兩位身中的奇毒，也許咱們可以幫兩位解去，或是兩位有什麼未完成的心願，咱們也可以代兩位完成，不過，這中間有一個很重要的條件……」

老大接道：「什麼條件？」

楚小楓道：「說實話，需知一句謊言，可以誤了很大的事，害了兩位，也影響我們。」

老大沉吟一陣，道：「在下邢重，二十年前，被巫山姥姥收服，護守神女峰神女府，這數十年過得太安逸了，不但把武功丟下來，連人也變得十分懶散，但我們仍然是在夜郎自大，還認為是三十年前任我橫行的江湖形勢……」

楚小楓輕輕咳了一聲，打斷邢重的話，道：「邢老大，這些事不談了，在下想知道，你們怎麼忽然離開了神女府，跑到襄陽來殺我們？」

邢重苦笑一下，道：「這也是姥姥一番好意，看我們兄弟守護洞府二十年，未離開過一步，要我們休閑三個月，下山遊玩一番，想不到遇上了昔年一位老友，被他在酒中動了手腳，逼我們到此截殺閣下，唉！一則，咱們兄弟，還是二十年前自負的那股傲氣，覺著這不是一件太難的事，二則，咱們的生命受到了威脅，所以，就一口答應了下來。」

楚小楓道：「原來如此，兩位是受人利用了。」

邢重道：「固然是兩位小兄弟武功高強，使咱們目的難達，但最重要的還是，咱們想過了這件事，越想越覺不對，二十年巫山靜息，殺心已消，野性已馴，也瞭解是非道理，就算我們毒發身亡，也不該無故地來找閣下。」

楚小楓道：「兩位有此善念，在下非常感激。」

邢重道：「和莊主兩個從人交手之後，在下已經感覺到，他們對在下兄弟是一種陷害。」

楚小楓道：「哦！」

邢重道：「他們可能早知道，我們不是莊主的敵手，拿我們兄弟兩條命，只是拖巫山姥姥出山罷了。」

楚小楓雖然不太知道巫山姥姥是何許人物，但見邢重神色間的尊敬，此人定非小可，當下說道：「巫山姥姥，武林前輩，豈是容易受蒙騙的。」

邢重道：「他們布置得很精密，如非我們兄弟及時看破他們的陰謀，極可能真的死傷於莊主手中，那自然是他們的心願了。」

楚小楓道：「幸好兩位及時逃出他們的陰謀了。」

邢重道：「瞧是瞧出來了，只是，我們已無法把這消息傳回巫山了。」

楚小楓道：「兩位身中之毒，不知是否有解救之法？」

邢重道：「如若能見到姥姥，我相信她可以解去毒性，問題是現在，我們根本沒有見到她的機會了。」

楚小楓道：「邢老大有何良策，只要我們能辦，必將全力以赴。」

邢重道：「我們兄弟是死定了，但死也不能使他們達到心願。」

楚小楓道：「如何才能破壞他們的陰謀，不致讓巫山姥姥誤會我們？」

邢重低聲說道：「老夫告訴你一件隱秘，日後見到姥姥時，說出來，她就會相信你的話了。」

楚小楓道：「在下洗耳恭聽。」

邢重用極低微的聲音，說出了一個隱秘，那聲音低得只容許楚小楓一個人聽到。

楚小楓點點頭，道：「在下記住了。」

邢重突然提高了聲音，道：「楚莊主，你年紀太輕，老朽卻已形將就木，我們之間，有著一段很長的年齡距離，老朽不瞭解你的出身，也不瞭解你的為人，但剛才和閣下兩個劍童交手之後，咱們知道了一件事情。」

楚小楓道：「什麼事？」

邢重道：「你們都是極有成就的年輕高手，僕童如此，主人可想而知了，這證明了代代相傳的武功，越來越精進了，使人興起了青出於藍的快慰……」

語聲頓一頓，接道：「只是，年輕人，都犯了一個通病，那就是有些驕狂。」

楚小楓道：「哦！」

邢重道：「不要小看神女府，巫山姥姥的一身成就，實已到登峰造極之境，手下十二神女，也都各有成就，一旦造成了衝突，那將是不堪收拾之局。」

楚小楓道：「我們會謹慎從事。」

邢重道：「但是謹慎還不夠，最重要是謙虛和忍耐，巫山姥姥性烈如火，這件事，既然牽扯了你們，早晚會找到你們頭上的，不管事情是否和你們有關，初見面時，那一陣暴急的責罵，卻是必然會發生，如若你們楚莊主的忍性不夠，雙方就會立刻造成衝突，兵刃無眼，雙方一旦動上了手，難免會造成傷亡，那就根本沒有你說清楚事情的機會了。」

楚小楓道：「多謝指教，在下會小心應付。」

邢重道：「不但是你，還要嚴厲的約束你的手下，千萬不可毛躁從事。」

楚小楓點點頭，道：「我都記下了。」

邢重道：「好！咱們這廂告辭。」

楚小楓道：「兩位的身上毒傷？」

邢重道：「不要緊，你只要記住，巫山雙煞，拿了兩條命，換來了貴組合避免和巫山姥姥衝突的機會就行了。」

一轉身，接道：「老二，咱們走！」

兩個人，施展開輕功身法，幾個飛躍，已消失在夜色之中不見。

望著巫山雙煞遠去的背影，楚小楓才緩緩說道：「王平、陳横。」

兩人應聲而至，一躬身，道：「公子吩咐！」

楚小楓道：「聽說過巫山姥姥這個人麼？」

王平道：「聽過，她名氣很大，但卻很少在江湖上走動。」

楚小楓道：「哦！她是好人，還是壞人？」

王平道：「這個，在下就無法斷語了。」

楚小楓道：「怎麼說？」

王平道：「她很少在江湖上出現，也未聽過她有什麼惡跡，從不和武林中人物來往，巫山神女門做事，一向是獨來獨往。」

楚小楓道：「她們遺世孤立，不和武林同道來往，未必就是壞人。」

王平道：「但她們也不能算是好人，巫山姥姥在江湖上，名聲傳了數十年，但卻從沒有聽說過她們做過一件有益世道人心的事。」

楚小楓道：「這我就明白了。」

回顧了成方、華圓一眼，道：「你們能不能找到一條船？」

成方道：「能。」

楚小楓道：「不要有標識、記號的船。」

成方道：「是。」

楚小楓點頭一笑，道：「你們也會水裡功夫了？」

成方道：「我和華圓都練過，四英的水裡功夫，更是高明。」

楚小楓道：「那就更好了，我想，咱們應該暫住在船上。」

王平不會水，一聽說要住船上，心中先有三分畏懼，急急說道：「公子不是要追查敵人蹤跡麼？」

楚小楓道：「他們組織太嚴密，咱們找他們不容易，只好想法子讓他們來找了。」

王平道：「公子，他們已經有不少人現了身，只要咱們略施手段……」

楚小楓接道：「你是說用刑逼供麼？」

王平道：「是！有些人，一向是不見棺材不掉淚。」

楚小楓道：「我們在闖蕩時刻，就是要做幾件震動人心的大事，有時，手段嚴厲一些，也是無可厚非的事，不過，就算把他們零割寸剮了，他們也無法說出內情來。」

王平道：「為什麼？」

楚小楓道：「因為，他們根本不知道。」

王平哦了一聲，道：「公子，他們……」

楚小楓嘆息一聲，接道：「到目前為止，咱們遇上的敵手，似是景氏兄弟，和那乘篷車來的姑娘，才算是他的人，也許從這三人口中，可以問出一些內情來，其他的人，不論咱們施展什麼手段，都無法問出內情，嚴刑逼供，反而可能使咱們淪入另一個陷阱之中。」

王平道：「公子，小的有些不明白，就算他們真的知道內情，也無法把咱們推入一個陷阱中。」

楚小楓道：「他們可能知道一些內情，但那是早已設計好的陰謀，早經設計，自然是部署的很嚴密，咱們只要聽到了，就可能相信。」

王平道：「這也不是什麼難事，咱們多拷問幾個人，前後一對照，豈不是就可以瞭解了麼？」

楚小楓笑道：「既是早已計劃好的事，自會異口同聲了。」

王平默然不語，臉色卻是一片佩服之色。

細想楚小楓的話，實是大有道理，試想已然數度和強敵接觸，但現在，還沒有弄清楚敵人是什麼來路。

楚小楓揮揮手，道：「成方，你去吧！」

成方應了一聲，轉身而去。

楚小楓低聲道：「王平，你和華圓跟在他後面。」

華圓說道：「小的也去了，不是沒有人侍候公子了？」

綠荷道：「華兄弟儘管請去，公子自由我們侍候。」

王平、華圓，快步而去。

楚小楓快步走進一棵大樹下的陰影之中，笑一笑，道：「綠荷、黃梅、紅牡丹，你們都是老江湖了，怎麼會著了人家的道兒？」

綠荷道：「說起來，實在有些可怕，我們雖然小心，仍然被他們套住了。」

楚小楓道：「我很想知道事情經過。」

綠荷道：「一個不起眼的老頭子，由我們身前走過去，我們聞到一陣怪異的香味，等我們有所警覺時，已然失去了主宰自己的能力。」

楚小楓心頭震動了一下，道：「當時，你們還清楚吧！」

黃梅道：「沒有完全失去知覺，但我們一切都在人操縱之下，至少，失去了十之七八的知覺能力，只知聽人之命行事。」

楚小楓道：「聽人之命行事？你們既然失去了知覺，為什麼還知道聽人之命行事？」

黃梅道：「是，我們雖然失去了知覺，但內心卻有著一種指導我們的東西。」

楚小楓心頭震動，道：「一種指導你們的東西，什麼東西？」

黃梅道：「好像是一種很奇怪的香味，那種香味，使我們在迷茫中遵從著它。」

楚小楓道：「你們能不能記憶起來，那是 種什麼樣子的香味？」

黃梅道：「三妹呢？能不能記起來？」

紅牡丹道：「好像是一種很強的清香，像桂花一樣。」

楚小楓道：「桂花一樣，沒有錯麼？」

紅牡丹道：「大概不會錯吧？」

楚小楓道：「你那時神智暈迷，縱然有點記憶，只怕也不會太清楚了。」

紅牡丹道：「這個麼？小婢也不敢和公子爭辯，那時，確是有些神智不清，事後，就算全心全意去想，也是覺著記憶上模模糊糊。」

楚小楓道：「如若現在，還有同樣那種香味，使你們聞到，是不是可以分辨得出來？」

綠荷道：「久一些，大概可以分辨得出來，我們雖然失去了神智，但卻只有一件事，比較有些記憶的。」

楚小楓道：「這可能就是下五門中的迷魂藥，它雖然不登大雅之堂，但用起來，確也是有效得很。」

綠荷道：「小婢們有一件事，想請教公子，不知道是否可行？」

楚小楓道：「你們先說說看。」

綠荷道：「我們姐妹，對江湖上的鬼祟手段，知道很多，但我們答應了公子，要重新做人，所以，我們不敢輕易地施展，這要公子答應才行？」

楚小楓道：「你們都會些什麼？」

綠荷道：「下迷藥，裝釘子，我們都會，只是不敢用。」

楚小楓道：「下迷藥，我知道，但裝釘子是怎麼回事？」

綠荷、黃梅、紅牡丹，同時掩口一笑。

楚小楓道：「不知為不知，是知也，難道，還有不可告人的地方麼？」

綠荷道：「那倒不是，只是這種事，說出來，只怕公子見怪。」

楚小楓道：「不要緊，你們說吧！至少，你們要我同意，是麼？」

綠荷道：「其實，說穿了一點也不稀奇，就是我們在他的床上、衣服，安裝一種毒針，我們稱它叫裝釘子。」

楚小楓道：「這種事，我也未曾聽過，不過你們遇上了細心的人，只怕很難得手。」

綠荷道：「公子，裝釘子這一套方法，在江湖上，並不流行，因為它的過程太複雜。」

楚小楓道：「哦！」

綠荷道：「但我們三姐妹，都是大行家，過去在江湖上，有不少人栽在我們的手中。」

楚小楓道：「你們能不能說詳細一些？」

綠荷道：「二妹，你對此道，最為精通，詳細地告訴公子吧。」

黃梅道：「那是小巧的鐵筒，或是竹筒，在裡面裝上毒針，可以用絲繩牽出很遠，由人控制，可以用一種計算過的絲線，控制內部的機簧，一旦那絲線超過了負荷，絲線一斷，筒中毒針就射出。」

楚小楓點點頭，道：「原來如此。」

黃梅道：「那機簧力量不大，所以毒針射得不遠，但卻取其小巧。」

綠荷道：「二妹精於此道，可以就地取材，使人防不勝防。」
楚小楓沉吟不語，他雖然明白黃老幫主和排教教主，把精銳的部屬，移到他手中的用心，要他隨意闖蕩，但他究竟是正大門戶中人，要他施用這等手法，心中究竟有些難以決定。
綠荷輕輕吁一口氣，道：「公子不同意麼？」
楚小楓嘆一口氣，道：「好吧！你們既是各有專長，我就答應你們，咱們這個組合，雖然沒有什麼規戒約束，但至少要遵守武林中道義二字，這些手段，不許對正大門戶中人施用。」
綠荷道：「這一點小婢等可以做到。」
楚小楓點點頭。
三女互望了一眼，齊齊躬身一禮，道：「多謝公子。」
楚小楓笑一笑，道：「我答應你們，但約法很嚴厲，希望你們不要做錯了。」
綠荷道：「小婢們自然會小心從事，如若有什麼錯誤，願受公子處罰。」
楚小楓道：「受什麼處罰？」
綠荷道：「公子如何處罰我們，我們都會接受。」
楚小楓道：「好！這是你們說的。」
這時，突然傳來了一聲輕嘯。
楚小楓一皺眉頭，道：「你們守在這裡別動，我去瞧瞧。」
話出口，人已飛躍而起，直向前面射去。

綠荷低聲說道：「二妹、三妹，快些散開，嚴加戒備。」
黃梅、紅牡丹應了一聲，迅快地轉過身子。
這時陳橫突然一吸氣，身子直挺挺地向前升去。
右手一探，抓住一個樹枝，身子一翻，人已隱入濃密的樹葉之中。
就在陳橫剛剛隱好身子，一條人影，已然疾如流星般飛奔而至。
那是個一身銀白衣服的老人。
夜間行動，大都穿著深色衣服，便於隱秘行蹤，這人偏偏穿了一身銀白衣服。
黃梅一抬手中長劍，冷冷喝道：「站住。」
她喝叫的聲音很大，黑夜中傳出老遠。
那銀衣老者輕輕吁一口氣，道：「小女娃兒，你可是在跟老夫說話麼？」
黃梅道：「不錯。」
銀衣老者冷哼一聲，道：「不知天高地厚的丫頭，你可知道老夫是誰麼？」
黃梅道：「不認識。」
這幾年來，她們隱居萬花園中，很久未在江湖上走動了，對這銀衣老者，確然有些陌生。
銀衣老者冷冷說道：「你連老夫都不認識，那真是白白在江湖上走動了。」
黃梅道：「咱們本來就是初出江湖，用不著說謊話欺騙什麼！」
銀衣老者道：「老夫殺人，一向先教後誅，你們既不知老夫是何許人，定是無名小卒，看來又要大費老夫一番唇舌了。」

黃梅道：「大費一番唇舌？」

銀衣老者道：「不錯，老夫先要告訴你們，我是何許人，我殺人的手法如何？然後，還得教訓你們一頓，豈不是大費唇舌麼？」

殺人要如此費事，簡直是聞所未聞。

綠荷哦了一聲，道：「再然後呢？」

銀衣老者道：「再然後麼？老夫就出刀殺了你們。」

綠荷笑一笑，道：「好吧！我們先洗耳恭聽。」

銀衣老者輕輕咳了一聲，道：「你們聽著，老夫姓簡，簡單的簡，雙名飛星，一飛沖天的飛，星月爭輝的星，江湖上給老夫取了一個外號，叫做刀過無聲。」

黃梅心中忖道：「這個老頭子，似乎是很愛說話，倒要逗逗他多說幾句，反正拖延時間，對我們有益無害。」

心中念轉，口中說道：「原來是簡老前輩。」

簡飛星道：「嗯！」

黃梅道：「老前輩為什麼稱刀過無聲呢？」

簡飛星哈哈一笑，道：「女娃兒，問得有趣，問得有趣，老夫如是不告訴你們，只怕你們這種初入江湖的女娃兒，也無法知道這些隱秘。」

黃梅道：「是啊！咱們正要請教。」

簡飛星道：「老夫的刀法太快，刀過人亡，連聲音都來不及叫出來。」
黃梅道：「原來如此。」
簡飛星道：「現在，老夫已經說明了自己的身分。」
黃梅道：「我們聽得很清楚。」
簡飛星道：「現在，你們給我聽著，老夫要教訓你們了。」
綠荷道：「好吧！咱們在仔細地聽著。」
簡飛星道：「老夫年過花甲，德望俱尊，你們不過是幾個小女娃兒，老實說，你們三個加起來，也未必有老夫這個年紀，但你們竟然對老夫無禮……」
紅牡丹接道：「沒有啊！我們對你很尊敬。」
簡飛星怔了一怔，道：「那是現在，剛才，你們對老夫哪裡敬重了。」
紅牡丹道：「是啊！我們過去，不知道你是什麼人，如何去尊重你，現在，我知道了，自然對你敬重了。」
簡飛星道：「哦！這也有理。」
紅牡丹道：「所以，你就不能殺我們了。」
簡飛星皺皺眉頭，沉吟不語。
綠荷心中暗暗忖道：「這老人如是存心殺我們而來，就算我們說破了嘴皮，他也不肯干休，如不是對方的殺手，這老人倒也不失為一位正人君子，倒要用點手段，看看他究竟是何方神聖？」

心中念轉，口中說道：「簡老前輩，你德望俱尊，自然也應該講理了。」
簡飛星道：「老夫……老夫……老夫一向講理得很。」
黃梅道：「是啊！你是前輩教訓我們，我們垂首聆教，從未還口。」
簡飛星道：「可是，老夫已經說過了要殺你們，總不能說了不算。」
紅牡丹道：「你只提一句罷了，想來總不會真的殺我們。」
簡飛星道：「這個……這個，老夫說話一向認真。」
綠荷道：「老前輩，你如要講理，就該知曉實在沒有殺我們的理由。」
黃梅道：「除非，你不準備講理了。」
簡飛星道：「老夫一生講理，怎會不講理呢？」
黃梅道：「你如講理，那好極了，我們三個小女娃兒，加起來，還沒有你年紀大，最重要的，我們三個姐妹，都很敬重你，你想想看，你如何還能殺我們？」
簡飛星道：「這個麼？這個麼？叫老夫好生為難了。」
綠荷道：「你有什麼為難之處？」
簡飛星道：「老夫的為難之處，豈是你們能夠知曉的？」
綠荷道：「就是我們不知道，所以，我們才要請教。」
簡飛星道：「唉！老夫不能告訴你們。」
君子可以欺之以方，這個人，實在是很君子，所以，在三女稍用心機之下，逗的他無法應付。

紅牡丹輕輕嘆息一聲，道：「老前輩，你是否奉了別人之命，來殺我們的？」

簡飛星道：「胡說，老夫豈是聽人之命行事的人。」

黃梅道：「三妹，人家簡老前輩德望俱尊，是何等尊貴的身分，怎麼會是聽人之命的人？」

簡飛星道：「當今武林之中，確是很少有人能夠命令老夫。」

黃梅道：「說得是啊！咱們也覺著老前輩不是隨便聽人之命的人。」

簡飛星道：「說得也是。」

黃梅道：「老前輩，我們三姐妹也難得見到你老人家，今夜有幸遇到，希望你老人家給我們一點紀念。」

簡飛星道：「紀念，什麼紀念？」

黃梅道：「老前輩，這個，咱們就不便求你老人家了，你自己決定吧？」

簡飛星道：「要老夫決定，老夫能決定什麼呢？」

黃梅道：「譬如說吧！你老人家看我們不太討厭，又一個個嫻靜美麗，你傳我們幾招不傳之秘，留個紀念。」

簡飛星道：「哦！原來如此。」

綠荷道：「這是我們三姐妹的希望，你老人家肯不肯答應，咱們也不敢過分要求。」

簡飛星道：「唉！……唉！這個……這個，老夫……老夫，只怕是很難答應你們了。」

紅牡丹道：「為什麼？」

簡飛星道：「不行，不行，老夫不能告訴你們。」

他臉上流露出來極端的痛苦之色，轉身大步而去。

望著簡飛星的背影，綠荷的臉上流現出一片默然之色，道：「二妹、三妹，你們看出來了沒有？」

黃梅點點頭，道：「這個人是個君子，他被理義兩字給束縛住了。」

紅牡丹道：「是，他是來殺死我們的，但他被我們拿面子束縛住了，他走了，但是走得很痛苦。」

只聽嗤的一笑，道：「你們三位有此念頭，可證惡性已消失。」

是楚小楓，只見他緩步行了過來。

綠荷道：「公子早來了。」

楚小楓道：「是！我聽到了你們和那位簡先生的交談。」

綠荷道：「公子，我們是不是太過油滑了一些？」

楚小楓道：「這個不算大惡，這是心機的運用。」

綠荷道：「公子，你看，那個人是不是很痛苦？」

楚小楓道：「不錯，他走得很痛苦，如若有必要，我想他還會回來。」

綠荷道：「哦！」

黃梅道：「如若他回來，我們要如何應付他？」

楚小楓道：「這個人確很君子，能不動手，就別和他動手。」

黃梅道：「公子，如是我們挖出了他的隱痛，又該如何處置？幫助他，或者是對付他？」

楚小楓道：「我們能多結合一點力量，對方就少一分力量，正負之數，很容易算，只要對我們無害，就全力幫助他。」

突然一吸氣，騰空而起，隱入濃密的枝葉之中。

黃梅輕輕吁一口氣，道：「公子，我們處置的方法，也許不算太好，請公子隨時指教。」

樹上枝葉叢中，傳下來楚小楓的聲音，道：「你們放手施為，大膽應付，應該我出面的時候，我自會接口。」

餘音未絕，一條銀灰色的人影，疾如流星一般，直射過來。

他來勢奇快，眨眼間，已到了樹下。

果然是簡飛星。

綠荷躬身行了一禮，道：「見過老前輩。」

事實上，三女是有意窘他，齊齊躬身行禮。

簡飛星道：「不用多禮，不用多禮，老夫去而復返，只怕有些對不住你們了。」

綠荷道：「哦！老前輩有什麼事？」

簡飛星道：「老夫，雖然不願意傷害你們，可是，可是……」

黃梅接道：「可是什麼？」

簡飛星道：「老夫……老夫……老夫覺著很對不起你們。」
黃梅道：「唉！老前輩不用客氣，有什麼事，只管吩咐？」
簡飛星道：「老夫要來殺你們。」
黃梅道：「殺我們，為什麼？老前輩，我們不是很敬重你嗎？」
簡飛星道：「不錯，你們很敬重我，我對你們的印象也很好，老實說，我並不願意傷害你們，但目下情形不同，老夫只怕沒有法子保護你們了。」
黃梅道：「老前輩要殺我們？」
簡飛星道：「是！我有苦衷，本來，我不想再來找你們，事實上，老夫又無法自主。」
綠荷道：「老前輩，有什麼事，只管吩咐，只要我們能辦到的，決不推辭。」
簡飛星呆了一呆，道：「你們要幫助我？」
黃梅道：「對！我們敬重你的為人，願為你效勞。」
簡飛星道：「這個……這個……這個忙，只怕你們幫不上，唉！你們大概不會引頸受戮，讓我殺了你們吧？」
黃梅道：「死有輕重之分，如若我們有該死之處，老前輩只要吩咐一聲，我們立刻自絕一死。」
簡飛星道：「這個，倒是不用了，我給你們一個機會，你們三個人合力和老夫動手！」
黃梅道：「要打架？」
簡飛星道：「對！老夫也不能太自私，老夫以一對三，做一場生死之搏。」

黃梅道：「老前輩，像你這樣德高望重的人，我們如何和你動手？」
簡飛星道：「這也不用客氣了，你們三個人亮兵刃吧！」
紅牡丹道：「慢著，老前輩，你一人打我們三個，你有幾成勝算？」
簡飛星嘆息一聲，道：「唉！老夫實在很難啟口。」
紅牡丹道：「為什麼？」
簡飛星道：「因為，老夫至少有九成的勝算。」
紅牡丹道：「那是說，我們死定了。」
簡飛星道：「是！所以，老夫很不忍和你們動手。」
紅牡丹道：「說得也是，你既然有把握殺了我們，還要和我們動手，那不是謀殺麼？」
簡飛星道：「應該算是……」
紅牡丹道：「以老前輩在江湖上的聲望而言，如何能做出這等謀殺的事？」
簡飛星道：「老夫實在不願意幹，不過，老夫沒有辦法！」
紅牡丹道：「刀在你的手中，殺人要你出手，你如不同意，難道還有人敢強迫你不成？」
簡飛星道：「如若只是強迫我，我就不怕他們了。」
紅牡丹道：「你既然不怕他們強迫，那又為了什麼呢？」
簡飛星道：「救人。」
紅牡丹嘆息一聲，道：「老前輩，你可是為了救別人，而殺我們？」

簡飛星道：「正是如此。」

紅牡丹道：「老前輩，他們是人、是命，我們也是人、是命，為救人而殺人，難道就不怕玷污了你的清譽麼？」

簡飛星道：「我……我……我實在是沒有辦法，我不該無緣無故地殺你們，但那三條人命，又非救不可，人和人之間，有很多的不同。」

紅牡丹道：「有什麼不同，大家都是人。」

簡飛星道：「因為，他們是我的親人，我的妻子，和兩個女兒。」

紅牡丹道：「哦！」

簡飛星道：「她們的三條命，要你們三條人命去換。」

紅牡丹道：「唉！當真是英雄氣短，兒女情長。」

簡飛星道：「這也是沒有法子的事，只好請三位姑娘多原諒了。」

紅牡丹道：「那人指定要你殺我們三個姐妹麼？」

簡飛星道：「那倒沒有，三命換三命，只要是迎月山莊中人就行，不過……」

紅牡丹道：「不過什麼？」

簡飛星道：「有一個人，可以換取老夫的妻女三命。」

紅牡丹道：「那個人是誰？」

簡飛星道：「迎月山莊的主人楚小楓。」

紅牡丹道：「他們告訴你的很清楚啊！連我家主人的姓名，也告訴你了。」

簡飛星道：「是！你們的行蹤，一直在他們掌握之中，只可惜，我沒有見到楚小楓，只要找到他，你們就可以不死了。」

黃梅道：「其實，你就算見到了我們主人，也沒有法子。」

簡飛星道：「為什麼？」

黃梅道：「因為，你未必能殺得了他。」

簡飛星臉色一變，道：「你說我殺不了他？」

但聞枝葉響聲，楚小楓突然間，由大樹上飄落下來。

簡飛星打量了楚小楓一陣，道：「你就是迦月山莊莊主？」

楚小楓道：「在下楚小楓。」

簡飛星道：「你今年多大了？」

楚小楓道：「這個很重要麼？」

簡飛星道：「唉！老夫這一把年紀了，如若殺了你這個孩子，那豈不是要被江湖中人恥笑。」

這個人，實在迂的可以，決心要殺人了，還有很多顧慮，恐怕傷他的清譽。

楚小楓道：「簡大俠，你如是有這麼多的顧慮，為什麼還要殺人呢？」

簡飛星道：「老夫不想殺人，但我不能不救人。」

楚小楓道：「老前輩的苦衷，在下已經聽到了。」

簡飛星道：「那很好，用不著老夫再解說。」

楚小楓點點頭，道：「簡大俠，在下還有幾句話想請教。」
簡飛星道：「好，你說。」
楚小楓道：「殺了在下，固然可以救了你的妻女，但若殺不了在下，那會是一個什麼樣的後果呢？」
簡飛星道：「這個麼？老夫還未和他們談過……」
楚小楓道：「為什麼不談？」
簡飛星道：「因為，老夫不用和他們談這些事情。」
楚小楓道：「哦！因為，你很有把握能夠殺了我。」
簡飛星道：「老夫也不用和你客氣了，你，或是你三個手下的人頭，老夫都不過是手到取來。」
楚小楓道：「你好像是很有把握？」
簡飛星道：「不錯，如是老夫沒有把握，他們也不會找上老夫了。」
楚小楓微微一笑，道：「不怕一萬，只怕萬一，萬一你簡大俠失手了，或是沒有如願以償，那豈不是害了令正和令嬡了麼？」
簡飛星道：「楚小楓，你認為老夫不是你的敵手麼？」
楚小楓道：「在下不狂妄，也不自卑，動手搏殺，勝負之機，各佔一半。」
簡飛星道：「你是說，你和老夫動手的勝負之機，各佔一半？」
楚小楓道：「簡大俠似乎是不相信在下的估算嗎？」

簡飛星道：「不相信，完全不相信。」
楚小楓道：「簡大俠，何不先回去和你的雇主談談。」
簡飛星雙目凝注在楚小楓的身上，瞧了一陣，道：「小娃兒，看你神情，好像是有點造詣的人，但你決不是老夫的敵手！」
楚小楓道：「就算你簡大俠一定能夠勝過在下，也不用冒那萬一之險，何不先回去和他們談個明白呢？」
簡飛星沉吟了一陣，道：「我看不用了，不過，老夫無緣無故地殺了你，心中倒是有些不安。」
楚小楓道：「那倒不用抱歉，江湖上恩怨糾纏，一旦失手死亡，也只怪在下學藝不精罷了。」
簡飛星突然歡聲大笑，道：「好！年輕人，果然是豪氣凌雲，老夫可以答應你一件事。」
楚小楓道：「答應我什麼？」
簡飛星道：「老夫殺了你之後，可以替你完成一件心願。」
楚小楓道：「不必了，我的心願人多，就算你簡大俠想幫忙，只怕也幫不上。」
簡飛星道：「楚莊主，可惜，咱們在這樣一個情形之下見面，否則，老夫倒要交交你這個朋友了。」
楚小楓道：「不用客氣，簡大俠既然堅持如此，在下只好奉陪！」

簡飛星道：「楚莊主，兵刃、拳掌，哪一方面的造詣最深？」

楚小楓道：「簡大俠呢？」

簡飛星道：「老夫的刀法很好，刀出人亡，江湖上稱老夫刀過無聲，至於拳掌的造詣，老夫也自信不錯，所以，楚莊主，可以選擇，不過，老夫要事先聲明，不論拳掌、兵刃，老夫都不會手下留情，你也不要客氣。」

楚小楓略一沉吟，道：「咱們先試拳掌吧！如是無法分出勝敗，再以兵刃相搏就是。」

簡飛星道：「好吧！你小心了。」

餘音未落，右手五指已然到了楚小楓的前胸，好快的一擊。

楚小楓已有了戒備，吸一口氣，突然向後滑開三尺。

簡飛星的身子，就似一道無形之索，連在了楚小楓的身上，忽然間隨著楚小楓的身子，向前衝去。

楚小楓一連閃避了三次，而且轉了兩個彎，才算是避開了一擊。

他突然遇上了第一流的武林高手，心頭暗暗震動。警惕之下，也集中了全副精神。

簡飛星點點頭，道：「小娃兒，你不錯。」

楚小楓道：「誇獎，誇獎。」

簡飛星道：「老夫給你一個還手的機會。」

楚小楓道：「既然動手相搏，咱們誰也不用存相讓之心，在下還擊了。」

忽然躍身而起，攻出一掌。

簡飛星發覺這一掌來勢很猛，立時揮掌接下一擊。雙掌接實，響起了一聲蓬然輕震。

楚小楓只覺得全身如受千斤重擊，身不出己地飛騰而起，直升了一丈多高，才恢復自我控制之能，懸空打了兩個轉身，落著實地。

吸一口氣，納入丹田，楚小楓才緩緩說道：「簡大俠，好深厚的內力。」

簡飛星看他落地之後，吸一口氣，就神色自如，心中好生奇怪，道：「楚莊主，你很好麼？」

楚小楓道：「還不錯，閣下這一擊，頗有力逾千斤之感。」

簡飛星道：「但沒有把你震傷，也沒有使你失去再戰之能。」

楚小楓道：「雙掌接實之初，在下卻有一剎那無法控制自己的感覺。」

簡飛星道：「楚莊主練過導引之術了。」

楚小楓確實練過，那是歐陽先生傳他的馭力、卸勁之法，只是自己並不知道，在承受了簡飛星一擊，在對方暗勁洶湧壓迫之下，不自覺地用出了馭力、卸勁之術，否則，這一擊，就要使他當場暈倒。

楚小楓無法正面回答對方，但也不能不承認，笑一笑，道：「閣下的掌力好像是與眾不同。」

簡飛星道：「唉！莊主小小年齡，竟然接下了我『內勁穿心』一擊，實在是高明得很。」

楚小楓心中震動，暗道：「他自稱這一擊叫做『內勁穿心』，想來必是極為歹毒的武功，我今天竟然僥倖避過了這一擊。」

其實，天下並無僥倖之事，只不過，楚小楓還不太明瞭自己竟已練成馭力、卸勁的奇技，如若他知道，練到收發自如之境，還可借力反擊對方。

楚小楓感覺到這簡飛星實在可怕，不能再給他機會了，當下一提氣，出手搶攻，吃過一次虧，楚小楓學得乖巧多了，不肯再和簡飛星的掌勢接實。

飛躍、搏擊，以閃避對方的強勁掌力。

簡飛星一擊未能傷敵，把楚小楓估計得太高，謹慎地改用守勢，但十幾招下來，發覺對方掌法並無太過玄奇之處，立時縱聲一笑，展開搶攻反擊，但見他雙掌如輪，倏忽之間，雙手各攻九掌。

這一十八掌，不但各具威勢，而且一氣呵成，楚小楓原本連連搶攻之勢，立刻被人遏止，變成了守勢。

簡飛星嘆息一聲，道：「你這人十分奇怪……」

掌勢一緊，逼的楚小楓手忙腳亂。

楚小楓連出數招，擋住了簡飛星的攻勢，道：「奇怪什麼？」

簡飛星道：「適才簡某那穿心一擊，力道何止萬鈞，但你卻輕易避開，這一陣拳掌，實在算不上什麼奇技絕學，但閣下卻似乎是有些承受不住了。」

楚小楓拳法忽然一變，奇招綿綿而出，本來完全處於劣勢的楚小楓，三、五招內，已然扳回了劣勢。

簡飛星一面招架楚小楓的攻勢，一面心頭震駭不已，暗暗忖道：「這人的武功，當真詭異得很，忽然間，神奇莫測，忽然間，又十分平庸。」

雙方又搏殺了十餘招，楚小楓的掌勢，忽然平庸，忽然新奇，一直保持著一種微妙平衡，動手之間，楚小楓忽然出了一招奇學。這一招奇學，突然而來，有如羚羊掛角，不著痕跡。

簡飛星一步踏錯，竟被對方一掌，劈中了左肩，這一掌力道很重，簡飛星不由自主地向後退了一步。

但楚小楓卻感到那掌就像是擊在一塊堅硬的生鐵之上，震得半身麻木。

暗裡咬牙，楚小楓勉強露出了一個笑容，道：「閣下練成了一身銅筋鐵骨了。」

簡飛星臉色蒼白，輕輕嘆息一聲，道：「老夫這一生中，從來沒有被人打中一掌，但你竟然做到了。」

楚小楓道：「在下只不過是僥倖罷了。」

簡飛星道：「事無倖至，我看這不是僥倖。」

楚小楓道：「哦！」

簡飛星道：「你那一掌來得很怪，老夫實在是閃避不開。」

楚小楓道：「老前輩太客氣了。」

簡飛星道：「老夫覺著應該想想你的話了。」

楚小楓道：「想什麼？」

簡飛星道：「想想我是不是應該回去和他們談談？」

楚小楓道：「哦！」

簡飛星道：「老夫感到，好像也沒有辦法勝過你了。」

楚小楓道：「對！不論再打下去的勝負如何，老前輩應該和他們談談了。」

簡飛星點點頭，道：「好！你再等候老夫一陣，我去去就來。」轉身大步而去。

楚小楓望著簡飛星的背影，輕輕吁一口氣，道：「陳橫，你認識這個人麼？」

陳橫道：「聽人說過，今晚初見。」

楚小楓道：「這個人的武功太高，而且，一身銅筋鐵骨……」

綠荷接道：「但公子還是打中了他一掌。」

楚小楓嘆息一聲，道：「你們聽著，等一會兒，他如再回來，我們會有一場生死之戰……」

陳橫接道：「公子，再動拳掌，你就太吃虧了。」

楚小楓道：「我不會和他比拳掌，再動手一定會以兵刃相持。」

陳橫道：「公子劍上的造詣，只怕不會輸給他。」

楚小楓道：「勝他機會不大，所以，我們一動上手，你們立刻退走。」

陳橫道：「公子，咱們奉命追隨，已把性命寄托在公子身上，為公子而死，為公子而生，如若公子死了，咱們還活在世上，那豈不是一件大笑話麼？」

楚小楓道：「死有輕重之分，這等死法，實在是沒有價值得很。」

陳橫道：「公子，咱們追隨，生死相從，談不上什麼價值不價值了。」

楚小楓道：「陳橫，我死了，咱們這一個組合，就等於不存在，你們隨我而死，有何意義呢？」

黃梅突然接口道：「公子，賤妾的看法，不會這樣壞，那簡飛星功力雖然深厚，但他確是很君子的人物……」

陳橫接道：「這人還有一個外號，叫做君子刀，就算他很君子，但和武功區別有什麼關係呢？」

黃梅道：「關係很大。」

陳橫道：「願聞其詳。」

黃梅道：「他人很君子，在武功上就不會取巧，公子雖然內力差他一籌，但招術變化上，決不會輸給他。」

陳橫道：「哦！」

黃梅道：「只要公子在招術勝了他，他就會認敗服輸。」

陳橫道：「黃姑娘，你說咱們公子一定能在招術上勝他一籌麼？」

黃梅道：「能！掌法能夠勝他，劍招上更能勝他。」

楚小楓還未及接口，簡飛星已經去而復返，只見他臉色冷肅，眉宇間仍有餘怒。

楚小楓揮揮手，示意陳橫、黃梅等退遠一些，緩緩說道：「簡大俠，談好了麼？」

簡飛星搖搖頭，道：「沒有。」

楚小楓道：「哦！他們怎麼說？」

簡飛星道：「他們只有一個條件……」

楚小楓道：「殺了我。」

簡飛星點點頭。

楚小楓道：「簡大俠怎麼決定呢？」

簡飛星道：「在下看他們不講信義，所以，很難驟作決定。」

楚小楓道：「簡大俠，就算你能殺了區區，他們也不一定會交出你的妻女呢！」

簡飛星道：「這個，老夫也在懷疑！」

楚小楓道：「所以，老前輩現在有些猶豫了？」

簡飛星道：「不錯，在下有些猶豫了……」

語聲一頓，接道：「而且，老夫心中也有著另一個懷疑？」

楚小楓道：「懷疑什麼？」

簡飛星道：「懷疑老夫是否能夠殺得了你。」

楚小楓道：「在下功力不如簡大俠很多。」

簡飛星道：「但你的招術，卻是奇幻難測。」

楚小楓道：「在下覺著，咱們之間的生死一戰，並非重要，重要的是，分出了生死之後，有些什麼收獲？」

簡飛星道：「老實說，老夫並不希望和你動手，你小小年紀有此成就，頗有使老夫喜見一代新秀的愉悅，我一生練刀，但真正死在我刀下的人，不過七個，那實是因為他們雙手沾滿血腥，百惡集身，只要稍有可恕之道，老夫就給他們留一個自新的機會。」

楚小楓道：「所以，江湖上稱你君子刀。」

簡飛星道：「老夫做事，自有原則，江湖上如何評論，老夫倒不放在心上，楚莊主適才之言，實是一針見血之論，就算老夫殺了你，他們會不會放了我的妻女呢？」

楚小楓道：「這就要你簡大俠做一個明智抉擇了。」

簡飛星道：「唉！老夫好生為難，楚公子有以教我麼？」

楚小楓沉吟了一陣，道：「簡大俠的妻女，現在何處？」

簡飛星道：「被他們囚在船上。」

楚小楓道：「那艘船，泊在何處，簡大俠是否知曉？」

簡飛星道：「江中帆桅林立，老夫無法知曉是哪一艘，但它決不會太遠。」

楚小楓道：「簡大俠是否信任在下？」

簡飛星道：「信任。」

楚小楓道：「那就聽在下一番安排如何？」

簡飛星道：「好！楚莊主請講。」

楚小楓說出了一番計劃。

簡飛星沉吟了一陣，道：「楚莊主，老夫無緣無故找上了你，你倒如此幫助老夫，豈不叫老夫慚愧嗎？」

楚小楓道：「簡大俠如能接受區區略效微勞，那是區區之幸。」

簡飛星道：「唉！老夫一生之中，最為自豪的一件事，就是從未受過別人的幫助，想不到垂暮之年，竟然會破了此例。」

楚小楓道：「來日方長，簡大俠還有還報在下之日。」

簡飛星點點頭，道：「楚莊主，咱們動手吧！我想他們定會在暗中監視咱們。」

楚小楓拔劍出鞘，道：「在下有僭。」

唰的一劍，刺了出去，簡飛星揮刀一擋，立刻還擊，他有刀過無聲之稱，刀法之快，實有著閃電之勢，只不過這一眨眼間，他已經攻出二十八刀。

楚小楓推出九劍，九劍封閉了二十八刀，九劍中，有三劍是得自那無名劍譜上的招術，簡飛星的刀上，沒有太強的內力，只是想在快速和招數變化上搶先，如果這二十八刀中，貫注了他強大無匹的內力，這二十八刀的威勢就絕不相同了。

一氣呵成，連攻了二十八刀，由於快速閃動的刀勢，間不留隙，看上去，有如連環而成的一片白光，刀與刀的相連、結合，渾如一體。

簡飛星的一輪快刀攻完，楚小楓展開了反擊，唰唰兩劍，逼的簡飛星退後了五步，那是兩種完全不同的武功，刀是連串飛芒，劍招卻是雷霆萬鈞的一擊。

簡飛星心頭震動了，這兩劍，把他逼退了五尺，雙方有些震動，也都有些敬佩。

簡飛星輕輕吁一口氣，道：「好劍法，楚莊主小心了。」

又一輪快速的刀招，連綿而出，兩個就這樣，展開了一場攻、守之戰。

楚小楓有一個很好的機會，練習了無名劍譜上的劍法，那些屬於深藏內心的奇幻劍招，如今，都一一變成了真實的劍招施展出來，只是初度施展出來，有些生澀，不能把劍招連成一個整體，就算單獨用出來，它具有的威力，亦足駭人聽聞了，以簡飛星的成就，都有招架不易的感覺。

兩個人，打足了兩個時辰，楚小楓對劍招的變化，也逐漸地純熟、適應，簡飛星卻是越打，越覺震驚，他發覺了楚小楓很多奇幻莫測的劍招，本來十分生澀，但卻逐漸變得純熟了。

忽然間，楚小楓奇招連出，連接三劍，簡飛星封開了兩劍，卻無法封開第三劍，劍尖劃過了簡飛星的左肩，衣衫破裂，也劃破了肩上的皮膚，鮮血湧了出來。

楚小楓駭然收劍而退，低聲道：「簡大俠，得罪了，在下不能控制劍勢。」

簡飛星面如死灰，黯然嘆息一聲，道：「好劍法，老夫有了和他們談判的本錢了。」

突然轉身而去，楚小星望著簡飛星的背影，呆呆出神。

他心中明白，如若不是和簡飛星早有了協商，以他深厚的內力，連綿快速的刀勢，自己早已死傷在對方的刀下。

簡飛星刀下留情，留勁不發，才使他有充分的時間，由對方餵招中，使自己熟記於胸中的劍招，得到了一個充分練習的機會。

一代名劍，在這短暫兩個時辰的搏殺中，開始成長、茁壯。

廿六　化險為夷

陳橫緩步行了過來，望著呆呆出神的楚小楓，道：「公子，好高明的劍法。」

楚小楓苦笑一下，道：「他給我一個機會，一個使我建立信心，使空想，變成了事實的機會，但他付出的代價太大了。」

陳橫說：「公子是說，簡飛星付出了代價？」

楚小楓道：「對！一世的英名，和他刀下無敵的信心。」

陳橫道：「公子，在下……」

楚小楓搖搖頭，接道：「陳橫，傳我的令諭下去，動員所有的人手，不惜一切代價，要救出簡大俠的妻女。」

陳橫應了一聲，轉身而去。

綠荷緩步行來，低聲說道：「公子，不用負疚太深，小婢的看法，你是真真正正地勝了他，而且，勝得光明正大，如非公子及時收住劍勢，只怕這一劍全斬掉他的左臂。」

楚小楓道：「只要他在出手時全力施為，一百招之內，他可以取我性命。」

綠荷道：「哦！」

楚小楓道：「他手下留情，刀上蓄勁不發，才使我由磨練中體會出劍招變化、妙用，幸而勝他一招。」

綠荷垂首不語。

楚小楓道：「像簡飛星簡大俠這樣的高手，武林中極為罕見，如非他那樣高明刀法，也無法引出我的劍招。」

綠荷道：「公子仁德。」

楚小楓目光移轉，掃了綠荷、黃梅、紅牡丹一眼，心中突然一動，道：「你們三個，昔年在江湖之上行走，可曾聯手對付過敵人？」

綠荷道：「我們三人雖然情同骨肉，但卻很少聯手對敵。」

楚小楓道：「為什麼？」

綠荷道：「每個人的造詣不同，同時和人動手，未必會收到什麼效果，反而有些自礙手腳！」

楚小楓道：「原來如此……」

舉手一招，道：「你們走近來。」

三女行近楚小楓。

楚小楓道：「我傳你們每個人三招劍法，好像是一種配合的劍法。」

他說的好像，似是有些不能肯定，倒是聽得綠荷等人為之一怔。

黃梅道：「公子是說，你也不太瞭解那是否聯手對敵用的？」

紅牡丹道：「二姐，你難道還沒有瞧出來麼？公子胸羅極博，但卻一直沒有機會把這些劍招使用出來，剛才和簡大俠一戰，誘出了他胸藏劍招。」

楚小楓點點頭，道：「確是如此。」

綠荷道：「公子肯傳劍技，賤妾們先行拜謝了。」

楚小楓道：「這裡十招劍法，三招攻人上三路，三招攻人中三路，三招攻人下三路，本是一人出手，但三個人同時發動，豈不是威力更強一些。」

黃梅道：「是！」

紅牡丹道：「公子每人三招，才有九招，還有一招呢？」

楚小楓道：「還有一招，你們不用學了。」

綠荷道：「為什麼？」

楚小楓道：「如果你們每人三招，還無法擊退來人，那就不用再打下去了。」

綠荷道：「十裡缺一，不是讓一套劍法殘破了麼？」

楚小楓說：「對了！這一套劍法，就叫做十殘劍招。」

黃梅道：「十殘劍招，怎麼會叫這個名字？」

楚小楓對這十殘劍招，本來還有很多不解之處，但被黃梅這一逼問，立時觸動了靈機，說道：「因為，這套劍法，每一招中，都好像有很多殘缺。」

紅牡丹道：「公子劍法精博，招數之奇，都是我等見所未見之學。」

黃梅道：「如果這十殘劍招，也在公子胸中熟記，必是一種曠世奇學」

綠荷道：「目殘之人，其耳必靈……」

楚小楓被這一言，觸動了靈機，笑接道：「不錯，就因它攻向一點，特別凌厲，若有缺失，才叫做十殘劍招，但如三人合手而出……」

突然住口，沉吟不語，綠荷等轉頭望去，只見楚小楓神情肅然，似乎是正在思索一樁大事，三婢互相望了一眼，靜靜地站在一側。

良久之後，楚小楓才吁一口氣，接道：「三殘相合，那該是天下很凌厲的一擊了。」

綠荷似是已瞭解了楚小楓的心意，緩緩說道：「公子，妾婢等沉淪江湖，承公子拔我們於污泥之中，妾婢等已暗自立誓，有生之年，追隨公子……。」

楚小楓接道：「好！你們有此心意就行了，等江湖大局澄清，你們也要擇人而侍，總不能一輩子飄零四海。」

綠荷微微一笑，道：「我們自知殘花敗柳，不足以侍公子，但願常年追隨左右，執鞭隨鐙，心願已足。」

紅牡丹道：「我們已經商量過了，今生今世，不再嫁人，永遠跟著公子，但願公子不要攆我們離開就行了。」

楚小楓心中忽然有了一個想法，微微一笑，道：「好！浪子回頭金不換，你們只要能好好地做人做事，我自會為你們安排！現在，我傳你們十殘劍招。」

他傳授的劍法很實用，先在地上，畫出圖解，說明攻、守之法，和劍招變化，各分三招，讓她們內心之中，先有一個明確的印象，各自用心去想，並未立刻傳授劍法。

事實上，也無法傳授三人的劍法，簡飛星很快地去而復轉，只看他滿臉愁苦之色，就知道他們之間，談得很不順利！

果然，簡飛星搖搖頭，嘆息一聲，道：「楚莊主，很抱歉，看來，咱們之間，只怕還得有一場拚命之戰了。」

楚小楓道：「簡大俠，能不能說清楚一些？」

簡飛星道：「好！他們告訴我，救我妻女，只有兩個辦法，一個是拿去你的人頭，一個是賠上我自己的性命。」

楚小楓笑一笑，道：「簡大俠被他們說服了？」

簡飛星用傳音之術，道：「他們派了人，在後面監視我。」

提高了聲音，道：「老夫總不能看著妻女死去不管。」

楚小楓低聲道：「他們人在何處？」

簡飛星道：「好像就跟在我的身後不遠處。」

楚小楓發出了暗號，一面高聲說道：「簡大俠已和在下打過一架，老實說，簡大俠的刀法，未必能勝過在下。」

放低了聲音，接道：「我已派出了人手，查看令正和令嬡的下落，但不知簡大俠要如何處置那些隨來監視之人？」

簡飛星道：「老夫一生中，不喜殺人，但目下的情況，是在逼我殺人了。」

們。」

楚小楓道：「晚輩也是這麼想，如若只是兩個人暗中監視，我們應該想法子擊殺他們。」

簡飛星道：「他們很多疑，也很謹慎，他們告訴我，他們有一種暗號，只要一發出去，立刻可以殺死我的妻女，所以，老夫雖然和他們對面而立，也不敢輕易出手。」

楚小楓拔出長劍一揮，閃出一片劍花，道：「你小心了。」

唰唰兩劍，刺了過去。

一面低聲說道：「咱們一面動手，一面查看他們的存身之處，他們有兩個人，咱們就各擇其一，全力一擊，務求一舉成功，不讓他們發出信號。」

簡飛星道：「好！只要發現敵人，我殺左面，你攻右側。」

一面揮刀還擊，兩個人，展開了一場十分激烈的搏殺，看上去刀光閃躍，劍氣迷濛。

但事實上，兩個人卻都在表演，刀和劍舞動得很好看，但事實上，兩個搏殺的人，卻沒有什麼危險。

一面動手，一面向四面打量，刀光、劍影，掩住了他們的真正用心，兩個人搏殺的範圍，越來越大，擴展到十餘丈方圓，這時，兩人正打到一株大樹之後，忽然間，發覺暗中，閃動著四道目光，那是人的眼睛，楚小楓看到了，簡飛星也看到了，兩個人交換了一個眼神。

忽然間，刀、劍分襲，兩道寒光，直向大樹後面捲去，一聲慘叫，冒起了兩道血光，兩個全身黑衣的勁裝大漢，身子還未站起來，人已倒了下去。

一個被楚小楓一劍穿胸透背而死，死在簡飛星刀下的一個做了無頭之鬼，兩個人都死了，只發出半聲慘叫。

收住了刀勢，簡飛星有些黯然地說道：「現在，已經和他們翻臉成仇了，唉！老夫實在擔心他們會對我的妻女加害。」

楚小楓道：「簡大俠刀法精絕，想來，令正和令嬡，亦必是女中豪傑了。」

簡飛星道：「剛好和楚莊主說的相反，她們都不會武功。」

楚小楓道：「不會武功？」

簡飛星道：「拙荊心地仁慈，最不喜殺，我這一生中能慎戒殺生，受她的影響很大，至於小女，也是受到了拙荊的影響，不喜武功，老夫只是傳了她們一些靜坐強身之術。」

楚小楓道：「哦！」

簡飛星道：「最大的錯誤是，我不該帶她們在江湖上走動，致有這一場飛來橫禍。」

楚小楓道：「簡大俠，可曾知曉，什麼人留難了她們？」

簡飛星道：「到目前為止，和老夫正式交談的，只有這兩個人。」

楚小楓道：「簡大俠和他們全無恩怨了。」

簡飛星道：「是！素不相識，他們說明了，擄我妻女，只是為了要我殺了你，或是三個屬下。」

楚小楓道：「在下已下令動員敝山莊所有的人手，尋找簡大俠妻女的下落，只要她們真的停在江中，在下相信，我們找出她們的機會很大。」

簡飛星道：「盡人事，聽天命吧！老夫雖然對妻女十分愛護，但也不能全無原則。」

楚小楓道：「簡大俠，如若為了在下，使你的妻女受到了傷害……」

簡飛星嘆息一聲，接道：「楚莊主，不要為老夫傷感，大丈夫難保妻女周全，已經是一件很慚愧的事了，如若為她們做出了愧對天下武林之事，豈不要終身抱憾，再說，老夫也無法勝你。」

楚小楓道：「簡大俠手下留情，小楓感覺得到。」

簡飛星道：「這是，過去了，現在……現在，老夫……」

一股黯然神情，泛上眉頭，楚小楓心想安慰他幾句，卻又不知從何說起，這時，一條人影，飛奔而至。

簡飛星右手握刀，冷冷問道：「什麼人？」

「我！」隨著回答之聲，人影已到楚小楓的身前，是鬼沒王平。

楚小楓低聲道：「有什麼消息麼？」

王平道：「已得排教中人回報，湘江之中，有三艘大船，有些可疑，他們已經派人摸底去了，很快會給咱們回信。」

簡飛星道：「你是說，那三艘大船上，有在下的妻女了？」

王平道：「這一點，咱們正派人摸底去了，結果還不知道。」

簡飛星道：「告訴我，那三艘人船在什麼地方？」

王平道：「老前輩，告訴你也不能去。」

簡飛星道：「為什麼？楚莊十，你是在下生平所遇最高明的敵手之一，除了楚莊主之外，在下生平還沒有遇上過敵手。」

王平道：「簡大俠，小的斗膽請教一事。」

簡飛星道：「什麼事？你說。」

王平道：「簡大俠，希望你的妻女是死的，還是活的？」

簡飛呈道：「如若能夠救她們，老夫決不計犧牲。」

王平道：「這就是了，我們能夠救她們，希望她們都是活的。」

簡飛星道：「這個，可能麼？」

王平道：「至少，咱們現在正在照這個路子去走。」

簡飛星道：「能不能告訴老夫，你們用什麼辦法對付他們？」

王平道：「小的意思是，想法子，先找人上去，保護令正、令嫒，然後，咱們再衝上去，以解他們之危。」

簡飛星道：「辦法是不錯，什麼人去保護她們，是一件很重要的事。」

王平道：「這個，要我們公子安排了！」

簡飛星道：「哦！」

正平道：「小的正在向莊主請示安排。」

簡飛星道：「楚莊主，能救得簡某人的妻女之命，我想老妻也許改變她對世事的看法。果真如此，老夫必有一報。」

楚小楓道：「不敢當，簡大俠，在下必將全力以赴。」

簡飛星道：「好！老夫這裡先謝過了。」

語聲一頓，接道：「楚莊主，不知道老夫是否可以聽聽你們安排的調遣之法？」

楚小楓道：「歡迎老前輩不吝高見。」

簡飛星道：「好！老夫也算上，楚莊主如有什麼差遣，老夫亦可效命。」

楚小楓道：「這就不敢當了。」

簡飛星道：「楚莊主不用客氣，在下是出於一片誠心。」

楚小楓微微一笑，對王平說道：「派去些什麼人？」

王平道：「段山、夏海、劉風、馬飛，由成爺率領，分乘兩艘捕魚小舟，摸了上去，準備接應。」

楚小楓道：「別的人手呢？」

王平道：「七虎布在公子四周三十丈內，只要公子一聲令下，他們立刻可以支援。」

楚小楓道：「成方、華圓呢？」

王平道：「留在岸畔觀察信號，使於接應。」

簡飛星望著王平，道：「老夫是否也可受命一事，便於效勞？」

王平道：「簡大俠武功高強，不過，目前還不是以武功相搏的時刻，簡大俠請和敝莊主守候一處，等他們的報告傳來，然後，再借重大力。」

簡飛星點點頭，道：「老夫近年之中，雖然不常在江湖上走動，但對江湖中事，卻也常常聽人說起，但對你們這個組合卻是陌生得很。」

楚小楓道：「在下和這批兄弟，都是初入江湖。」
簡飛星道：「你們這群人中，似乎都很年輕。」
楚小楓道：「是！我們的年紀都不太大。」
簡飛星道：「你們這一群年輕人，結合一處，闖蕩江湖，可有什麼用心麼？」
楚小楓道：「江湖上似乎被一種很神秘的力量在控制著……」
簡飛星點點頭，接道：「如非老夫親自經歷了這麼一件事，只怕很難相信你的話。」
楚小楓道：「現在，你相信了？」
簡飛星道：「不相信也不成了，自從春秋筆評論是非，江湖上就忽然平靜下來，從未有過的平靜，大家都對春秋筆寄托了無比的信任，所以，包括老夫在內的一批江湖上愛管閑事的人，都覺得無事可幹，因此，大部分都退穩了。」
楚小楓道：「春秋筆下判是非，揭露了不少偽善之輩，正因如此，江湖上的刁惡之徒，把自己隱藏得更深，他們不求揚名立萬，甚至不用姓名，互不相關，甚至互不相識，他們在一個統一的令諭之下，合於一處，行動之後，又分散於各處，他們之間，表面和實質上，都沒有聯絡，但事實上，他們是一夥的。」
簡飛星道：「他們的武功，是如何練成的呢？」
楚小楓道：「這是江湖上很多年來平靜的原因，他們需要時間培養出一批可用之人。」
簡飛星苦笑一下，道：「楚莊主，你年紀不大，又怎麼投入了這一場紛爭呢？」
楚小楓道：「這就是平衡，有一批神秘、詭異的盜匪出來，就應該有一批對付盜匪的人手出現。是麼？」

簡飛星道：「老夫慚愧，我一生行事，自忖仰不愧天，俯不怍地，但我想得太少，年輕人，告訴我，你和春秋筆是否有關？」

楚小楓道：「老前輩，怎會突然想到了這件事？」

簡飛星道：「除了春秋筆，老夫想不出，什麼人會有這麼高明的智慧。」

楚小楓笑一笑，道：「我不知道，自己是否與春秋筆有關，但我總覺得有一種神秘力量在指引著我。」

王平突然插口，道：「簡大俠，你認識春秋筆麼？」

簡飛星道：「我收過他的一封信，他說見過我，但我一直想不起來，在哪兒見過他？」

對春秋筆這個人，楚小楓也有著濃厚的興趣，當下說道：「老前輩，對那個人，難道完全沒有記憶麼？」

簡飛星道：「我接到那封信之後，也曾仔細地想過，就是想不起在哪裡見過這個人。」

楚小楓想起了看馬的老陸，也想起了那本無名劍譜，到現在他才明白，那本無名劍譜上記載的武功，都是極為精萃之學。

那是一本武林劍技秘笈，一個看馬的老人，決不可能有那樣一本劍譜秘笈，可惜，他已不知去向。

由老陸再想到拐仙黃侗，這個武林怪人，由星卜術學上的特別成就，把自己圈入了一種神奇的小圈子中。

他想逃避命運、逃避死亡，結果，埋沒了他一身絕藝，但他仍然無法逃避死亡。

自然界，似是有一種神秘的主宰力量，一個人畢生的精力，也無法研究出這個力量的來處，自然，更無法破解這一股神秘。

但黃侗傳給他的武功，經過證明，那確實是一種很高明的武功，他江湖上的經歷不長，只那麼短短數月，但卻是那麼奇麗、迷幻。

那座神秘樹林中，還有很多的奇人奇事，可以發掘……

只聽簡飛星輕輕咳了一聲，道：「楚莊主，你在想什麼？」

楚小楓道：「我在想，那位春秋筆，是一個什麼樣的人物？」

簡飛星道：「他信上說見過我，大約是不會錯了，只可惜，我一點也記不起來。」

楚小楓道：「我想，他該有五十多歲，或者更老一些。」

簡飛星道：「他應該是和老夫相若的年紀，或者更老一些，算年齡，今年該在六十以上了。」

楚小楓道：「我想，他應該不很胖，甚至有些清瘦，留著長髯，自己裝扮得很平凡。」

他照著馬夫老陸的形貌描述，希望能喚起簡飛星一些記憶。

簡飛星道：「那封信有二十年了，老夫見過那樣的人，實在太多。」

楚小楓道：「簡大俠慢慢地想吧！也許有一天，你會突然想起來。」

只聽王平低聲說道：「公子，他們已經傳出了信號……」

簡飛星哦了一聲，道：「已經傳出了信號，我怎麼一點也不覺得。」

王平道：「這是敝莊的隱秘訊號，不知道內情的人，很少能夠瞭解。」
簡飛星道：「哦！貴莊這一次闖蕩江湖，似乎已經有了準備。」
楚小楓道：「談不上什麼準備，但在江湖上行走，難免要有些安排。」
目光轉到了王平的身上，接道：「那傳來的訊號，是什麼意思？」
王平道：「咱們的人手已經接近了三條可疑的大船，但卻無法確定哪一條船上是囚人之處，為了避免打草驚蛇，要我們多給他們一點時間，以便查明內情回報。」
楚小楓心中明白，這決不是山莊中的力量所能辦到，一定有排教中人協助。
簡飛星卻聽得大為佩服，心中暗道：「這個人小小年紀，能把一個組合，領導得如此完美，實非是一件容易的事。」
王平突然一皺眉頭，低聲說道：「有人來了！」
楚小楓道：「是敵人？」
王平道：「是！」
楚小楓道：「放他們過來。」
王平道：「是！」轉身而去，一閃不見。
楚小楓道：「全部隱蔽起來。」
陳横和綠荷三姐妹，立時隱入四周草叢暗影中。
楚小楓伸手抓起兩具屍體，道：「簡大俠對付他們，在下也先躲起來。」
一提氣，飛身上了大樹，把兩具屍體，也帶上了大樹。

簡飛星點點頭，忖道：「這個年輕人，實在不簡單。」

心念轉動之間，聽到咕咕兩聲怪叫，傳了過來，簡飛星知道這是一種暗號，但卻不知道如何回答，但他江湖閱歷豐富，立時舉步，走了出去，原來，他們一直停在大樹蔭影之下，看起來，不很清楚。

只聽一個聲音，由數丈外傳了過來，道：「是簡大俠麼？」

簡飛星嗯了一聲，道：「不錯，正是老夫。」

一條人影，疾飛而至，落在了簡飛星的身前，那是個穿著一身黑色勁裝的大漢，左手中握了一對手叉子。

黑衣人打量了簡飛星一陣，道：「簡大俠很好吧！」

簡飛星道：「老夫不是好好地站在這裡麼！」

黑衣人道：「我們的人呢？」

簡飛星道：「老夫沒有看到。」

黑衣人道：「他們就在這裡監視簡大俠的。」

簡飛星道：「監視我的人，怎麼會跑丟了？」

黑衣人搖搖頭，道：「他們不會離開，目下這地方很複雜，有迎月山莊中的人，也有排教和丐幫的高手。」

簡飛星道：「老夫除和楚小楓動手一戰之外，還沒有遇上過別的人。」

黑衣人道：「楚小楓呢？」

簡飛星道：「不知道，可能就在附近。」
黑衣人道：「情形有點不對，簡大俠不用留在這裡了。」
簡飛星道：「到哪裡？」
黑衣人道：「去見敝上。」
簡飛星道：「不行，我要在這裡等楚小楓，和他決一死戰。」
黑衣人道：「情勢有了變化，不用再等下去了。」
簡飛星道：「老夫如是殺不了楚小楓，就只好死在他的劍下，希望你說話算話，能如約放了我的妻女。」
黑衣人道：「其實，簡夫人和兩位姑娘，安全得很，簡大俠不用多慮！」
簡飛星道：「老夫沒有見著我的妻女之前，老實說，我還是有些不太放心。」
黑衣人笑一笑，道：「只要簡大俠殺了楚小楓，立刻就可以見到你的妻女了。」
簡飛星道：「其實，老夫現在最大的願望，就是想法子見我的妻女一面。」
黑衣人道：「簡大俠這個要求，好像並不過分。」
簡飛星道：「閣下能不能轉告貴上一聲，使老夫見她們一面，只見一面，老夫確知她們還沒有事就行了。」
黑衣人道：「簡大俠，為什麼不去和敝上談談呢？」
簡飛星道：「談談，談什麼？」
黑衣人道：「簡大俠的要求，合情合理，在下相信，敝上定會答應。」

簡飛星道：「他在哪裡？」

黑衣人道：「距此不遠。」

簡飛星略一沉吟，道：「我和楚小楓約好了在此決一死戰。」

黑衣人道：「情勢已有了變化，用不著等他們了。」

簡飛星道：「好吧！老夫身在矮簷下，不得不低頭了，閣下請帶路！」

黑衣人不再多言，轉身向前走去，簡飛星抬頭向樹上看了一眼，緊跟在那人身後行去。

沿小徑行約三百丈，突然折向一片荒草叢中，那是一座上崗，一面緊臨湘江，一面靠山，生滿了及膝荒草，江畔依山，地形本來十分複雜，現在加上了幾個門戶的人手，各設埋伏，使原本複雜的地形，更是充滿著殺機。

黑衣人帶著簡飛星在荒草中左折右轉，又行百丈左右，才停了下來。

簡飛星耳目靈敏，暗中留心，發覺了行經之處，有很多埋伏，他沒有揭穿，故作不知。但他心中明白，這個人的身分，非同小可，一路上，被他發覺的，已有十道埋伏，他相信，沒有發覺的，至少還有個三、五道。

這十道埋伏中，至少有五十個人。簡飛星明白，自己已進入龍潭虎穴中，就在數百丈外，楚小楓也帶了一批人手，也在四面設下了埋伏。

他沒有發覺有多少的埋伏，也沒有發覺埋伏的人手，但他知道確有埋伏。丐幫、排教，也有人，在江中、江岸上活動，黑夜，掩遮了很多的秘密、很多的殺機。

這個表面上看去，荒涼的湘江岸畔，此刻，卻是有著無比的凶險，但表面上，看上去仍然是那麼平靜。

簡飛星靜靜地站著，那黑衣人兩道目光，盯在簡飛星的臉上看了一陣，道：「閣下見了敝上之後，準備如何回答？」

簡飛星心中忖道：「看來是別有用心，把我引入了埋伏之中，竟然有準備翻臉的感覺。」

心中念轉，口中說道：「這要看貴上如何問了，實話實說，簡某人生平不善說謊。」

黑衣人嗯了一聲，道：「如若在下問你呢？」

簡飛星呆了一呆，道：「你……」

黑衣人接道：「事實上，我就是這裡首腦……」

簡飛星怒道：「你好卑鄙、好陰險。」

黑衣人道：「簡大俠言重了，談不上什麼陰險，更談不上卑鄙，兵不厭詐，既然雙方無法完全信任對方，在下也只好要點手段了。」

簡飛星道：「我明白了，你把老夫引入此地，只是想把老夫圈入這一片絕地之中，是麼？」

黑衣人道：「這樣嚴重？」

簡飛星道：「你在四周設下了不少埋伏，卻把老夫引入中間，用心不問可知了。」

黑衣人嘆息一聲，道：「佩服，佩服，在下自信設伏十分機密，但仍然無法瞞過簡大俠的耳目。」

簡飛星道：「老夫本來也沒有如此精明，只是老夫剛受到了別人的利用，不得不小心一些。」

黑衣人道：「其實，你不用小心，只要說實話就行了。」

語聲一頓，接道：「我們派去接應閣下的兩個人，現在何處？是否已經遇害？」

簡飛星道：「不知道，老夫好像已經回答過這個問題了。」

黑衣人道：「咱們也聽過了，不過，我不相信，那麼精明的兩個人，怎麼會突然間失去蹤跡，而且，連一點聲音，也未傳過來。」

簡飛星道：「你懷疑是老夫殺了他們？」

黑衣人道：「只有你出其不意的出手，才能使他們全無防備。」

簡飛星道：「不是我，信不信由你……」

語聲一頓，接道：「看來，在下要想見我妻女一面的機會，亦不可得了。」

黑衣人道：「那倒不是，只要我能證明你，確然和咱們十分合作，在下立刻可以帶你去見她們。」

簡飛星道：「好！你拿個證明出來吧！」

黑衣人冷冷說道：「簡大俠當真要求證一下麼？」

簡飛星道：「不錯。」

黑衣人道：「在下可以把楚小楓引入一片絕地，看著簡大俠和他動手。」

簡飛星道：「把楚小楓引入此地？」

黑衣人道：「對！不知簡大俠意下如何？」

簡飛星略一沉吟，道：「好！簡某人可以答應，不過，在下也有條件。」

黑衣人點點頭，道：「什麼條件？」

簡飛星道：「楚小楓成就不弱，在下和他有過一陣搏殺，那一戰，在下不幸還受了劍傷。」

黑衣人道：「這個，我知道。」

簡飛星道：「所以，決一死戰，我並無必勝把握……」

黑衣人接道：「我們可以派人幫助你。」

簡飛星道：「幫助我？如老夫不是楚小楓的敵手，我想不出天下還有什麼人能幫助我。」

黑衣人笑一笑，道：「好！簡大俠豪氣干雲，在下好生佩服。」

簡飛星道：「所以，在未和楚小楓動手之前，在下要見妻女一面。」

黑衣人道：「這個……」

簡飛星接道：「這唯一的條件，決不討價還價。」

黑衣人道：「這個，只怕有點困難了。」

簡飛星雙目中神光暴射，凝注在黑衣人的臉上，緩緩說道：「你是不能作主，還是不願答應？」

黑衣人道：「令正、令嬡，都在一個很機密的地方，而且，距此地還有一段距離，如若召她們來此，只怕不太安全。」

簡飛星心中明白，但卻故作不懂，道：「不太安全，怕什麼？」

黑衣人道：「楚小楓有不少的屬下，他們可能會出手攔截，而江湖上，最具實力的丐幫、排教，也有很多高手，集中於此，表面上看來，這湘江岸上，十分平靜，但骨子裡，卻是暗濤洶湧，異常的凶險。」

簡飛星道：「這是閣下的看法，我想，總有辦法，使我們見上一面。」

黑衣人道：「這個，這個……」

簡飛星接道：「閣下，你聽著，我所以受你們擺布，那是因為你們擄去了我的妻女，她們還好好地活著，我好像不得不聽命行事，如是她們受到了什麼傷害，在下就要替她們報仇了。」

黑衣人笑一笑，道：「不會，不會，簡大俠可以放心，咱們說話算話，決不會言而無信。」

簡飛星道：「那很好，我現在要見人。」

黑衣人道：「簡大俠一定要見麼？」

簡飛星道：「不錯，這一點，在下決不讓步。」

黑衣人冷笑一聲，道：「簡大俠，在下已經讓步很多了。」

簡飛星冷笑一聲，道：「老夫也受夠了你的閑氣。」

黑衣人道：「簡大俠，小不忍則亂大謀，希望你顧慮到你妻女的安全。」

簡飛星道：「沒有見到她們之前，在下無法確定她們，是否還很安全。」

突然右手一抬，鋼刀出鞘，寒光一閃，刀鋒已逼上了那黑衣人的咽喉，拔刀之快，真如閃電。

黑衣人呆了一呆，笑道：「刀過無聲，果真名不虛傳。」

簡飛星道：「我知道這四周有很多的埋伏，只要你覺著他們出手援救的手法，能強過我，那就不妨招呼他們一聲試試。」

黑衣人笑道：「簡大俠既知此地有埋伏，殺了區區，你也一樣不能離開。」

簡飛星道：「老夫一生履險如夷，這一點小小的陣仗，還嚇不住老夫，老夫顧慮的，就是我妻女的安全……」

黑衣人接道：「她們很安全，但如閣下不能照我們的條件去做，那就很難說了。」

簡飛星道：「哦！那又怎樣？」

黑衣人道：「咱們沒有法子保障令嬡、令正的安全。」

簡飛星道：「這是威脅？」

黑衣人道：「談不上威脅，在下說的是真真正正的真實。」

簡飛星道：「但我未見到拙荊和小女之前，她們也許早已經不在人世了。」

黑衣人冷笑一聲，道：「簡飛星，難道你真的是不吃敬酒，要吃罰酒麼？」

簡飛星道：「老夫可殺不可辱，你講話最好先想清楚。」

黑衣人道：「簡飛星，你真的不顧你妻女的性命了麼？」
簡飛星道：「顧慮。」
黑衣人道：「顧慮，你就要聽命行事了。」
簡飛星道：「那必須她們先活著。」
黑衣人突然舉手互擊三掌。但見人影閃動，草叢中突然飛出了四個黑衣人，把簡飛星圍了起來。
簡飛星看了一眼，道：「你這是什麼意思？」
黑衣人道：「如若簡大俠不能為咱們所用，至少，咱們不能把簡大俠，留給別人所用。」
簡飛星淡淡一笑，道：「你們想殺了我？」
黑衣人道：「好像是吧！」
簡飛星道：「這才是你們真正的用心，先殺了我的妻女，再殺了我！自然，最好的辦法，我和楚小楓拚個同歸於盡。」
黑衣人道：「簡飛星，你先看看他們手中的東西，再作計較如何？」
簡飛星凝目望去，果然發現了四個黑衣人，各執著一個黑色的短筒。
那黑衣人道：「那鐵筒，叫追魂毒筒，筒中裝一種沾肉即潰的毒水，一點中身，神仙難救，每一個鐵筒上，有一十二個細孔，在強大的壓力之下，每一個細孔之中，都逼射出一線毒水，遠及兩丈之外。」

簡飛星冷冷說道：「小孩子玩的東西，算不得什麼！」

黑衣人道：「我們計算過，在這樣的距離下，四支水筒齊射，就算閣下武功高強，也無法逃過這場大劫大難。」

簡飛星雙目中神芒暴射，冷冷說道：「諸位可試試。」

黑衣人一揚手，道：「殺！」

隨著殺字，一道寒芒，疾射而至，事實上，簡飛星對這等歹毒的暗器，心中有很多的顧慮。

就在黑衣人發動的同時，圍在四周的四個殺手，也同時揚起了右手。

簡飛星刀尖也暴射而出，刀往上舉，人卻向下落，只聽一聲金鐵交鳴，黑衣人打出的一個匕首，被簡飛星一刀震飛了，餘勢不衰，斜斜地向上飛去，四個黑衣人手中的毒水，竟然激射而出。

但簡飛星卻借勢貼地一個飛竄，脫出了四人的圍困，這不過是一剎那間。

三方面幾乎是在同一時間，一齊發動，簡飛星人飛兩丈，一個騰身而起，天馬行空一般，一掠數丈，順勢接住向下沉落的銀刀。但四個黑衣人也夠快，一擊未中，立時轉身向敵。

如是簡飛星移動稍慢，必為所傷，幸好，簡飛星一步未停，人已騰空而起，四個人略一猶豫，簡飛星人已落入了草叢之中。

這時，那發出了飛刀的黑衣人，突然悶哼一聲，一下子栽倒地上，手執毒水筒的黑衣人霍然轉過身去。

只見那倒下的黑衣人身旁，還站著一個黑衣人，這些人，都穿著黑衣，夜色掩遮之下，很難看清楚面目。

他未來得及喝問，那站著的黑衣人已然欺近了過來，道：「你們好蠢。」

劍光閃動，四個手執毒水筒的黑衣人，齊齊倒了下去。

簡飛星飛掠而至，道：「什麼人？」

他對那些噴射出毒水的鐵筒，有些害怕，卻不畏懼武功高強的人，黑衣人突然一劍，殺了四人，立刻還劍入鞘，那顯然對簡飛星沒有什麼敵意。

但情勢詭異，簡飛星不能不暗自戒備，銀刀橫胸，道：「閣下怎不說話？」

一個極低微的聲音傳入了簡飛星的耳際之中，道：「簡大俠，咱們身處極端險惡之境，必須要早些離開，現在，他們不肯出手，是對我的身分不明，最好的辦法，就是咱們借搏擊之法，離開此地。」

簡飛星很熟悉那個聲音，立刻聽出來是楚小楓。

簡飛星心念一轉，厲聲喝道：「你好惡毒手段。」

忽然一刀，迎胸劈去，黑衣人突然拔劍一揮，閃起了一道寒芒，一聲金鐵交鳴，簡飛星突然飛身而起，一掠數丈。

黑衣人沉聲道：「哪裡走……」疾躍追去。

這一聲呼喝，似乎是露出了馬腳。但見四面草叢中人影閃動，六道寒芒直射而至，那不是暗器，是人，以急如閃電的身法，連人帶刀投射過來。

楚小楓人在空中，正是向下沉落之勢，四面圍襲而至的人影、兵刃，有如泰山壓頂一般，群集而至，楚小楓長劍揮動，護住了身軀。

兵刃碰撞聲中，楚小楓硬被群襲而至的刀劍，壓落實地。

簡飛星大喝一聲，人、刀合一，直衝過來，刀芒過處，鮮血飛濺。兩個執劍的黑衣人死於簡飛星的刀下。

另外四個人，雖然沒有中刀，但卻被那一股凌厲的刀風給逼退數尺。

好凌厲的一刀。

楚小楓緩過一口氣，道：「好刀法。」

長劍疾出斜挑，但見寒芒閃轉了兩下，四個黑衣人中，又有兩個倒了下去。

這兩劍招數奇幻，見所未見，簡飛星也不禁看得呆了一呆。

還餘下兩個黑衣人，驀地愣住了，一時間，忘記了出手。

簡飛星銀刀連閃，刺中了兩人的氣海穴。

一身武功，數十年苦修，立刻化為烏有。

兩個黑衣人心中警覺有異時，武功已失，穴道已破。

簡飛星冷冷說道：「老夫不為已甚，只是破了你們的武功，但願你們能從此回頭，做一個安善良民……」

兩個黑衣人相互望了一眼，突然舉刀刺向對方。

各中要害，雙雙死去。

簡飛星微微一怔，道：「這兩個人的性子，好生剛烈。」

楚小楓道：「他們身受一種嚴酷的規法控制，就算他們想走，那個組合，也不會放過他們。」

簡飛星道：「說得也是，如若被整到求生不能、求死不得的境界，倒不如這樣死了乾脆。」

放低了聲音，接道：「老弟，這地方的埋伏不少，決不止此，怎麼還不見他們發動？」

楚小楓道：「他們等待最有利的時機再出手……」

笑一笑，道：「還有一個可能，他們再等待另一道施襲的令諭。」

簡飛星道：「走！咱們不用等他們，一路殺出去吧！」橫刀當先，向前行去。

楚小楓劍隱在後，戒備而行。

大出了兩人意料之外，沿途再無截擊之人。

簡飛星、楚小楓都感覺到了，途中還有很多的埋伏，但卻不知何以這些人不肯出手。

離開了那一片荒涼的山坡，楚小楓才緩緩說道：「簡大俠，令正和令嬡，已經有了下落。」

簡飛星道：「在哪裡？」

楚小楓道：「船上。」

簡飛星道：「好！好極了！咱們一起瞧瞧去。」

楚小楓道：「那艘大船上，已在我們的監視之下。」

簡飛星道：「咱們已和他們衝突了，拙荊和小女，是不是有什麼危險？」

楚小楓道：「簡大俠，在下來此之時，已經叫他們找機會控制住那一條大船。」

簡飛星道：「楚莊主，如是沒有這個機會，老夫也不便強求什麼！既然是有這個機會了，老夫覺著，應該……」

只見一條人影，迎面奔了過來。

是劍童成方。他身上一身濕，仍然不停地滴著水珠，顯然是剛由水中上來。

楚小楓低聲道：「成方，怎麼樣了？」

成方道：「幸未辱命，四英由水中奇襲，一舉間擊殺了船上四個守衛……」

簡飛星接道：「拙荊和小女呢？」

成方道：「回簡大俠的話，夫人和小姐，都安然無恙，咱們有兩個人受傷，但守在那條大船上的六個刀手，全都丟了性命。」

簡飛星道：「好！好！老夫　定要好好地報答你們。」

成方道：「簡大俠言重了，這都是敝主人的策劃、調度有方。」

簡飛星望了楚小楓一眼，無限感激地說道：「楚莊主，大恩不言謝，你我心照了。」

楚小楓笑一笑，道：「在下也只是僥倖罷了，最重要的還是你簡大俠一生的作為，仰不愧天，俯不怍地，所謂吉人天相，尊夫人和令嬡，才會有驚無險。」

簡飛星道：「唉！老夫慚愧得很，竟不能保護妻兒的安危。」

楚小楓道：「簡大俠，也不用自咎，陰謀、詭計，防不勝防，此番總算平安脫險，倒是今後咱們應該如何安排，使她們不至於再蹈凶險，那才是當務之急。」

簡飛星道：「不錯，老夫要把她們母女送回故居。」

楚小楓道：「簡大俠，已經和他們結下了寃仇，此後相報，必甚激烈，簡大俠的故居是否安全呢？」

簡飛星道：「這個麼？很難說了，老夫的居所，不過是一片茅舍竹籬，那裡面沒有埋伏，也沒有守護之人，除了老夫之外，她們又都不會武功，如是有人找上門去，她們可是全無抗拒之力了。」

楚小楓道：「這就要多多的考慮了。」

簡飛星道：「楚莊主這麼一提，倒叫老夫有些為難了，江湖人物江湖亡，老夫個人的生死，倒未放在心上，唉！不過，她們母女，都和江湖事完全無關，兩個人連武功也未學過。」

楚小楓道：「簡大俠一生在江湖上奔走，總有一、兩位好友吧？」

簡飛星沉吟了一陣，道：「在下有一位方外好友，不但武功絕世，而且，深通奇門數術，只是，他已跳出三界外，不在五行中，不知他是否答允她們母女留住那裡。」

楚小楓道：「道義之交，貴在知心，患難相助，如真是你的朋友，應該義不容辭。」

簡飛星道：「好！老夫帶她們母女去見見他，他有能力保護她們，而且那地方還十分隱秘，江湖人，知曉的不多。」

楚小楓輕輕嘆息一聲，道：「簡大俠，不要低估了對手，到目前為止，我們還不知道他們真正的身分，首腦人物是誰，但我們的一舉一動，卻一直在他們的監視之中。」

簡飛星點點頭，道：「說得也是，他們對老夫家人下了手，但老夫還不知道，他們是何許人物？」

楚小楓道：「這才是他們真正的可怕地方，他們無所不在，整個江湖中的事，似乎都在他們監視之下。」

簡飛星道：「但他們仍然無法逃過楚莊主的神算。」

楚小楓嘆息一聲，道：「這是不足為訓的事，這一次，咱們只是僥倖成功，一則是他們太大意，再則是咱們有丐幫和排教中的人手協助，可一不可再，簡大俠還是小心一些的好。」

簡飛星道：「是，是，有了這一次的教訓，老夫以後決不能再大意了。」

楚小楓道：「現在，咱們先去見過尊夫人，和令嬡。」

成方帶兩人到了江邊，登上一艘小船，然後，馳入江中，登上一艘大船。

夜色很黑暗，一切舉止，都有些神秘的味道。

大船上的艙中，點燃了兩支巨燭。

但船艙四周，都拉上了黑色的布幕，所以，在外面，看不到船上有燈火。

火光映照，艙中的景物，十分清楚。

一個中年婦人，帶著兩個二九年華的少女，坐在一起。

她愁眉緊鎖，臉上仍有著隱隱的恐懼之色。

「秀芝。」簡飛星一步跨進了艙門，直向那中年婦人奔去。

見到了簡飛星，那中年婦人愁苦的臉，忽然露出了一抹淡淡的笑意，舉手理一理鬢邊的散髮，道：「想不到，我們夫妻還能重逢。」

兩個少女卻一齊站了起來，撲入簡飛星的懷中，道：「爹，好可怕啊！殺了好幾個人，流了很多的血。」

簡飛星神情激動，雙目含淚，拍著兩位少女的肩頭，道：「孩子們，不要怕，事情已經過去了。」

兩個少女也流下了淚水。

倒是那中年婦人，似乎是很沉得住氣，一直保持著平靜。

只聽她幽幽一嘆，道：「飛星，是不是我錯了。」

簡飛星緩緩推開了兩位愛女，道：「秀芝，你沒有錯，錯的是我，你們完全沒有江湖的經驗閱歷，是我不應該離開你們，給人可乘之機。」

中年婦人搖搖頭，終於忍不住，含在雙目中的淚水，緩緩流了下來。

她舉手拭一下臉上的淚痕，道：「飛星，真的是很可怕，他們威脅我，要傷害兩個女兒，那時間，我好想死，但我知道，我不能死，我要留下性命，想法子，保護她們兩姊妹。」

簡飛星胸前長髯，無風自動，臉上的肌肉，也微微抽搐。

他盡力忍下了激動的情緒。

回顧了丈夫一眼，叫秀芝的中年婦人接道：「我想，我不應該阻止你傳授她們武功的，如若蓉兒、雲兒，都會武功，她們不但可以自保，也可以保護她們的母親。」

簡飛星道：「秀芝，我不該帶你們出來的，這是江湖，我又是江湖中人，你們都是受了我的牽累。」

秀芝道：「我嫁給了一個江湖人，卻妄想改變些什麼，事實上，已經證明我錯了，飛星，你不責備我，反而來安慰我，我心中好慚愧。」

簡飛星哈哈一笑，道：「現在，我們不是都好好的麼？有驚無險，人活在世上，總難免遇上些驚險的。」

秀芝輕輕吁一口氣，道：「飛星，她們是不是太大了？」

簡飛星道：「是啊！她們都算成人了。」

秀芝道：「不！我的意思是，她們現在跟你再學武功，是不是還來得及？」

簡飛星微微一笑，道：「秀芝，你不是一直希望她們能過些安定平凡的日子麼？現在，再過上一、兩年，她們也都該擇人而嫁了，秀之，讓她們嫁給那些日出而作、日落而息的人，使她們過著完全平靜的生活，唉！這些年來，我對你最大的抱歉，就是我很少陪在你的身邊，江湖人物江湖行，獨留嬌妻向晚霞……」

秀芝接道：「飛星，不要這樣說，你一直待我很好，這些年來，我活得好滿足。」

簡飛星道：「那是你生性賢淑，高山茅舍，生活已夠寂寞，再加上我常年不在家中，那種靜寂如滅的生活，實在很難忍受。」

秀芝道：「其實，也怪我，如若我也能練成一身武功，和你並闖江湖，比翼天涯，也好常常照顧你的起居。」

經歷過一次險難，使這對老夫、老妻之間，都生出無限的感慨、無限的內疚，夫妻相處，實已是相敬如賓了。

簡飛星笑一笑，轉過話題，道：「這一次，你們能化險為夷，多虧了楚莊主……」

秀芝接道：「是他救了我們？」

簡飛星道：「是！他花了無數心血，才救了你們。」

秀芝點點頭，道：「所以，你要報答他？」

簡飛星道：「是！」

秀芝道：「所以，你要替我們安排一個很安全的地方，你也好沒有後顧之憂？」

簡飛星道：「唉！你都知道了。」

秀芝道：「因為，我聽過很多次了。」

簡飛星道：「秀芝，這是最後一次了，辦完了這件事，我折刀為誓，永遠不再問江湖中事了。」

秀芝淡淡一笑，道：「飛星，你是江湖中人，你有一身好武功，不應該白髮廬舍，老死荒山，你有你的天地。」

簡飛星黯然一嘆，還要解釋什麼。

秀芝又搶先說道：「我想，這件事一定很緊急，寸陰如金，為什麼不早些送我們離開呢？」

舉步向外行去，簡飛星帶著二女，追在身後。

楚小楓一直沒有現身。在這樣的情形之下，他覺著自己實在不必現身了。

簡飛星走了，帶著他的妻子和兩個女兒離去。楚小楓沒有送，也沒有再和簡飛星招呼。

他救簡夫人和她的女兒，但簡飛星賜給他的更多。他的絕世刀法，啟發了楚小楓深藏胸中的劍法。

他像一塊磨石，楚小楓卻像一把劍。磨石，淬利了劍鋒。只是，這些事，簡飛星並不知曉。

但楚小楓心中明白，不是遇上了這樣一個人物，楚小楓至少還要摸索很久。最好的刀法，才能激勵絕世的劍術。簡飛星有很多殺他的機會，但他卻刀下留情。磨練中，使一代劍客，快速地成長於江湖。

廿七　西藏彎刀

楚小楓隱在暗中，望著四人的背影，換乘了船，登上了岸，才回顧身後的成方，道：「傳我令諭，要七虎尾隨保護，送他們到六十里外。」

成方應了一聲，飛躍而去。

楚小楓緩步步入艙中坐下，凝目靜思。太多的事情，需要他冷靜地想一想，想出一個應付的辦法。

王平、陳橫，雖然都可以幫助他，不過也只能在枝節之上，原則還要他去考慮，大事情還要他去做決定，他必須要靜靜地想一想，對這些事情，都要有一個很完美的計劃。

華圓緩步行了進來，奉上一杯香茗之後，又悄然離去。沒有驚擾楚小楓。

直到紅牡丹慌慌張張地奔入艙中，才算把他驚醒。

楚小楓回顧了滿臉焦急的紅牡丹一眼，道：「好像有什麼事？」

紅牡丹道：「是！婢子來了好一會兒啦，見公子靜坐沉思，不敢驚擾，事實上，事情很緊急，不得不來請示公子。」

楚小楓道：「什麼事？」

紅牡丹道：「簡大俠和他的妻女，已由丐幫和排教中的高手接手護送……」

楚小楓接道：「七虎、四英呢？」

紅牡丹道：「他們都已經集中在大艙中，等候公子。」

楚小楓道：「等我幹什麼？」

紅牡丹道：「四英中有兩位受了傷，傷勢雖然不重，但也得休養個三、五天，才能完全復元，但敵人的高手，似乎正向這裡集中，準備和咱們決戰。」

楚小楓道：「誰告訴你們這些事？」

紅牡丹道：「陳横說的，他雖然沒有明白說出來，但看樣子，這些消息可能都是來自丐幫的耳目。」

楚小楓點點頭，道：「現在，他們集中來此見我，準備要說些什麼，你們知道麼？」

紅牡丹道：「好像是請示公子了，咱們是否準備和他們一決勝負。」

楚小楓道：「咱們的人手太少，經不起傷亡，最好能避免和他們硬拚。」

紅牡丹道：「我聽成方和王平談話，好像很難避免得了。」

楚小楓道：「對陣搏殺，自是難免會有傷亡，但要想法子，盡量去避免這些。」

紅牡丹道：「好像準備對付咱們的人，已經到了此地，很快就要發動……」

楚小楓一揮手，打斷了紅牡丹未完之言，道：「你先去吧！」

紅牡丹應了一聲，轉身而去。

楚小楓又仔細地想了一陣，想好了，才緩緩站起身子，直行入艙中。

大艙中坐著七虎、四英。

兩劍童、成中岳，都到齊了。

只有宗一志沒有來。

大艙中坐滿了人，大都在低聲交談。

楚小楓步入艙門，大廳中立刻靜了下來。

楚小楓揮了揮手，道：「諸位請坐下吧！」

成方緩步行了過來，引楚小楓坐在一張太師椅上，坐了下來。

直待楚小楓坐了下去，群豪才緩緩坐了下去。

王平一閃身，道：「公子，咱們有要事，不得不驚擾公子。」

楚小楓道：「什麼事？」

王平道：「小的們得到消息，有一批來路不明的人，趕到了附近。」

楚小楓道：「和咱們有關麼？」

王平道：「有關係，聽說，那些人是專門來找咱們的。」

楚小楓道：「這消息是不是很可靠？」

王平道：「十之八九，不會錯了。」

楚小楓道：「說下去，他們來此的用心，和我們有些什麼關係？」

王平道：「他們來此，聽說是圍擊咱們，直到殺死咱們全數的人為止。」

楚小楓道：「他們由何處來？」
王平道：「不知道，他們似乎是突然在此地出現了。」
楚小楓沉吟了一陣，道：「這只是一種手法，他們能在不為人覺的情形之下，突然出現，那說明了，他們是化裝成各種不同的身分而來。」
王平道：「好像如此。」
雖然是王平答話，這些消息，自然都是丐幫的口中傳來，那是這些人，到此集中的經過，丐幫也未發覺。
楚小楓道：「他們來了多少人？」
王平道：「大約有二、三十人。」
楚小楓道：「他們如何潛來此地呢？」
王平道：「湘水碼頭，人來人往的十分雜亂，他們如若經過了仔細的化裝，然後，再混了進來，那實在是一樁很難查明的事。」
楚小楓道：「不錯，他們大概是這樣的混了進來。」
陳横道：「公子，小的覺著，他們來的人手不少，就算經過很仔細的化裝，但如想很輕易混進來，也不是一件容易的事。」
楚小楓道：「不錯，但他們還是混進來了，而且，避過很多耳目，我想，這中間，有一種可能性……」
他開始表現出才華，分析了這件事的內情，接道：「他們很可能，就是在湘江碼頭上工作的人。」

王平道：「這個，這個……」

楚小楓接道：「我知道，你們也許不太相信，但事情很容易會分析出一個頭緒來，你們想想看，他們如是由遠地來此，絕對無法混過嚴密的監視，但他們出現了，這些人，也不可能會無緣無故地由天上掉下來。」

王平道：「公子分析得是。」

楚小楓道：「他們既然在襄陽附近有一個萬花園，就可能在這裡設下了很多的埋伏。」

王平道：「公子這麼一分析，那就大有道理了。」

楚小楓嚴肅地說道：「看起來我們在監視他們，其實，咱們的一舉一動，多在別人的監視之下。」

成中岳道：「事實上，確是如此，幾日來發生的事情，證明了，我們一直在人家的監視之下，大環境中，他們好像是佔盡了便宜，但小環境中，他們又好像是遭到了失敗。」

楚小楓道：「至少，他們沒有成功，由巫山雙煞到簡飛星，他們一直沒有成功，這都賴諸位應對有方。」

成中岳道：「可是大勢上壓力形成，咱們就算有幾局小勝，也不足以克服困難，度過難關。」

楚小楓道：「我想過了，眼下，咱們已經形成了和他們火併之局，這一戰如若不打個勝負出來，此後，只怕很難有擺脫他們的機會了。」

成中岳道：「是，我們都有相同的看法。」
楚小楓道：「決此一戰的目標已定，但打法、地點決不容他們再選擇了。」
王平躬身一禮，道：「公子是否已經胸有成竹了？」
楚小楓道：「我已經想出了一個和他們決戰的方法，但不知道諸位的意下如何？」
王平道：「公子有什麼決定，咱們聽命行事。」
楚小楓招招手，王平、四英、七虎等，全都圍上來。
伸手取過一個茶杯，楚小楓就杯中之水，在木桌上畫了一個拒敵的計劃。
他邊說邊畫，很快地把一套拒敵的陣法，說了出來。
群豪都看得心中敬佩，覺得他小小年紀，不但分析入理，難得的是很有主張，也很有判斷力。
楚小楓目光盯注到兩個受傷人的身上，道：「兩位的傷勢如何？」
夏海欠欠身，道：「傷勢不重，還望公子賜予任務。」
楚小楓道：「你們兩個，守在一個方位上，不用出手攔擊，只要傳送信息就是了。」
夏海道：「屬下等遵命。」
楚小楓望望天色，道：「咱們決定等天亮之後，再和他們動手……」
這時，一個水手，匆匆進入艙中，道：「有四艘小舟，向咱們逼了過來。」
楚小楓道：「來得很快。」
艙中人全部站了起來，四英已向艙外奔去。

楚小楓沒有阻止。

黃氏七虎，站著沒有動。

原來，黃氏七虎，不會水中功夫，自知無法幫得上忙。

楚小楓很沉著，低聲對黃氏七虎道：「你們守住艙中門窗。」

原來，這艘船是專以坐人的船，不但艙中布置得很豪華，兩面都開著很大的窗子，大艙也有兩丈見方，足足可以坐三、四十人。

吩咐過七虎之後，舉步向艙外行去。

成方、華圓，緊隨楚小楓的身後。

王平、陳横、成中岳和綠荷三姊妹，也跟著出了大艙。

黃氏七虎迅速地散布開去，分守艙中門窗和各處要道之上。

四英已登上了甲板。

楚小楓抬頭四顧，只見四艘小舟，已然駛近了大船。

小舟是大型梭舟，每一艘梭舟船頭上，都站著兩個大漢。

那些大漢身上除了身佩著一柄彎刀之外，還帶有一種水用兵刃峨眉刺。

梭舟離大船七、八尺處，停了下來，一字排開。

這時，天已大亮，江霧迷濛中，景物可見。

楚小楓望望那些大漢身上的佩刀之後，回顧了王平一眼，道：「瞧到他們身上佩刀麼？」

王平道：「瞧到了。」
楚小楓道：「中原武林道上，使用這種兵刃的不多。」
王平道：「這好像是來自邊疆的一種特殊兵刃。」
綠荷道：「我知道這種兵刃的來歷！」
楚小楓道：「你說說看。」
綠荷道：「波密阿修王，彎刀斬飛鳥。」
楚小楓道：「波密阿修，好像藏邊的人名。」
他熟讀經史，務學很雜，雖然江湖上的經驗不豐，但卻知曉的事務很多。
綠荷道：「對！是來自西藏的一位高人，好像是個和尚……」
楚小楓接道：「是喇嘛。」
黃梅道：「是喇嘛和尚。」
紅牡丹道：「有一次，景二公子喝多了酒，和我們說起這件事，他們彎刀的招術奇怪，出刀如電，尤其是飛雲三斬，能夠劈中空中飛鳥。」
楚小楓道：「能斬空中飛鳥，刀法自然夠快，但不知他們的彎刀是脫手飛出呢？還是連人帶刀一起飛出？」
紅牡丹道：「這個，我就不知道了，景二公子沒有說。」
楚小楓道：「四艘梭形快舟，八個人，八柄彎刀，如若每一把彎刀，都能夠飛出殺人，那就有些可怕了。」

紅牡丹道：「聽景二公子說，他們的刀法很野蠻。」

楚小楓道：「野蠻？」

紅牡丹道：「野蠻的意思，就是說他們的刀法很直接，直接地殺人。」

楚小楓道：「嗯……」

紅牡丹道：「所以，請公子下令，要大家小心一些。」

楚小楓道：「咱們說話的聲音很高，連敵人都能聽到，何況舟上之人。」

四艘梭形快舟，沒有再向大船接近。

雙方形成了一個對峙之局。

楚小楓緩步行到了甲板前面，望著一字排開的梭形快舟。

輕輕吁一口氣，道：「諸位來此，必有所為，為什麼不肯出手？」

左首一艘快舟上，一個身佩彎刀的大漢，冷冷說道：「哪一個叫楚小楓？」

楚小楓道：「我！」

那說話的黑衣大漢突然一提氣，飛上了大船。

成方、華圓突然向前一步，雙劍並出，攔住了那黑衣大漢。

那黑衣人右腳突然一踏左腳，陡然間，又向上升起一丈，向甲板中心落去。

楚小楓低聲道：「放他們下來。」

成方、華圓的雙劍，本來已追擊過去，不讓對方有落在甲板的機會，但聽到楚小楓呼喝之言後，突然向兩側閃開。

黑衣人落在甲板上，彎刀已經握住了手中。
成方、華圓，雙劍斜斜指出，擋住了去路。
楚小楓笑一笑，道：「成方、華圓，退下去。」
成方、華圓，雙雙向後退開，同時還劍入鞘。
那黑衣人笑一笑，手中的彎刀也還入鞘中。
楚小楓道：「你們找我有什麼事？現在，可以說了。」
黑衣人道：「殺人！」
楚小楓笑一笑，道：「閣下是否可以殺得了我呢？」
黑衣人道：「試試看！」
他說話的用詞很短，但卻說得是字正腔圓。
楚小楓道：「閣下不是中原人物？」
黑衣人道：「嗯！」
楚小楓道：「好像你還有什麼事情要問我？」
黑衣人道：「對！」
楚小楓道：「請說。」
黑衣人道：「你真是楚小楓？」
楚小楓道：「如假包換。」
黑衣人道：「殺！」右手一抬，一道寒光，直飛過來。

好快的一刀。

說不出這一刀是什麼招式，也看不出有什麼變化，只覺那一刀來如閃電，一剎間，刀光閃到了楚小楓的頭上。

果然是很直接的殺人刀法。

楚小楓心頭震動，倒退了六步。

這一刀來勢太快，成方、華圓，雖然早有戒備，但仍有應變不及之感。

兩人的長劍遞出，那黑衣人已收刀退回了原位。

楚小楓揮揮手，阻止了成方、華圓，笑道：「閣下的刀很快，不過，在你未殺我之前，能不能說明原因？」

黑衣人道：「殺你就是殺你，沒有什麼原因。」

楚小楓道：「一個人，如果不為什麼原因殺人，那個人就是生性嗜殺。」

黑衣人冷笑不語。

楚小楓道：「一個嗜殺人應該處死。」

回顧了成方、華圓一眼，道：「由你們執行。」

兩個人心中都在想，想不出什麼方法，可以殺死他。

成方心中一動，道：「雙劍並飛。」

華圓道：「合而為一。」

喝聲中，兩個人飛身而起，雙劍齊揮，形如金剪般，剪了過去。

黑衣人也騰身而起，彎刀如雪，閃起了重重光影。

疊重的刀光，仍然無法阻止那逼來的劍氣。

黑衣人心中大急，彎刀左蕩、右決，想封開兩面的劍勢。

但他沒有封到。刀勢落空，雙劍已至。

寒芒過處，血雨飛濺，那黑衣人活活被雙劍絞成兩斷。

成方、華圓，一招殺了強敵，兩個人還是不太敢相信真的殺了對方。

但鐵證如山，屍體橫陳，兩人臉上的血跡未乾。

是事實，血淋淋的事實。

成方、華圓相視一笑，道：「回公子，小的們已執行了死刑。」

楚小楓負手立在甲板之上，望著那四艘快舟上的黑衣人，冷冷說道：「你們聽著，迎月山莊和你們無冤無仇，你們竟無緣無故地欺上門，我們不願意惹事，但決不怕事，剛才我們已經證明了一件事，那就是說，我們不怕事，如是諸位還不知難而退，那就別怪我們趕盡殺絕了。」

四艘方形快舟上，站著了七個黑衣人，每個人的右手，都握在了彎刀的柄上，十四道目光一齊投注到楚小楓的臉上。

不知他們是害怕，還是震驚，七個人都愣愣地站在那裡。

王平低聲道：「公子，他們是不是聽不懂公子說的話？」

楚小楓道：「聽不懂我說的話？」

王平道：「如若他們來自邊疆，那就有他們自己的語言。」

楚小楓道：「好！你問問他們是不是不懂我們的話。」

王平應了一聲，行到甲板上，高聲說道：「你們之中，可有人聽得懂我們的話？」

四艘梭形快舟上，站著的七個人，仍然靜靜地站著不動，但一艘快舟的船艙中，卻突然行出了一個全身白衣的年輕人。

那人緩步行到了甲板之上，冷冷說道：「我懂，他們也懂，不過，他們沒有辦法回答你了。」

王平道：「為什麼？」

白衣人道：「因為，他們沒有辦法作主。」

王平道：「這麼說來，閣下是能夠作主的人了。」

白衣人道：「不錯，這些人，都是區區的屬下。」

王平道：「哦！閣下既然出了頭，第一，應該報個姓名上來，第二，應該說說，你們為什麼會找上我們。」

白衣人道：「你是不配和我說這些事情的。」

王平道：「不配？」

楚小楓笑一笑，道：「好！咱們談談吧！」

白衣人道：「你就是楚莊主了？」

楚小楓道：「正是在下，兄台如何稱呼？」

白衣人道：「鐵郎。」

楚小楓哦了一聲，道：「鐵兄此番找上敝莊，不知原因何在？」

鐵郎道：「咱們受人之邀，本來是要殺丐幫的黃老幫主，但邀請咱們的人，中途改了主意，要取閣下之命。」

楚小楓道：「哦！」

鐵郎道：「不過，咱們沒有想到，閣下竟然如此扎手。」

楚小楓道：「你現在想到了。」

鐵郎道：「不是想到，是看到了。」

楚小楓道：「鐵兄，是不是準備改變心意呢？」

鐵郎道：「在下還沒有失敗的感覺。」

楚小楓道：「那是說，鐵兄還準備幹下去了。」

鐵郎道：「咱們受邀而來，總該給邀請人一個交代。」

楚小楓道：「既是如此，鐵兄請劃個道，彼此也好早做了斷。」

鐵郎道：「好！兄弟還有七個人，請楚莊主也派出七個人來，一決勝負，如是兄弟不幸失敗了，那也算對邀請咱們的人，有個交代了。」

楚小楓適才見過那些人的武功，彎刀招術神奇，真要派出七個人，以命相搏，這結果如何，實在是難以預料。

必須自己接下這一場搏殺，才是上策。

心中暗做了決定，笑一笑，道：「鐵兄，可是即那藏邊刀法大家，波密阿修王……」

鐵郎一臉誠敬之色，接道：「那是家師，他老人家今夜未來。」

楚小楓道：「哦！這些黑衣人呢？」

鐵郎道：「這些黑衣人，是家師手下的刀客。」

楚小楓道：「他們都是出生在西域的人？」

鐵郎道：「是！」

楚小楓道：「閣下呢？」

鐵郎沉吟了一陣，道：「在下出身何處，並不重要，重要的是，今夜中一戰的結果！」

楚小楓道：「所以，我覺著，咱們這一戰，最好改變個方法！」

鐵郎道：「在下洗耳恭聽。」

楚小楓道：「鐵兄是否覺著，咱們應該挺身而出。」

鐵郎道：「你和我？」

楚小楓道：「正是如此，你我先戰，分出了勝負，可以省去不少的麻煩。」

鐵郎道：「楚莊主是向在下挑戰了？」

楚小楓道：「如若你肯接下，就算是我向鐵兄挑戰。」

鐵郎略一沉吟，道：「行！在下接受了。」

楚小楓點點頭，道：「好！鐵兄請上大船來。」

鐵郎吸一口氣，陡然飛身而起，白衣飄飄，落在了甲板上。

楚小楓特別留心，發覺他未佩彎刀。
鐵郎四顧了一眼，道：「楚莊主，你是準備群毆呢，還是咱們一對一的動手？」
楚小楓揮揮手，道：「你們都退開，我和這位鐵兄，一對一的搏殺，不論情勢如何，都不許你們插手！」
成方、華圓，都已對楚小楓有了很強烈的信心，相互望了一眼，退開了下去。
楚小楓道：「鐵兄，現在可以放心了。」
鐵郎道：「希望，他們都會聽從楚莊主的令諭。」
楚小楓道：「這個，鐵兄可以放心，在下馭下，一向很嚴。」
目光一掠七個身佩彎刀的黑衣人，接道：「如果鐵兄不幸敗在了兄弟手中，他們會不會情急報仇，出手拚命？」
鐵郎道：「會。」
楚小楓道：「鐵兄是否也應該交代他們一聲？」
鐵郎道：「應該，不過，咱們還未商量好動手情形。」
楚小楓道：「這方面，在下想聽聽鐵兄的高見。」
鐵郎道：「第一，在下勝了，我要帶走你楚莊主。」
楚小楓道：「行，鐵兄如是勝了，在下甘願束手就縛，聽命行事。」
鐵郎道：「第二，在下帶走楚莊主時，最好他們不要攔，那會造成一場大屠殺。」
楚小楓道：「我如非你敵手，他們就算是攔住，也攔不住。」

鐵郎笑一笑，道：「楚莊主說得也是，咱們沒有任何限制，拳、掌、兵刃，悉憑尊意。」

楚小楓道：「好！武功一道，人各不同，各有所長，不受限制，才能痛快淋漓地發揮出來。」

鐵郎笑一笑，道：「賓不壓主，楚莊主請吧！」

楚小楓笑道：「慢一步，鐵兄，只交代你勝了的事，萬一如是兄弟勝了呢？」

鐵郎道：「條件自然由你楚兄開了。」

楚小楓道：「你留下來。」

鐵郎道：「好。」

楚小楓道：「七位刀手願意留的留，不願意留的，可以返回。」

鐵郎道：「楚兄，可是要我交代他們一聲？」

楚小楓道：「對！你最好先說清楚，看看他們的意下如何？」

鐵郎轉過身去，用一種很奇怪的語言，和七個黑衣人交談了一陣。

他們之間有很多爭執。

只可惜楚小楓無法聽得懂，他們說些什麼？

鐵郎回過身，輕輕吁一口氣，道：「他們答應了，楚兄請出手吧！」

楚小楓身有佩劍，但是鐵郎赤手空拳，意態瀟灑，似乎是完全沒有出手決鬥的準備，倒也不好亮出劍來。

身子一側，拍出一掌。

鐵郎忽然一閃，雙手飛揚，一道白芒，一道淡金色的光芒，飛射而出，二龍出水一般，絞剪過來。

凌厲絕倫的一擊。

楚小楓怔了一怔，想不到他一出手還擊，竟然是如此惡毒的一招。

來不及拔出背上的長劍，只好　提氣，身子陡然上升。

鐵郎笑一笑，向前進攻的身子，忽然翻了起來，手中兩道寒芒不變，追襲過去。

毫無變招之隙，完全不給人還手的機會。

楚小楓懸在半空的身子，忽然間一個折轉，斜斜向一側飛去。

鐵郎笑一笑，突然一收雙腿，腰軟得像一條蛇般，忽然間一個轉身，又追在了楚小楓的身後。

楚小楓一連在空中折轉了三次，但都無法躲過鐵郎的追襲。

這是武林中一場罕見的搏殺。

兩個人像飛鳥一般，在空中轉來折去。

楚小楓這種武功並非來自無極門，而是拐仙黃侗的傳授。

控制著腹中真氣，以雙腿甩動之力，在空中折轉。

鐵郎的功力在腰上，他的腰很軟，而且似乎有一種特殊的功力，利用腰力的扭轉，在空中翻折。

楚小楓一連數次，仍未能擺脫鐵郎的追襲，已有著力不從心的感覺。

但他才慧過人，臨危不亂，一沉丹田之氣，忽然間，向下沉落。

但覺腿上一涼，褲腿破裂，鮮血湧了出來。

幸好傷得不重，落下才覺出腿上一陣劇痛。

但總算擺脫了鐵郎的追襲。

鐵郎一扭腰，一個跟頭，由空中翻落下來，笑一笑，道：「見面不如聞名多了，看來，在下還可以應付得來。」

楚小楓落著甲板之後，右手已然按住了劍柄。

吃過了這一次大虧之後，再不敢有任何大意之處。

暗中咬咬牙，忍了傷疼，楚小楓緩緩說道：「閣下高明得很。」

鐵郎道：「楚莊主也不錯。」

楚小楓道：「這一陣，在下不算敗吧？」

鐵郎道：「楚莊主傷得不重，還有充分的再戰之能，楚莊主，如是不欲認敗，自然可以出手。」

楚小楓道：「好，咱們再打一陣。」

鐵郎道：「在下奉陪。」

楚小楓凝目望去，只見鐵郎仍是赤手空拳。

但楚小楓已經明白，他的兵刃就藏在雙袖之中，只一抬手間，兵刃就可以飛出。

吁一口氣，楚小楓緩緩說道：「鐵郎，你那一刀的確高明。」

鐵郎道：「好說，好說，這一次，楚莊主可以劃個道子過招了。」

楚小楓道：「我看那倒不用了，咱們仍和剛才一樣，不做任何限制。」

口中說話，人卻突然一上步。

長劍出鞘。

鐵郎道：「在下這一次讓你楚莊主一招先機。」

楚小楓道：「閣下定要如此，在下就恭敬不如從命了。」

右手一探，一劍刺出。

鐵郎的左手一揚，由袖中飛出了一道白芒。

但聞一聲金鐵交鳴，楚小楓手中的長劍竟然被震了開去。

緊接著鐵郎發動了攻勢，右手一探，直向面門抓來。

看他是五根手指，但右手距離面門還有一尺多遠時，突然暴射出一道黃芒。

好惡毒的一擊。

幸好，楚小楓早已有戒備。

身子一仰，平平地直躺下去。

右手的長劍，卻及時反擊過去，攔腰掃去。

鐵郎左袖中射出的白芒，在封開了楚小楓手中的長劍之後，突然又收了回去。

但他眼見楚小楓腰掃一劍過來之後，忽然間揮臂一擋。

但聞鏘然一聲，左臂竟把楚小楓的劍勢擋開。

這鐵郎的雙臂之中，顯然有很奇妙的機關。

兩度射出，竟叫人瞧不出他袖中隱藏的是什麼兵刃。

這奇妙的變幻，竟然使楚小楓一開始就落在了下風。

成方、華圓，看得心中十分焦急，但卻又不敢上前幫忙。

但見楚小楓身子一翻，倏忽間滾開了五尺。

手中長劍展布之間，化成了一片連串的劍圈。

人還未完全站起身子，劍勢帶起了的光圈，已然捲襲過去。

這一劍大出了劍術常規，變化之奇，極為罕見。

劍與劍的連接，由速度幻起一片光幕，使人目光駭於光彩，閃避不易，在劍術高手中，不乏其人，但把劍勢變幻成一個個接連的光圈，卻是罕聞罕見的事。

全場觀戰的人，全都看得呆了。

鐵郎似乎也被這奇幻的劍勢震住，不敢再出手硬接。

吸一口氣，向後退出了五步。

光圈斂收，楚小楓抱劍而立。臉上是一片嚴肅的神色。

鐵郎輕輕吁一口氣，道：「在下三年以來，會過了中原道上，三十餘位劍術名家，但卻從未見過閣下這樣的劍法。」

楚小楓道：「哦！」

鐵郎道：「楚莊主可不可以，告訴在下這劍法的名稱？」
那無名劍譜上，記述了這一招的變化，由長劍的旋力，化成了眩目的劍圈。
這一招，大約是那劍譜上最奧妙的一招，楚小楓練會了這一招劍法，但他還沒有辦法瞭解這一招的作用。
但它確是很唬人。
楚小楓淡淡一笑，道：「你想瞭解這一招劍法？」
鐵郎道：「是！」
楚小楓道：「閣下準備付出些什麼？」
鐵郎道：「楚莊主想要什麼？」
楚小楓道：「我只想知道，你們為什麼要找上我們？」
鐵郎笑一笑，道：「這事，在下只能臆測。」
楚小楓道：「臆測，什麼意思？」
鐵郎道：「楚莊主知道，我只是一個聽命行事的人，決定的是我的師父。」
楚小楓道：「哦！」
鐵郎道：「就在下所知，家師在一場豪賭中，把我輸給了人家。」
楚小楓道：「所以，你們就甘心做為人家的殺手了。」
鐵郎道：「沒有法子，師父之命，我們不能不聽。」
楚小楓道：「你們到中原很多年了？」

鐵郎道：「三年。」
楚小楓道：「三年，時間不短啊！」
鐵郎道：「本來就不短。」
楚小楓道：「三年來，你們殺了不少的人吧？」
鐵郎道：「不太多，但也不算少，我們在中原闖出了一個名號，叫做阿羅九殺手，三年來，我們沒有折損過一個人，想不到，今天卻被你們殺了一個。」
楚小楓道：「你們在中原做殺手，替誰賣命？」
鐵郎道：「不知道。」
楚小楓道：「我相信你不會說謊。」
鐵郎道：「在下也用不著說謊。」
楚小楓道：「那很好，總該有一個傳達令諭給你們的人吧？」
鐵郎道：「有。」
楚小楓道：「那個人，你總該認識？」
鐵郎道：「是，那個人自稱余夫人……」
楚小楓道：「是個女的？」
鐵郎道：「一個半老的徐娘，但風韻猶存，對我們很和氣，不但傳達令諭給我們，也照顧我們的生活。」
楚小楓道：「哦，有這種事？」

鐵郎道：「確是如此，信不信由你。」

楚小楓道：「那位余夫人現在何處？」

鐵郎道：「不知道，每一次，我們臨陣對敵時，她不會來，她應該出現時，就出現了。」

楚小楓道：「很神秘的一位人物。」

鐵郎道：「咱們只管奉令殺人，別的事，從不多問，所以，你也別想從我口中知道太多的事。」

楚小楓道：「令師把你們輸給人家，做一輩子殺手麼？」

鐵郎道：「不，還有半年就滿期了，很不幸的，遇上了你們。」

楚小楓道：「唉！你們應約來中原，就是殺人，三年來，殺了不少的人吧！」

鐵郎道：「不算太多，大概有幾十個吧！人數雖然不太多，但卻都是江湖上的名家。」

楚小楓回顧了王平一眼，道：「他們在中原道上殺人三年，江湖上，對他們的傳說不多？」

王平低聲說道：「公子，確然沒有聽過他們殺人的事。」

楚小楓道：「為什麼？」

鐵郎道：「因為，我們要殺的人，都殺掉了，沒有留下活口。」

楚小楓道：「所以，這消息沒有法子傳出去。」

鐵郎道：「還有，我們的行動十分隱秘，不殺人的時候，沒有人看到過我們，看到我們的人，都被滅了口。」
楚小楓道：「你們殺了這麼多的人，也應有一個報應。」
鐵郎道：「今夜，很可能就是我們要遭到的報應了，不過……」
楚小楓道：「不過什麼？」
鐵郎道：「我相信，這一場血併下來，你們也將付出很大的代價。」
楚小楓點點頭，道：「咱們兩個人的決一死戰，分出了勝負呢？」
鐵郎道：「分出了勝負還不行，必須要分出生死，我們全數死了，才算平息了這一場搏殺。」
楚小楓道：「你如明知不能勝，為什麼還要打下去？」
鐵郎道：「我們沒有法子選擇，每一次出動都是一樣，所幸每一次，我們都大獲全勝，完成了任務。」
楚小楓道：「鐵郎，這件事，為什麼不去問問余夫人？」
鐵郎道：「不用問了，來此之前，他們已告訴了我。」
楚小楓道：「她說要你們一定要戰死此地？」
鐵郎道：「意思相同，不過，她說得很婉轉，她說，一定要拚出一個結果來。」
楚小楓道：「鐵郎，你殺了三年的人，想到過一件事沒有？」
鐵郎道：「什麼事？」
楚小楓道：「是非二字。」

鐵郎道：「我們不用去想，那是他們的事。」
楚小楓冷冷說道：「你師父就是這樣教導你的麼？」
鐵郎道：「師父只告訴我們，要我們到中原，一切都聽命行事。」
楚小楓嘆息一聲，道：「看來，咱們只有生死一決了。」
鐵郎道：「中原三年，你是唯一遇上的對手，實在說，我有些一見相惜的感覺，只可惜，我們遇上的場合不對，必須要拚一個你死我活。」
目光轉掃七個黑衣人一眼，鐵郎說道：「三絕斬，準備出手。」
彎刀斬飛鳥。
西域的絕技，立刻就要施展。
楚小楓吁一口氣，道：「王平，你們散開去，不要硬接他們的刀勢，我們要勝利，卻不要傷亡。」
王平道：「公子呢？」
楚小楓道：「我相信，三絕斬還殺不了我。」
王平應了一聲，甲板上的人，立時散開，各人都找了一個隱身的地方。
甲板上，可以隱身的地方，並不太多，但卻比陸地上好一些。
成方、華圓，仍然站在楚小楓的身側，抱劍待敵。
楚小楓道：「你們為什麼不退開去？」
成方道：「咱們侍候公子，生死相從。」

楚小楓道：「我不希望你們受到傷害，江湖上除了鬥力之外，還要鬥智。」
華圓道：「咱們在公子身側，也好合力迎接他們一擊。」
楚小楓突然放低了聲音，說了幾句話。
成方、華圓，應聲退入了艙中。
整個的甲板上，只可看到楚小楓一個人。
鐵郎笑一笑，道：「楚莊主，準備好了麼？」
楚小楓道：「好了，你可以要他們出手吧！」
鐵郎道：「你是一個好主人，所以，他們都很敬重你。」
楚小楓道：「彎刀斬飛鳥，那三絕斬，定然十分凌厲。」
鐵郎道：「在我記憶之中，還沒有一個人，能夠逃開過。」
楚小楓道：「鐵郎，別太自信，有些很複雜的事務，常常會在很簡單的刀法下，失去了作用。」
鐵郎道：「難道你已經成竹在胸，有了對付我們的辦法？」
楚小楓微微一笑，道：「鐵郎，剛才，你手下那位刀士，施展出彎刀三絕斬沒有？」
鐵郎道：「他好像還沒有施展的機會，已經死於你們的合擊之下了。」
楚小楓心中暗道：「如若他們的彎刀三絕斬，發揮出威力來，那可是一場很大的麻煩。」
他的設計，是要他們發揮出彎刀三絕斬的威力，但卻又不能傷害到自己的手下。

這艘船，給了他機會。

但彎刀三絕斬的威力如何？楚小楓還沒有見識過，憑想像中的計劃，能否破去對方的彎刀威力，還難預料。

但事到臨頭，箭已上弦，不試驗一下，只怕很難求出一個證明來。

心中念轉，口中說道：「鐵郎，你準備下令要他們施展彎刀三絕斬了。」

鐵郎道：「除非我們能立刻撤走，或者甘心認輸，但這兩件事，我們都辦不到。」

楚小楓道：「你已經說得很明白了，閣下一定要出手，現在可以下令了。」

鐵郎突然哈哈一笑，道：「楚壯士，你要他們都藏起來，準備一人一支劍，硬接我們彎刀三絕斬了。」

楚小楓道：「在下確有見識一下西域絕學的心意。」

鐵郎突然伸出右手食指一揮。

一個黑衣人，應手而起，直升到二丈左右時，彎刀忽然出鞘。

人、刀合一，在空中打了一個翻滾，突然化作一道寒虹，直對楚小楓斬了下去。

彎刀三絕斬。

威勢果非凡響。

楚小楓早已打算好了，準備施用由無名劍譜上學得的一招「一劍撐天」，試試看能否接下這雷霆一擊。

對楚小楓，這也算是一次冒險。

簡飛星的絕世刀法，把他胸中的劍法淬鍊了出來。

一夜之間，使得楚小楓進入了另一個境界。

這也是楚小楓對自己有愈來愈強信心的原因。

只見他全神貫注，長劍突然向上一舉，手腕振動，幻化出一片劍光，護住了身子。

那疾落的寒芒、和那盤頂的劍光，忽然間，相觸在一起。

只聽到一聲輕微的金鐵交鳴，疾落的刀光，和劍氣忽然間分襲開去。

那黑衣人落在了甲板一角，彎刀平胸而立。

楚小楓仗劍微笑，道：「鐵郎兄，這彎刀三絕斬，也不過如此罷了。」

鐵郎臉色微變，冷笑一聲，道：「楚莊主果然高明，不過，楚莊主別忘了，還有在下和六位刀士沒有出手。」

楚小楓接下了彎刀一斬之後，信心大增。

他有了拒敵的把握。

連帶對自己設計對付這彎刀飛斬的計劃，也有了很大的信心。

但他對鐵郎這個來自西域的人，有著很好的印象，淡淡一笑，道：「鐵郎兄，在還未鬧到生死相關的境界，在下有幾句忠言奉告。」

鐵郎道：「你們這一夥，是咱們三年來遇上的唯一強敵，使在下對中原人物，又有了一層看法，也生出三分敬重，你們有什麼話，儘管吩咐吧！」

楚小楓道：「中原如無比你們更高明的人，怎會把你們贏過來？」

鐵郎呆了一呆，道：「這個……」

楚小楓接道：「彎刀三絕斬，威力奇大，但並非無懈可擊，也不是不可破解的刀法，在下確已胸有成竹，可破彎刀三絕斬。」

鐵郎苦笑一下，道：「就算閣下真的已經有了對付彎刀三絕斬的手段，咱們也如弦上之箭，不得不發了。」

言語之間，頗有沉重之感，毫無輕視之意。

楚小楓道：「閣下雖然來自西域，但頗有豪傑氣概，如若不是相遇在這種場合，楚某人倒是很願交你這個朋友。」

鐵郎道：「閣下的武功，使咱們心中很敬佩，只可惜，咱們非得殺你不可。」

楚小楓道：「鐵郎兄，有什麼手段，儘管施展出手。」

鐵郎點點頭，伸出兩個指頭，向前一揮。

但見兩個黑衣人騰空而起，化作兩道寒虹，直向楚小楓頭上射去。

沒有辦法分辨出這是不是三絕斬，但卻感覺到這是迅如電閃的一擊。

凌厲的刀風，化做了一片輕嘯。

楚小楓長劍振起，又化做了一圈圈的寒芒，迎了上去。

兵刃交擊，雙方一合即分。

但那第一次施襲的黑衣人，突然飛身而起，刀化寒虹，直襲楚小楓。

忽然間，船艙中飛出一物，迎向那疾射而至的寒虹。

但聽一陣劈劈啪啪之聲，那飛出之物，被刀光絞成粉碎，落了一地。是一張太師椅。

刀光絞碎了木椅，但那刀勢的速度卻受到了很大的阻礙。

這就使得楚小楓對自己的設計更多了一層的信心。

鐵郎舉手一招，快舟上四個黑衣人，也很快地飛了上來。

楚小楓笑一笑，道：「鐵兄，你看到了沒有，有很多辦法，可以阻止你們的快刀飛斬。」

鐵郎冷笑一聲，道：「所以，我準備改變打法了。」

楚小楓回顧了一眼，道：「你準備怎麼一個打法？」

鐵郎右手連揮，四個刀手，一排橫立，擋住了船艙門口，鐵郎和另外三個人，卻一排圍住了楚小楓。

笑了一笑，道：「楚莊主，你明白了麼？這就是新的打法，一半堵住他們，一半人圍擊你，殺了你之後，再回頭對付他們。」

楚小楓心頭一震，暗道：「原來，這人還很有心機啊！」

在鐵郎這樣的人物，率領著武林中三個第一流的刀手的合圍之下，楚小楓仍然保持著適度的輕鬆，笑一笑，道：「諸位的如意算盤打得不錯，不過，能否如願，要看看諸位的道行了。」

鐵郎道：「強將手下無弱兵，我們見識過了你楚莊主的厲害，見識過了你一些屬下的武功，他們的劍術造詣很高，由他們四個刀手合力阻攔，足可以擋得住他們。」

楚小楓道：「鐵郎，你知道我手下有多少的從人麼？」

鐵郎道：「我知道，相當的多，不過，這艘船不算太大，甲板上，容不下太多的人動手……」

楚小楓接道：「這優勢是要熟悉的人，才能佔有。」

鐵郎輕輕吁一口氣，笑道：「楚小楓，那不太重要，在這樣一個環境下動手，最重要的位置，我們佔據了很好的位置，你們的人手，雖然是多了一些，但他們無法全部出手。」

楚小楓點點頭，道：「不錯，想不到，你還是這麼一個有頭腦的人物。」

鐵郎道：「楚莊主誇獎了。」

這時，四個黑衣人刀手，已經亮出了兵刃，擋在艙門口處，鐵郎和另外三個黑衣人，也對楚小楓採取了包圍之勢。

船中沒有動靜，好像這艘船上，只餘下了楚小楓一個人。

鐵郎冷笑一聲，道：「也好，咱們先收拾了你，再收拾他們。」

語聲一頓，喝道：「上。」

三個黑衣人，三把彎刀，有如閃電一般，直劈過來，楚小楓冷笑一聲，右手一抬，長劍揮出。

一陣兵刃交擊之聲，楚小楓雄渾的內力，竟然一舉間，封開了三把彎刀。

這一次，他全力施為，就是想測驗一下自己的內力如何？

他由拐仙黃侗那裡，學得了增長內力的奇術，已花了不少習練的工夫。

但究竟有多高的成就，連自己也不明白，這一劍硬接對方攻勢，就是試驗一下自己的能力。

一舉封開了三把彎刀，他對自己的成就，也頗感滿意。

但三個黑衣人立刻又攻了上去，彎刀連成一片光影，分由四面八方地攻了上來。

楚小楓迅速使出一套快速的劍法，和對方展開了搶制先機的快攻。

三刀渾成一體，構成了一片綿密刀網。

但楚小楓的劍招，卻構成了一連串冷厲的寒星。

彎刀和長劍交織成一片眩目的光輝。

鐵郎對三個刀手同時出擊，充滿著信心，原來希望在二、三十招內，就可以傷到楚小楓。

但交手的結果，使得鐵郎有些失望。

他想不到楚小楓劍術的造詣，竟是如此的深厚。

三個彎刀手，合力的圍擊，竟然無法佔到一點勝機。

鐵郎右手握住刀柄。

微微抬腕，彎刀出鞘。

輕輕吁一口氣，發出了一陣怪異的聲音，楚小楓明知他在說話，但卻不知他說些什麼？

但楚小楓很快地明白他說些什麼，三個彎刀手，一齊退了下去。

鐵郎的彎刀，和同伴有些不同，似乎是稍稍長了一些。

三個黑衣人並未退走，仍然圍在四周。

鐵郎揚了揚手中的彎刀，道：「楚莊主，實在高明，在下只好再度出手了。」

楚小楓道：「這一次，你才亮出彎刀。」

鐵郎緩緩舉起彎刀，卻向楚小楓相反的方向行去。

不知道他用心何在，但楚小楓卻絲毫不敢大意。

鐵郎行到了甲板的邊緣，突然回過身。

彎刀揮動，劃出了一片光芒，人隨著刀勢飛了起來。

彎刀三絕斬。

鐵郎的刀勢，和那些黑衣人有著很大的不同，刀芒在飛斬中擴散，化做了一片刀幕，捲襲過去。

楚小楓也飛騰而起，迎了上去。

「千鋒一聚」，和鐵郎的刀勢，剛剛相反，所有的內功、劍氣，匯聚於一點。

劍光穿入了刀幕之中。

一陣金鐵交鳴中，刀光、劍氣一齊斂收。

蓬蓬兩聲，兩個人由空中掉了下來。

只聽那落在甲板上的聲音，就可以知道，兩個人已然失去了控制的能力。

但兩個人都還能使雙足先著地。

楚小楓前胸、兩臂衣衫破裂了很多處，鮮血染紅衣服。

鐵郎那彎刀一揮，傷了他很多的地方。

但楚小楓還舉著手中的長劍，劍尖上，滴下了一滴鮮血。

鐵郎右手執著彎刀，左手按在前胸上，人卻站得筆直，臉上帶著笑容，笑得很蒼涼，道：「好淩厲的一劍。」

左手一抬，一股鮮血噴了出來。

鮮血噴出了數尺，噴在了楚小楓的身上。

一劍穿心，鐵郎說完了最後一句讚美的話，人就倒了下去。

望著倒在甲板上的鐵郎，三個黑衣人同時發出一聲怪嘯，飛躍而起。

三柄彎刀，同時以極快的速度，攻向了楚小楓。

楚小楓傷了很多處，但都是皮肉之傷。

他還有應付攻勢的力量，長劍揮展，幻起了一片護身光幕。

刀過無聲箭飛星，像一個淬劍技師，用他淩厲的刀法，開啟了楚小楓胸中熟記的劍訣，磨出了一把利劍，使得楚小楓在極短的時間中成長起來。

刀劍相擊的金鐵交鳴中，楚小楓衝破了三人合擊之勢。

三個黑衣人刀勢用盡，必須要落著實地，準備再一次攻擊。

就是那一點空隙，楚小楓迴旋劍法帶動的快速反擊之勢，迅如閃電而至。

一聲慘叫，一個黑衣人被攔腰斬作兩段。

那是超越一個人體能極限的迅速，完全被一種劍勢變化帶動的反擊。

殺一人，劍勢的餘力不衰，冷厲的劍氣，逼得另兩個黑衣人疾向一側閃去。

就是這一陣變化，艙中、艙後，突然閃衝出了七虎、四英，和兩個劍童。

一連突如其來的合擊，快如閃電流星。

黑衣人來不及飛騰躍起，施展出彎刀三絕斬，人已陷入重圍。

鐵郎的死亡，使這些黑衣殺手，在精神上，有著極大的負擔，好像完全喪失了支撐力量。

七虎、四英，各出絕招，不到十回合工夫，三個黑衣人，完全死在了刀劍之下。

用不著楚小楓出手，另兩個黑衣人，死在二童、三婢的合擊之中。

這是一鼓作氣的疾攻、猛殺，事實上，那些黑衣人還沒有完全發揮出本身的技藝，人已經橫屍、濺血。

這一戰，除了楚小楓身受數處刀傷之外，再無受傷的人，卻盡殲了橫行中原近三年的彎刀殺手。

成方、華圓，還劍入鞘，立時行近到楚小楓的身前，低聲道：「公子，傷勢重麼？」

楚小楓道：「還好，都是些皮肉之傷。」

雖說是皮肉之傷，但重傷處，也有一分多深的傷口，鮮血透衣，何況傷處很多。

那味道，也不好受。

綠荷低聲道：「公子，請入內艙，婢子替公子敷藥。」

楚小楓目光轉動，發覺四艘快艇，已然退得不見了影兒。

內艙中，燃起了兩支巨燭，照得一片通明。

紅牡丹很小心地脫下了楚小楓身上的衣服。

細膩的肌膚，縱橫交叉著五、六條傷痕。

鮮血由傷口中湧了出來。

綠荷皺皺眉頭，道：「公子，傷得很厲害。」

楚小楓道：「唉！這一場搏殺，十分激烈，這些來自西域的殺手，確有過人之處。」

紅牡丹道：「傷處是不是很疼？」

楚小楓道：「刀割在肉上，流出血來，怎麼會不疼？不過，這點疼，我還能忍受得住。」

黃梅低聲道：「看得叫人好心疼。」

楚小楓笑一笑，道：「那你們就快些替我敷藥吧！」

這個人，勇猛、機智，但也很灑脫、會享受。只見他闔上雙目，把頭靠在了黃梅的懷中。

黃梅為了使他靠得舒服一些，擺出了一個姿勢，動也不敢動一下。

這就使得三位姑娘，全部忙了起來，紅牡丹用溫水，拭去了楚小楓傷處的血跡，綠荷捧著藥盒子，敷上了金創藥。

看起來黃梅最輕鬆，只是站著讓楚小楓頭倚在身上，但事實上，她最累。

三女手腳很輕靈，動作也很緩慢、細致。

剛才那一戰，楚小楓不但用了全力，而且，也費盡了心機。所以，楚小楓感覺到很累。

三女輕撫、慢敷，楚小楓完全放鬆了精神，不覺間，睡熟了過去。

一覺醒來，身上的傷勢已經包好，二女團團圍在身側。

紅牡丹手執一條薄被，掩在楚小楓的身上，三女的動作都很輕，生恐驚醒了楚小楓。

楚小楓醒來之後，聽到輕微的嬌喘聲，轉頭看去，只見黃梅鬢角微微見汗。

輕輕吁一口氣，坐直了身子，道：「什麼時刻了？」

紅牡丹低聲道：「爺，你這一陣好睡，大概有一個時辰了，害得二姐動也不敢動一下。」

黃梅取出一塊青帕，拭去了臉上的汗水，道：「三妹，這點小事，還要說出來。」

綠荷服侍著楚小楓穿上衣服，笑道：「你們兩個丫頭，咱們追隨公子以來，只有這一次，替爺做點事，看看你們那個叫苦法，也不怕公子見笑。」

紅牡丹道：「大姊，你也不是沒有瞧到，二姐扎著架子，好像用出了全身氣力，一個多時辰，動也沒有動過一下子……」

楚小楓接道：「那真是虧了黃梅，一、兩時辰不動一下，那比一場惡鬥，還要累一些。」

黃梅道：「公子，哪有那麼個累法。」

這時，艙門上，響起了一陣輕微剝剝之聲。

楚小楓道：「進來。」

艙門呀然而開，成方緩步行了進來，道：「公子，外艙已擺好了飯菜，請公子進餐。」

楚小楓道：「好！我也真的有點餓了。」

這餐飯吃得很香。

用餐之間，楚小楓感覺了船在緩緩地移動。

望了守在門口的成方一眼，道：「船在走？」

成方道：「是！是成爺決定的。」

楚小楓哦了一聲，道：「到哪裡去？」

成方道：「公子請用完飯後，成爺會對公子報告。」

楚小楓道：「我現在，已經用完了，請他來吧！」

成方一躬身，退了出去。

片刻之後，成方帶著成中岳，行入艙中。

楚小楓站起了身子，道：「師叔請坐。」

成中岳微微一躬身，坐了下去。

這是表示兩頭大，換一個看法，兩個人，都有它一面高的身價。

楚小楓道：「成方告訴我，說是你下令要帆舟移動的？」

成中岳道：「不錯，舟泊江中，地點已洩，我擔心他們會暗施算計，所以才叫船開走。」

楚小楓微微一笑，道：「師叔高明。」

成中岳道：「不敢當。」

楚小楓道：「師叔，咱們哪裡去？」

成中岳道：「這一個，我沒有決定，我只是讓帆船在江中行走。」

楚小楓道：「哦！除了避開他們的暗襲之外，還有別的用意麼？」

成中岳道：「有，我覺著如若咱們要是有什麼行動，坐船走，比在陸上行動方便多了。」

楚小楓道：「這倒也是，咱們現在應該往哪裡去呢？」

成中岳道：「這就要莊主拿主意了。」

楚小楓道：「師叔有什麼指教麼？」

成中岳道：「我想，莊主才慧過人，必有獨特之見，我有一得之愚，那就是咱們要想法子由明入暗。」

楚小楓道：「對！對！」

成中岳道：「至少，咱們不能一切都在對方的監視之下，使對方隨時可以派人來暗算咱們，對付咱們。」

楚小楓道：「師叔說得是，小楓明白了。」

成中岳站起身子，道：「我告退了。」

楚小楓微一躬身，道：「請便。」

成中岳轉身而去。

望著成中岳的背影，楚小楓沉思一陣，道：「成方。」

成方一躬身，道：「小的在。」

楚小楓道：「傳我令諭，要帆舟快速行馳，到五十里外，再告訴我一聲。」

成方應聲而去。

本來很緩慢行進的帆舟，突然間加快了速度，順流行去。

順水行舟，快速異常，不大工夫，成方已快步行了進來，道：「回公子的話，已出五十里。」

楚小楓點點頭，行出艙外。

抬頭看去，只見濁流滾滾，不少商舟，往來於江面之間，古往今來，這道江流，不停地流動，不知已過了多少年代，但人事滄桑，江面上的行舟，卻不知已經幾易船主，頓興起，浪淘盡英雄人物之感。

負手站在甲板上，興起感慨萬端，望著那江流出神。

忽然間，一艘小舟，斜裡橫了過來，疾如流星一般，直向大船上撞上過來。

操縱帆船的水手，都是排教中第一流的水手。

他們技術熟練，轉舵搖櫓，向一側讓去。

楚小楓也看到了那小舟向大船撞了過來，似是不懷好意。

看是看到了，但他卻想不出任何應付之法。

但覺足下的帆舟忽然打横轉動，橫向旁側閃了過去。

那小舟擦著帆舟身側而去。

這時，楚小楓才看清楚了那帆舟之上，操舟之人，是一個皮膚黝黑的大漢。

日光照耀著小舟帶起的水波、浪花。

小舟靈活，操舟人，又是個大大的行家，很快地，小舟又轉過頭來，又撞向大船。

但見人影一閃，帆舟上有一人躍入了水中。

是夏海，四英中的老二。

一支竹篙，由帆舟後艙中伸了出去，點向小舟。

雙管齊下，用心似乎是就在逼使那小舟不要撞上帆船。

照說，那艘舟就算撞上了這條東木大船，也不會造成很大的傷害，因為，這是一艘很堅固的大船。

但一艘小舟，敢向這艘大船上撞，自然是有它的仗恃。

竹篙點出的是劉風，四英的老三。

那小舟在竹篙將要點中舟身的同時，忽然間向一側偏去。

一篙落空，小舟在水中打個轉，又向大船撞來。

夏海忽然由濁流中躍起，帶著一身淋淋水滴，向小舟上落去。

他釜底抽薪，不理小舟，卻撲向那個操舵的大漢。

忽然間，小舟的船艙中，伸出了一把寶劍。劍芒閃閃，斬向夏海。

夏海右手已然快要抓住了那操舟大漢，只要能逼的操舟大漢舉手反擊，就可迫使他無法操縱小舟。

但那艙中一劍，來勢很快，斬向右臂。

夏海可以不理會劍勢，一掌擊中那操舟人，但勢必無法避過那擊來的一劍。

一種本能，使得夏海一收右臂，懸空一個跟頭，避開了劍勢，重又跌入水中。

劉風的竹篙，第二度點出，擊中小舟。他內力雄渾，一篙頂住了小舟。

小舟被竹篙頂住，無法再撞向大船。

段山由艙中躍出，落在了甲板上。

這小舟實在很小，一半是艙，另一半分成了後舵和前面甲板。

艙門忽然打開，一個青衣少女，飛躍而出。

人出艙，劍已到了段山的前胸。

很快的一劍。

段山身上佩著長劍，但腳剛落在甲板上，右手還來不及拔出長劍。

劍氣凌厲，逼得他向一側閃去。

小船實在太小，一腳踏空，人已向水中栽去。

另一個人影，由帆船躍上，劍光閃閃，攻向那青衣少女。

是華圓，緊隨段山身後，躍向甲板。

青衣女舉劍封擋，雙劍接實。

一聲金鐵交鳴，傳入耳際，青衣女向後退了一步，華圓卻乘機踏上了甲板。

華圓長劍伸縮，又攻出了兩劍。

青衣女封開兩劍之後，展開反擊。

這青衣少女的武功不錯，竟然和華圓打成了一個平分秋色。

甲板上地方太小，兩人卻有些施展不開，打起來也特別驚險。

青衣少女連攻了十幾劍，都被華圓封開。

這時，小舟上，又有了變化。

段山左手抓住了小舟的船沿，右手和那操舟的大漢搏殺。

操舟大漢本來應該是佔盡優勢，但他還要保持著小舟的平穩，所以，也很吃力。

一條右腿的力量，拿來穩定船身，分神不少，所以，他雖有雙手可用，但也不見得很有優勢。

段山被對方雙手纏住，只有一隻手的力量，也很難搶上小舟。

這條小舟，被這幾個人一折騰，左搖右晃，隨時可能翻去。

夏海又從水中冒了出來，雙手在水面一拍，全身飛起，帶著一大片水滴，衝上了小舟，撲向那操舟人。

那操舟大漢，看又有人衝了上來，心中人急，飛起一腳，踢向夏海。

他右腿一抬，小舟忽然間失去了重心，呼的一聲，翻入江中。

這一下，全船上的人都跌入了江中。

楚小楓站在甲板上，看得十分仔細，眼看著江流滔滔，人跌入江中就消失不見，心頭大為震駭。

他不會水中功夫，實在想不出，一個人跌入了這種濁流浩蕩的江中，如何還能活命。

就在他思忖之間，水中已有變化。

由夏海當先現身。

劉風一伸手中的竹篙，夏海抓住了一端，劉風用力一帶，夏海借勢飛上大船。

只見他腋下還挾著一個人，正是那操舟大漢。

緊接著段山現身，借劉風竹篙之力，挾著那青衣少女，躍上大船。

蓬然一聲，夏海摔下了操舟大漢，道：「這小子水中功夫不錯。」

段山放下了那青衣少女，道：「這丫頭，也學過水中功夫。」

楚小楓道：「華圓，下去了好一陣，還不見上來。」

夏海微微一笑，道：「公子放心，那小鬼頭的水中功夫不錯，決不會淹死。」

只見華圓的聲音，傳了過來，道：「有勞公子擔憂。」

楚小楓轉頭看去，只見華圓帶著一身濕淋淋的衣服，行了過來。

廿八　火船陣仗

原來，他從另一面爬上了大船。

楚小楓微微一笑，道：「王平，過來，問問他們這又是怎麼回事？」

王平應聲行了過來，先點了那大漢雙腿的穴道，夏海才一掌拍活那大漢的暈穴。

王平左、右開弓，先打了那大漢兩個耳括子，道：「你聽著，好漢做事好漢當，既然敢來……」

那大漢冷哼一聲，接道：「算你們運氣好，不過，我不相信……」

抬頭望望天色，接道：「你們能逃過今人之劫……」

王平冷笑一聲，道：「怎麼，還有好多個愣小子，要來送死？」

黑衣大漢道：「多得很，你們躲過一次，躲不過十次，只要有一次，我們就成了。」

楚小楓心中一動，道：「一次什麼？」

黑衣大漢冷笑一聲，道：「到時候，你自然會知道了。」

王平道：「就算你們那螞蚱一樣的小船，撞上了，又能如何？螳臂擋車，難道還能把我們這大船撞沉？」

這是反面套問，那大漢果然上了當，冷笑一聲，道：「咱們船隻雖小，只要撞上你們這大船，一樣會使你們這艘大船沉沒。」

王平沒有接著問下去，卻冷冷說道：「就算是這艘船，被你們撞沉了，又能如何？咱們這船上的人，都會水。」

黑衣人接著道：「笑話，會水有一部分，但我們已經知道了，有很多人不會水，楚小楓就是其中之一。」

王平道：「你們倒是知道很多。」

黑衣人道：「知己知彼，才能百戰百勝，我們只要殺了一個楚小楓，就算毀去了十條船，犧牲了二十個人，也是值得……」

話說了一大半時，已經有了警覺，但已經無法改口，只好硬著頭皮說了下去。

楚小楓笑一笑，道：「想不到有人竟對我記恨如此之深，不惜十條船、二十個人命，換我楚小楓一人之死。」

黑衣人咬牙切齒地說道：「你劍法凌厲，出手惡毒，我們動手打不過你，只好用這個法子對付你了。」

楚小楓道：「原來如此。」

淡淡一笑，接道：「現在，你們只有九條船，一十八個人了。」

黑衣人道：「已經夠了，我們不過是一個試驗，我們失敗了，會有更多的人來，如若有四條船同時攻擊，總會有一條船撞上你們。」

楚小楓點點頭，道：「對！我相信，你們那條船上，一定有很惡毒的布置，也許還裝的有易燃爆炸之物，但它未必就一定能傷得了我。」

黑衣人道：「只要你落在江中，我們集中力量攻你一人，不論你武功如何高強，一個完全不會水的人，浮沉水中，活命的機會很少。」

楚小楓道：「王平，放了他們。」

王平道：「公子，他們還有十八個人，放了他們回去，豈不是又變成了二十個人？」

楚小楓道：「我知道，放他們去吧！如是他們真的還有九條船，一十八個人，也不在乎多他們兩個人了。」

王平躬身一禮，解開了黑衣人和青衣少女的穴道。

兩個人抬頭望望楚小楓，那青衣少女突然開口，道：「你就是楚小楓？」

楚小楓道：「正是區區，記清楚一些，等一會兒，不要殺錯了人。」

青衣少女道：「看起來，你並不像一個嗜殺的人。」

楚小楓道：「姑娘誇獎了。」

青衣少女道：「楚小楓，你真的就這樣放了我們？」

楚小楓道：「如若兩位不要咱們派船相送，現在就可以走了。」

黑衣人當先躍起，竄入水中。

那青衣少女又望了楚小楓兩眼，緊跟著躍入水中。

目睹兩人躍入水中之後，楚小楓道：「王平，下令全船戒備。」

一聲令下，所有的人，立刻動員起來。

四英換上了水衣、水褲。

八個操舟手，也都佩上了兵刃。

華圓、成方也脫下了長衫，換上勁裝，成中岳、七虎、三女婢，也都佩掛整齊。

只有楚小楓仍然是一襲長衫。

不過，成方已經捧來了他用的一柄長劍。

楚小楓望著滔滔江流，輕輕吁一口氣，道：「王平，告訴大家，這艘大船，可能會被他們撞沉，不會水的人，各自有個準備。」

王平低聲道：「公子，你看，咱們全力向岸上衝去如何，也許不等他們攻來，咱們已經上了岸。」

楚小楓道：「他們選擇了這個地方下手，自然是早已經有了準備。」

王平道：「停舟待敵，豈不是給了他們更好的攻擊機會？」

楚小楓笑一笑，道：「咱們大概不會太畏懼來人的武功。」

敢情，楚小楓早已示意成方下令拋下鐵錨，把帆船穩在了江心。

王平道：「是！小的聽他們說過，得公子指點之後，他們都獲益甚大，招數雖然不多，卻是一種突破，使他們武功，更登上一層境界。」

楚小楓笑一笑，道：「王平，我很少在江湖上走動，不太知道江湖上的事情，不過，我覺著他們既然在這個地方動手，自然有他們的算計，他們早已把這裡的形勢算計的很清楚，我無法斷言，他們早已在這裡設下了埋伏，但他們可能想不到咱們會把帆船穩定下來。」

王平道：「是！公子高見。」

楚小楓道：「四英和成方、華圓，再加上八個操舟手，都會水中功夫，帆船穩下來，也可以使他們空出手腳來，對付他們。」

王平心中更為敬佩，一躬身，道：「公子才智過人，見解卓然，實非我等能及。」

楚小楓道：「這只是一種推斷，眼下還未證實是否有效。」

兩人談話之間，瞥見四艘小舟，鼓浪而來。一看那小舟型式，已知是強敵來攻。

段山快步行了過來，道：「公子，要不要屬下等先下水迎上去？」

楚小楓道：「他們先派一艘小舟試攻，就是想探測一下我們的迎敵之法，這四艘小船來攻，只怕別有準備，你們要多多小心一些。」

段山道：「屬下遵命。」

舉手一招，四英像四隻飛燕一樣躍入水中。四個人各選一舟，迎了上去。

八個水手中的四個，也執著水中用的鉤鐮槍，躍下水中。四個人各選一舟，迎了上去。

另外四個水手，卻放長了錨繩，使船在水中，有些活動的餘地。

這時江面無風，波浪不大。

陳横、王平，手中扣了暗器，七虎、三婢，也都一字排列，施用暗器的，都扣了暗器，不用暗器，也找了一些可以代替做暗器施用之物。可惜，船上未備弓箭，如有弓箭，該是最有效用的對敵之物。

四艘小型快舟，距帆船還有六丈左右時，已被四英攔住。

四英各自選擇了一條船，忽然間由水中躍起，帶起了一片水珠，向船上飛去。

木船上，仍有一座小艙，艙門開處，探出來一支長劍，劍光打閃，幻起了一片劍花，封死了船身。

四英早已有了準備，由水中躍起的同時，長劍也同時出鞘。一劍刺出，立刻響起了一聲金鐵交鳴。

這時，段山以強勁腕力，劍勢直入，封開了對方劍勢，左足已踏上甲板。

艙中人半身探出，又是個穿著青衣的少女。似乎這些小舟上配搭的都是一男、一女。

青衣少女似是要極力阻止段山登上小舟，一劍不中，立時衝出了艙門。

事實上，她已經沒有能力阻止段山登上小船。

但那操舟的大漢，在青衣少女一劍未能阻止段山的時候，他及時舉起了木槳，一槳掃了過來。

這一槳的力量，使得段山第二隻腳無法跨上甲板。青衣少女及時躍出船艙，劍招連環，合力猛攻。

段山竟然被那劍勢逼住，無法再走第二步。那是一種全力拚搏，不要命的瘋狂攻勢。

連接下那青衣少女一十八劍，和操舟大漢五槳攻勢，人又被逼下了小舟。

四英是排教中訓練出來的精銳，資質、才慧，都經過嚴格的選擇，本來是為教主訓練近身從衛，卻被教主派給了楚小楓。這些在計劃下長期培養出來的人才，在年輕高手中，鮮有匹敵。

這些小舟上的男、女，也都算得高手，但如站在平等的機會上動手，他們都無法和四英抗拒。

段山被逼下小舟的同時，夏海、劉風、馬飛也被逼了下來。

那說明了，四艘小舟上，所發生的事情完全一樣。也說明了這些小舟上的男、女殺手的武功，也完全一樣。敢情，這一批年輕的男、女，也是專門培養出來的殺手。他們有著瘋狂的凶悍。

四英落入水中之後，那青衣少女，毫不放鬆，站在甲板上，雙目盯注在四英身上，仍然不停地揮舞著手中長劍。劍光和江波相互輝映，完全不給四英再行接近小舟的機會。

但那操舟大漢，卻拚命划動著小舟，向大船衝去，大有不顧生死，只求一撞大船的豪氣。

四英立時改變了對敵之法，潛入水中不見。

向前狂衝的小舟，已然接近到大船四丈左右。

守在大船邊的水手，已伸出了手中的鉤鐮槍。

四艘小舟上的四個青衣少女，同時站了起來，微挫柳腰，作勢欲撲。

顯然，她們已不再理會段山等四個，準備飛撲手執鉤鐮槍的水手，以給予小船撞上大船的機會。

就在這時，向前衝行的小舟，卻突然打了一個轉，向一側偏去。

四舟各自轉向，變成了互相撞擊之勢。這是極不易防止的突然變化。

但四個操舟大漢，竟然有應變的方法。只見他們各舉手中的木槳，在對面而來的船上一點。

四舟交錯，又遠遠離開了大船。

楚小楓冷眼旁觀，發覺來人，都似盡量在保護船頭部分。

他現在發覺了，那小舟的船頭上，有一種什麼特殊的裝置，這種裝置，只要撞上了這艘帆船，就可能把這艘大船毀去，所以，他們盡力在保護這座小舟的船頭，不讓它相互撞上。

這就是他們逃避開的原因。

看出了個中內情，楚小楓立刻提高了聲音，道：「問題在小船的船頭上……」

只見遠處水波分裂，又有五艘小船，飛馳而至，那人說的不錯，十艘小舟，已然全部出動。

這時，段山四英等，已然飛躍而起，落在小舟之上。

四英等也發覺了目下處境的危機，落上小舟之後，立時各出絕招，舉劍飛刺，快如閃電。

但聞幾聲尖叫傳來，四艘小舟上的青衣女子，先行中劍落水。

段山等一急，用出了楚小楓傳授的劍法，一人得手，三人學樣。

段山重創了那青衣少女之後，劍勢一轉，指向那操舟人。

操舟人也不過剛剛把小船轉過了頭，避開互撞之危。

段山等已然借機登上了小舟，殺傷那青衣女子，回劍攻到。

操舟人抓起木槳，準備反擊，劍勢已中前胸。

段山等也瞧出了處境之危，心中已有打算，在操舟人中劍之後，立時飛起一腳，把敵人踢入了江中，抓起木槳，轉過小舟，向飛馳而來的五艘小舟迎去。

他們練過操舟之術，動作熟練，小舟立時分波裂浪，迎了上去。

楚小楓一皺眉頭，高聲說道「小心一些，雙舟相撞之時，立刻躍入水中。」

五艘疾馳而來的小舟，似是很怕和段山等小舟撞在一起，盡量避免撞上。

但段山等卻操舟直追。

雙方在江面上，展開了一場追逐、閃避之戰。

兩邊操舟的技術，都很高明，但見小舟在江波中打轉迴旋，激烈異常。

忽然間，馬飛找到了一個，忽然一轉小舟，撞上段山追逐的小舟。

這一下，那人無法避讓，撞個正著。

但聞「蓬」一聲大震，火光迸飛，激起了一片水浪、煙硝。

馬飛操縱的一艘小舟，前半身已經炸得粉碎。

但那被撞上的一艘小舟，卻已經被炸成一片片碎屑的木塊。

船上的兩個人，也被炸得血肉橫飛，落入江中。

馬飛呆住了，他想到這船上定有古怪，但卻未想到，竟是如此厲害，船頭上竟是裝的火藥。

這小舟的構造，早已經過了精密的計算，所以，馬飛沒有受傷。

但他存身的小舟，因半身碎飛，已經無法再保持平衡，向水中沉去。

馬飛索性棄舟入水，向另一艘小舟撲去。

馬飛的經歷，使得段山、夏海、劉風，都有了極大的責任感，這些小舟，都不能撞上大船。

馬飛的安然無恙，也給了他們很大的一個經驗，那就是坐在後舵的操舟位置，人不會受傷。

三人立刻全力操舟，向另外四艘小舟上撞去。

雙方操舟之術，雖然都很高明，但對方很吃虧。

段山等人顧慮少，轉動靈活，對方卻是想把小舟轉向大船。

一陣追逐之後，又響起兩聲大震。

火光、江浪，混合成一股黑色的水柱，升起了兩丈多高。

四艘小舟，同時碎散。

操舟的是夏海、劉風。

眼下，只餘下段山駕著一舟，和另外兩舟追逐。

但見舟轉，浪旋，段山那靈活的運轉，完全封住了兩舟的去路。

兩艘小舟閃避了一陣，突然有一舟轉過頭來，反撞段山。

這一下段山不得不閃避了。

血淋淋的經歷，小舟一旦被撞上，船就算毀了，操舟人，也勢必被炸個粉身碎骨。所以，段山不得不划轉開去。

這一來，卻給了另一艘小舟的機會。

只見它疾如流星一般，划起了一道水浪，直向大船撞去。

段山的小舟，被逼到兩、三丈外，就算現在想犧牲了性命，以舟身橫擋小舟，亦是有所不能了。

這時，那小舟距離大船，也不過三、四丈，這一操舟急衝，快速異常。

大船上四個水手，極力把大船搖動，向旁側讓避。

一則受錨繩所限，移動不大，二則，對方來勢太快，也來不及。

但大船的移動，使那小舟原本撞向船身，如今卻偏向船尾。

眼看小舟就要撞上帆船船尾，水中忽然躍起一條人影，直向小舟頭上撲去。

是夏海。顯然，他準備以自己的性命，和小舟同歸於盡，這人的豪壯，實在叫人敬佩。

楚小楓高聲叫道：「不可造次，且讓它撞上，也不過只毀了一個船尾。」

事實上，他喝叫已經慢了。

夏海撲上了那小舟，略慢一步，沒有撞中船頭，撞中了船身。

小舟一偏，掠著帆舟的船尾過去，也不過數寸之差，就撞了上去。

當真是危機千鈞，毫厘之差。

但那小舟上操舟人，飛起一槳，擊中了夏海右後肩上，木槳斷折，夏海被打的直沉江水之中。

這時，王平、陳横，齊齊揚手，四點寒星，破空而出。

兩人的手法、時間、速度，拿捏得恰到好處，那操舟人又正全神操舟，如何還能防到這擊來的暗器。

兩支沒羽箭，正中後心。

兩枚鐵蓮子，擊中了那青衣少女。

小舟失去了控制，逐波而去。

就在王平、陳横發出暗器的同時，成方、華圓，也躍入了水中。

這些事幾乎都在同時發生。

夏海在成方、華圓幫助下，登上了大船。

他內功深厚，那一槳雖然打得很重，但還未把他擊暈過去。

段山、劉風、馬飛躍上了小舟。

轉眼工夫，那艘小舟已不見影子。

江面上又恢復了平靜。

這一陣，大獲全勝，對方十艘小舟，毀了九艘，另一艘逐波而去。

楚小楓望了夏海一眼，緩緩說道：「傷勢如何？」

夏海道：「不妨事，傷勢不太重，屬下還撐得住。」

段山伸手抓住了夏海的傷處，夏海一皺眉頭，幾乎失聲而叫。

但他咬咬牙忍住了。

段山輕輕吁一口氣，道：「老二，你傷得不輕。」

夏海道：「當時，小弟怕他擊中右臂，擊碎肩骨，所以，我用右肋承受一擊。」

段山道：「打斷了幾根肋骨？」

夏海苦笑一下，道：「幾根倒不知道。」

楚小楓道：「夏海，好好地休息一下……」

黃一虎取出一個玉瓶，打開瓶塞，倒出一粒丹丸，雙手捧了過去，道：「夏兄，這是療傷的丹丸，夏兄先請服下。」

夏海接過丹丸，一口吞下。

楚小楓道：「段山，扶他到內艙歇息一下，再仔細查一下傷勢如何？」

夏海微微一笑，道：「主人，不用擔心，屬下無性命之憂……」

楚小楓肅然接道：「咱們只不過剛剛和強敵接觸，此後，險阻正多，你必須盡快養好傷勢。」

夏海一躬身，道：「屬下明白。」

楚小楓下令開船。

帆船急弛，在一處僻靜的江邊靠岸。

楚小楓召過八個水手，囑咐了幾句話，要他們小心應付，卻帶著七虎、四英等登岸，重回襄陽。

這一次，他們的舉動很隱秘，不但改裝易容，而且，分批行動，以各種不同的身分出現。

仔細檢查過了夏海的傷勢，發現的確不太重，只斷了一根肋骨。

他內功基礎好，接上斷骨，疼痛大減。

王平找來了一輛馬車，讓夏海乘車而行。

夏海扮成了一個因病歸籍的巨賈，綠荷、黃梅，扮做了從婢。

紅牡丹和王平、陳横走在一起，兩個村夫，送一個村姑歸寧。

七虎、四英，都以不同的身分，以篷車為中心，保持著可見相互接應的距離。

楚小楓帶著成方、華圓，急足先行。

三個雖然同行，也並非走在一處，保持著適度的距離。

楚小楓完全改了樣子，王平的精巧易容術，把楚小楓扮成一個騎著小毛驢的半百老人。留著花白的山羊鬍子，十足的鄉下土財主的模樣。

成方、華圓，扮做了兩個村童，走在前面，有時落在後面，因時因地經常改換裝束。

就算對方奸狡似鬼，也無法猜想得出，楚小楓會把大批的人手，化整為零地行動。

因為，這作法很冒險。

在對方全力攔截、暗算之下，人手集中，才能使力量凝結於一處。

這樣分別行動，彼此雖然不是相隔太遠，比走在一處的危險性，仍然大了很多。

楚小楓發覺了面對的組合，不但凶殘狠毒，而且狡詐萬端，更可怕的是，他們真的主持人物，似乎是一直隱身在幕後，出面的，和他們全然無關。

最接近那個組合核心的人物，似乎是景二公子，但景二公子死了，死得那麼乾脆，一點也未洩漏那個組合的隱秘。

其次，是景二公子那位師妹，她好像說了不少的話，但真正想一想，她也未洩漏出一點隱秘。

但楚小楓發覺了一個隱秘，自己一行人明來明往，一直在對方的監視之下，要想個什麼辦法，使對方失去了監視自己的機會。

這只是一個辦法，那就是想法子把自己一行穩密起來。

以隱秘對付隱秘。

這等手段，非常的直接、有效。

但這種事，如以丐幫幫主，或是排教教主的身分，就無法做到。

經過了數次嚴厲的考驗，楚小楓覺得自己和手下，都已可以擔當大任。

他決定冒一次險，希望能找出一個頭緒。

登岸處，距離襄陽城，大約六、七十里，不算長，但也不算太短。

楚小楓騎在毛驢上，表面上，微閉著眼，什麼也不留心，但事實上，他一直留心著周圍的一切事情和人物。

他希望發覺一些可疑的人或物，但他卻一直很失望。
直到快到了襄陽，仍然沒有發覺可疑的人和物。
天色黑了下來，楚小楓等趕到了一處小鎮之上。
那是距離襄陽城十里左右的一座小鎮。
鎮不大，不過兩百戶左右，但卻有四家客棧。
四家相當大的客棧。
楚小楓進了小城，就下了毛驢，牽著走。
由北大街到南門口，總長度也不過二十來丈。
楚小楓看不到一家像樣的酒館，甚至也看不到一家像樣的雜貨店。
但那四家客棧，卻是富麗堂皇。
門口都掛著氣死風燈，廳堂裡也點上很多的燈光，耀如白晝。
照理說，這些客棧中，不會有太多的落腳客人。
但事實上，卻偏不是那麼回事。
客人很多，而且猜拳、行令，喝得十分熱鬧。
楚小楓看得很仔細，絕不是辦喜事的樣子。
就算辦喜事吧，也不會四家同時辦。
這是個安靜的小鎮，鎮外一片平原，春禾遍野，應該是一個日出而作、日落而息的所在。

但這四家客棧，卻是那麼的不和諧。

楚小楓的心中覺著很奇怪。

突然間，腦際間靈光一閃，如若他們住在這個地方，翻遍了襄陽城，也找不到他們藏身之處，找不到一個可疑的人物？

忽然間，他發覺了這裡有太多的可疑。

楚小楓停了下來，牽著小毛驢，直向店中行去。

一個店小二裝扮的大漢，快步行了過來，攔住了楚小楓，道：「喂！老頭子，你要到哪裡去？」

楚小楓改扮有點駝背，難為他還能學出一個很蒼老的聲音，道：「老漢要住店啊！」

那店小二搖搖頭，道：「小老頭子，店裡已經住滿了客人，我看，沒有地方給你住了。」

楚小楓道：「怎麼？你們開客棧的，不歡迎客人？」

店小二道：「不是不歡迎，咱們店裡已經住滿了客人，你請到另一家去吧！」

楚小楓搖搖頭，道：「這鎮上有好幾家客棧，這個鎮又不大，怎會有這麼多的客人？」

店小二道：「小老頭子，你這話就說得不對了，我們是開店的，自然是客人越多越好，像你這樣說法，我就不用開店了。」

楚小楓道：「好吧！此處不留人，自有留人處。」

店小二笑一笑，道：「小老頭子，其實，你應該知道，這地方離襄陽城已不太遠，騎著你那小毛驢緊趕一陣，很快就到，那地方，人多地方大，到處都是客棧，只要你有銀子，什麼樣客棧都有，比這裡好多了。」

楚小楓有意和他多扯幾句，接道：「那不是要花很多錢麼？這小鎮上的客店，豈不便宜一些。」

店小二道：「便宜無好貨，南京到北京，買的沒有賣的精，你不想花銀子，那就沒有法子買到好貨色。」

楚小楓道：「小老兒生活簡單。一生省吃儉用，辛辛苦苦積幾個錢，就是捨不得花。」

店小二道：「小老頭子，你這麼一把年紀了，存著錢不花，難道還要帶到棺材裡去。」

楚小楓一面和那店小二談話，一面目光轉動，四下打量。

這座客棧中還經營著酒飯生意，此刻正坐了不少的人在猜拳、行令。

楚小楓打量了那些酒客一眼，緩緩說道：「這些人都是哪裡來的？」

店小二雙目一瞪，道：「小老頭子，你不覺自己管的事情太多了一些麼？」

楚小楓道：「是！是！是！是我老人家多嘴。」轉身向外行去。

成方、華圓，早已在暗影中等候。

楚小楓直出南門，成方等隨在身後，保持著一段的距離。

楚小楓直行入一座濃密的森林中，把四英、七虎，聚集一處，緩緩說道：「我剛才發覺了一件事，那些客棧中的人，十分可疑。」

王平道：「是怎麼一個情形？」

楚小楓道：「我發覺了他們可能就是我們要找的那一個神秘組合中人。」

王平道：「好啊！那不是得來全不費工夫了。」

楚小楓道：「目下還沒有找出證據，太過武斷說他們就是那個神秘組織中人，只怕也不太合適。」

王平道：「公子說得是，他們如是住在這麼一個地方，咱們就算是把襄陽府給翻過來，只怕也找不出一點他們的行蹤了。」

楚小楓道：「今天叫咱們無意中遇上，那該是一個很好的機會，現在，要想個法子，證明這件事情了。」

綠荷道：「公子，去摸底的這件事，交給我們三個姊妹如何？」

楚小楓道：「交給你們？」

綠荷點點頭，道：「對，剛才，我們也由那裡經過，看到了那一批人物……」

楚小楓笑一笑，道：「你們瞧出了什麼沒有？」

綠荷道：「瞧出來了，那些人大半都是江湖上黑道人物。」

楚小楓道：「一大半？那還有一部分人，是什麼樣子的人物？」

這一方面，楚小楓的經驗，就和綠荷三姊妹等相差得很遠了。

綠荷沉吟了一陣，道：「公子，我們不敢在那裡停留太久，我們沒有看得很清楚，但就我們留下一點印象，那些人，好像不是常年在江湖上走動的人。」

楚小楓道：「可是因為你們在那個組合中停留過，對他們知道的多了一些。」

綠荷道：「那倒不是，我們在那裡，雖然住了很久，但卻沒有接觸太多的人，但我們豐富的江湖閱歷，能使我們在看人一眼，就留下了一個很深刻的印象，他是久走江湖的老手，還是剛出道的人。」

楚小楓道：「你是說，有一部分人是新出道的人？」

綠荷道：「是！他們雖然是和那些人混坐在一起，但一眼看去，我就可以分辨得出來，他是不是常年在江湖上走動的人。」

楚小楓沉吟了一陣，道：「你們是否已經有了一個計劃，如何接近他們？」

綠荷道：「公子，這種事，沒有一定之規，不過，我相信，我們有辦法能接近他們。」

楚小楓道：「綠荷！你們叛離了那個組合，他們對你們一定會恨之入骨，一旦你們暴露了身分，他們就非殺你們不可。」

綠荷道：「公子，江湖上本來就充滿著風險，我們姊妹承公子收留身側，已決心棄暗投明，同時，也早就準備好了。」

楚小楓道：「準備什麼？」

綠荷道：「準備以身相殉。」

楚小楓道：「以身相殉，這是什麼意思？」

綠荷道：「公子，也許我沒有說得太清楚，我們的意思是，決不會替公子丟人，必要時候，我們會自做了斷。」

楚小楓道：「這個……」

綠荷接道：「這是我們自己決定的事，而且，也都準備好了。」

楚小楓道：「你們怎麼會有此想法？」

綠荷笑一笑，道：「浪子回頭金不換，我們既然改邪歸正了，自然要表現出一點氣節來。」

楚小楓嘆息一聲，道：「綠荷……」

綠荷接道：「公子，咱們不談這件事了，這是屬於我們私人的事，公子，你總不能連我們這一點心願，也下令剝奪了吧？」

楚小楓道：「好，你們去吧，我只交代你一件事，能夠不死就不要死，我們正在需人殷切的時候。」

綠荷道：「我明白。」

楚小楓道：「一個人正、邪，貴在心中的是非之分，劍可以殺人，但正、邪兩個中人，都可以用劍，只是有些用來行俠，有些用來作惡。」

綠荷道：「多謝公子指教，我們會珍惜自己的性命，公子和諸位先回襄陽，我們姊妹一、兩天就會趕去。」

楚小楓道：「好！我們人少事多，不足分配，也不留人接應你們。」

綠荷道：「萬萬不可，留人在這裡接應我們，反而使我們有些施展不開。」

躬身一禮，接道：「公子，我們先告退了。」

目睹三人離去之後，王平低聲說道：「公子，咱們要不要留下來幾個人，接應她們？」

楚小楓道：「要！而且，全部要留下來……」

吁一口氣，道：「以目下武林中正大門戶實力的強大，老實說，並不是怕敵人如何強大，只是他們這般神秘，和善於利用人性的惡毒手段，十分可怕，只要咱們能找出他們的組合地點、首腦，咱們就算完成了心願。」

王平點點頭，道：「公子說得是。」

四英、七虎，都聽得十分敬服。

成方低聲道：「公子，我和華圓，先和她們打個接應如何？」

楚小楓道：「好！你們兩個先去，記著，不要破壞了她們三個的計劃。」

成方、華圓離去不久，楚小楓又派遣了七虎出動。

段山低聲道：「公子，我等……」

楚小楓笑一笑，接道：「夏海傷勢未癒，我們事機迫促，不能讓他養好傷勢，再行出動，在下已經覺得不安了，你和劉風、馬飛，留下來保護他。」

夏海一挺而起，道：「公子，別為我擔心，這幾日的養息，內服靈藥，外敷傷藥，傷勢已經好了十之七、八，現在，我已經又可以和對手拚一下了。」

楚小楓雙目凝注在夏海的臉上，神情間無限關注地說道：「夏海，你傷勢不輕，這幾日也沒有好好地休息，來日方長，我們這一批人，已自許為江湖正義的先驅。但敵人似乎已經摸清楚了我們身分，似乎是非要把我們置於死地不可，這證明對方的耳目，的確靈敏，現在，咱們只不過是剛剛開始，此後，惡戰正多，你又何苦急於多爭一次對敵的機會呢？」

夏海道：「公子，屬下確是好了。」

楚小楓道：「好了，也要留下休息。你們四人，也不會閑著。咱們就用這片樹林，做為隱身之處。你們想法子在林中布置一些埋伏。」

夏海道：「屬下遵命。」

楚小楓道：「好！找一處安靜的地方，讓夏海好好休息，他的傷勢，再有個三、五天，就可以復原，但如此刻一動，舊傷未癒，再遭重傷，只怕人非殘廢不可了。」

段山道：「屬下會管教他，公子關注，他也該自知愛惜了。」

夏海沒有再說話，但雙目中卻流下了感動的淚水。

楚小楓笑一笑，道：「你們去安排吧！我也去瞧瞧那邊的情勢如何！」

段山道：「屬下們恭送公子！」

廿九　百花莊主

楚小楓揮手一笑，道：「不用了。」帶著王平、陳橫而去。

望著楚小楓遠去的背影，夏海輕輕嘆息一聲，道：「段老大，公子待人誠厚，實在叫人感動。」

段山道：「老二，好好休息吧！公子對咱們如此愛護，咱們豈能不自憐惜。」

夏海道：「我會的，老大，咱們想想看，如何在這片樹林中布下機關。」

段山道：「老二，躺著休息吧！這件事，由我們來。」

這座小鎮上四家客棧中，大小雖然差不多，但以申江客棧最豪華。

申江客棧中有一個很大的廳堂，這座廳堂上，此刻是高朋滿座，燈火輝煌。

大廳中擺了五桌酒，是梅花形的擺設，正中一張桌子上坐了四個人，另外四桌酒席，卻坐著八個人。

酒菜很豐盛，而且每個人都喝得興高采烈。

這座廳堂，建築得很奇怪，地點在二進院內。

前面的大門已經關上，其實，現在還不到關店的時間。

但這座廳堂中的熱鬧，卻是剛剛開始。

忽然間，一個店小二裝扮的人，行入了廳堂上，低聲對中間那座桌子上一個半百老人低言數語。

那老人穿著一件灰色長袍，留著五綹長髯，看上去似是很氣派。

只見他點點頭，道：「好，你請她們來給我看看。」

店小二應聲轉了出去。

片刻之後，帶了兩個年輕美貌的少女，緩緩行了進來。

兩個少女都穿著水綠羅裙、水綠衫，第一個懷抱琵琶，第二個手執玉簫。

這兩位綠衣姑娘都長得很美，但如仔細看看，這兩個人，都經過了一番很仔細地化妝。花粉胭脂，掩去了不少本來的面目。

這兩人正是綠荷、黃梅。

紅牡丹卻未見出現。

那灰衣人打量了兩人一陣，突然放聲而笑，道：「你們過來給我看看。」

綠荷、黃梅神色間無限羞赧，緩緩行了過來，福了一福，道：「大爺。」

那灰衣人嗯了一聲，道：「你們是兩姊妹？」

綠荷道：「表姊妹。」

灰衣老人道：「哦！表姊妹。」
綠荷道：「是！我是表姊，她是表妹。」
灰衣人笑一笑，道：「你叫什麼名字？」
綠荷道：「小女子名叫小香。」
灰衣人道：「嗯！小香，人如其名。」
綠荷道：「大爺過獎了。」
灰衣人笑道：「好！你懷抱琵琶，想是會唱幾句了？」
綠荷道：「小女子自幼在外流浪，隨家母到處飄泊，學會了幾段小曲，博得大爺們一樂，賺幾個銅錢餬口。」
灰衣人哈哈一笑，道：「小妞兒，大爺我別的沒有，就是有幾個錢，今天晚上，你們兩個表姊妹，算是遇上了財神爺，好好地唱吧，只要唱得好聽，大爺我重重有賞。」
綠荷回顧了黃梅一眼，道：「表妹，咱們運氣不錯，好好地侍候諸位大爺一段歌曲。」
手中琵琶一揮，錚錚錚幾聲弦響。
黃梅舉簫就唇，吹了起來。
弦、管配合，立刻響起了一片動人的樂聲。
一陣前奏過去，綠荷輕啟櫻唇，婉轉唱出一縷清音。
歌聲美妙，樂器悠揚，全廳中的猜拳、行令之聲，立刻停了下來。
所有的目光，都投注在二女身上，發覺她們不但歌聲悠揚，而且，人也長得十分嬌美。

一曲既畢，綠荷收住琵琶，黃梅也收住了玉簫。

躬身行了一禮，綠荷緩緩說道：「獻醜了，諸位大爺見笑。」

灰衣人哈哈一笑，順手由衣袋中，取出一個小元寶，放在了桌子上，道：「小妞兒，你瞧瞧這個夠不夠？」

綠荷一眼就瞧出來，那是二兩重的小金元寶。

故作吃驚狀，呆了一呆，道：「大爺，這是金的。」

灰衣人道：「銀子太累贅，大爺我從來不帶。」

綠荷裝出一副羞怯怯的樣子，伸手取過金元寶，躬身一禮，道：「多謝大爺。」轉身向外走去。

灰衣人道：「小妞兒，站住！」

綠荷回過身子，道：「大爺還有吩咐？」

灰衣人道：「小妞兒，你這麼唱來唱去，一天也唱不出幾個錢來，能不能留在這兒，陪我一夜，包管三、兩年也唱不出那麼多的銀子。」

綠荷道：「我……我……小女子，一向賣唱，不賣身。」

灰衣人哦了一聲，道：「賣唱不賣身，小妞兒，告訴你，大爺我在江湖上行走，可是見過了大風大浪的人，大爺也不是貪愛女色的人，今兒個看上了你，那是你的造化。別說大爺我，還出點銀子，就是不出錢，要你留下來，你插翅也不能飛走。」

綠荷道：「你是大人不見小人怪，宰相肚裡行舟船，怎麼會和我這樣的人，一般見識呢？」

這時，一個中年大漢，突然由座位上行了出來，道：「小妞，咱們邱大哥看上你，那是你的造化，走江湖，抱琵琶，到處賣唱，我就不信，還有賣唱不賣身的。」

綠荷道：「大爺……」

中年大漢接道：「大爺是咱們邱大哥，你要是肯留下來，說不定，明天咱們還要叫你一聲大嫂哩！」

綠荷道：「這個，小女子如何敢當。」

中年大漢哈哈一笑，道：「不敢當，那你是願意留下來了？」

綠荷道：「我，我……」

另一個三旬左右的大漢，突然開口，說道：「我說石七兄啊！人家小姑娘，不反對，就算是答應了，你難道一定要人家小姑娘親口說出來麼？」

那叫石七的大漢怔了一怔，道：「說得是啊！小妞兒，來！坐在我們大哥旁邊。」

伸手拉著綠荷，走到了灰衣人身側。

綠荷半推半就地低著頭行了過去。

石七稍微一用力，就把綠荷拖了過去，在灰衣人身側坐下。

灰衣人顯得很高興，托起了綠衣少女的臉蛋，笑一笑，道：「女娃兒，老夫決不會虧待你……」

綠荷一臉黯然神色，緩緩說道：「邱爺，我認啦！不過，希望你放了我的表妹。」

灰衣人冷冷一笑，道：「行！行……」

提高了聲音，接道：「你們給我聽著，看在你們未來大嫂的份上，放了她的表妹。」

這姓邱的，大概在這群人中，很具權威，這麼一吼，竟無一人敢出言抗議。

黃梅提著玉簫，行了出去。

看看身側的美人兒，越看越覺可愛，灰衣人突然起身退了席，一雙手抓住綠荷，口中大叫道：「散席，散席，休息啦！」

綠荷被他拖著，拖入了跨院中一間雅室。

有些迫不及待，灰衣人進了門就脫自己的衣服。

綠荷輕輕吁一口氣，道：「關上門。」

敢情他太猴急了，急的連門都未關。

灰衣人尷尬一笑，回頭掩上房門。

他的動作很快，片刻間，已經脫了身上大部分的衣服，只留一條短褲。

綠荷很冷靜，也很沉著，這陣仗，她見過得太多了。

大概綠荷的豔色，使他有些自慚形穢，笑一笑，道：「香姑娘，過來呀！」

一面跳上木榻，拉一條被子，蓋在身上。

綠荷放下了手中的琵琶，緩步行近木榻，舉手取下頭上的玉簪，使一頭秀髮，垂了下來，道：「邱大爺，大名怎麼稱呼啊？」

灰衣人道：「邱彪。」

綠荷坐在床沿上，伸手輕撫著邱彪前胸，緩緩說道：「你們好膽大，好霸道，竟敢把我強自留下來。」

邱彪哈哈一笑，道：「膽大，咱們做過的膽大事，比這超過十倍也有……」

綠荷接道：「我表妹會去報官，難道你不怕？」

邱彪笑道：「報官啊！好，儘管讓她去報，我姓邱的，如若沒有一點苗頭，怎麼敢留你。」

綠荷道：「唉！這麼說來，你們是無法無天了，唉！這世上，難道沒有你們害怕的？」

邱彪道：「這個，邱老大就不敢吹，我也怕人，而且，怕的很厲害。」

綠荷笑一笑，道：「那人是誰啊？能讓你害怕。」

邱彪道：「很多人，不過，小香姑娘，這事和你沒關係，今晚咱們先好好快活一下。」

綠荷在邱彪身上緩緩移動右手，輕彈、慢撫，使得那邱彪心頭已經燃起的慾火，更加強烈。

邱彪忽然一個翻身，張開雙臂，正待去擁抱綠荷，忽然覺著喉結穴上一緊，全身勁力忽然消失。

這變化大出了邱彪的意料之外，不禁一呆。

綠荷淡淡一笑，道：「邱老大，一個在江湖上走動的女娃兒，如若沒有兩下子，如何敢一個人在江湖上走動。」

邱彪張口想叫，但卻被綠荷五指一緊，壓緊了邱彪的喉結，道：「邱老大，別太不識相，當心我會要了你的命。」

邱彪道：「你……」

綠荷接道：「我和你談談條件。」

邱彪道：「好！你說。」

綠荷道：「告訴我，你所知道的一切情形，然後，我留下來，陪你一夜風流，明天一早，我走路，從此蕭郎即是路人，彼此互不相關，這不但使你可遂風流心願，也保全了你的顏面，但你也可以硬充英雄好漢，我只要加點指勁，就可以取了你的性命。」

邱彪道：「殺了我，你也離不開這座客棧。」

綠荷道：「不用嚇唬我，我不吃這個，你自己心中算算這筆賬，再作決定不遲。」

邱彪性命捏在綠荷手中，但楣星未退，色心又動，想想綠荷那一身細皮白肉，忍不住，說道：「你真的要陪我一夜？」

綠荷道：「嗯！」

邱彪道：「好吧！你要我說什麼？」

綠荷道：「你們來自何處？」

邱彪道：「百花山莊。」

綠荷道：「百花山莊哪裡？」

邱彪道：「南陽府的百花山莊很有名，人家都知道。」

綠荷道：「你們在百花山莊中是什麼身分？」

邱彪道：「園丁。」

綠荷道：「莊主叫什麼名字？」

邱彪道：「莊主萬寶山。」

綠荷道：「萬寶山，沒有聽過這個人啊？」

邱彪道：「他們本來就不求聞達。」

綠荷道：「你們幾十個人，都來自百花山莊麼？」

邱彪道：「是！這一座客棧中人，都來自百花山莊。」

綠荷道：「百花山莊上面，還有什麼人？」

邱彪搖搖頭，道：「我只知道這些了。」

綠荷右手揮動，點了邱彪兩處穴道，收回了壓在喉結上的左手，笑道：「邱老大，你在大廳中耀武揚威，看起來倒像是個人物。但你在百花山莊中，卻是身分不高啊！」

邱彪道：「哼！果然是女流之輩，說了不算。」

綠荷道：「哪裡不算？」

邱彪道：「你答應陪我的……」

綠荷接道：「我沒有走啊。」

一面解開衣衫扣子，一面接道：「萬寶山是什麼人物？」

看著她羅衫半解的撩人情態，邱彪急急道：「五十多歲的年紀，一副有錢員外的模樣……」

綠荷已解開了上半身衣衫上最後一個扣子，但卻突然停下了手，道：「說下去啊！」

邱彪道：「我只知道這些了。」

綠荷道：「你不肯暢所欲言，那就別怪我不守信用了。」又把扣子扣了起來。

邱彪急道：「我真的只知道這些……」

忽然哦了一聲，道：「還有就是莊主的夫人了。」

綠荷道：「她怎麼樣？」

邱彪急道：「她好像才是百花山莊中作主的人，莊主好像還看她眼色行事。」

綠荷又解開了衣扣，道：「快說下去。」

邱彪道：「我聽一個守在內廳中的丫頭說的，凡是重大的事，莊主都向夫人請示。」

綠荷衣服脫得很快，邱彪說完了幾句話，綠荷已經脫去了上衣、內衫，只餘下一件紅肚兜。肌膚賽雪，乳溝隱現，實在是充滿著誘惑。

邱彪雖然被點了穴道，但看到綠荷這副妖蕩的樣子，也不禁心神搖蕩，急急接道：「那丫頭在內宅聽差，和我一個手下不錯，兩人常常在夜裡見面，男女在和好之間，無話不談，就把這件事給說出來了。」

綠荷已解開了裙帶了，但邱彪話一完，她又停下了手。

邱彪道：「姑娘，這一次，我連箱底子都抖出來啦，姑娘，你可不能說了不算數。」

綠荷神情冷肅，緩緩說道：「邱彪，你聽著，姑娘說的話，一定算話，不過，我可沒有說過不殺你啊……」

邱彪接道：「你……」

綠荷接道：「你聽著，我可答應，風流過後，我就殺了你，或者，你就這麼躺著，過了明日午時，穴道自解。」

邱彪心中忖道：「她如真的履行約言，就必須要解開我的穴道，小丫頭，你只要解開我的穴道，老子豈會真怕你這個丫頭。」

心中念轉，哈哈一笑，道：「寧願花下死，做鬼也風流，像你姑娘這麼的美人兒，能得一夕風流，就算死了，也是死得心安。」

綠荷淡淡一笑，道：「邱彪，我會讓你如願，但也會使你非死不可，我會解你的穴道，捆上你的雙手。」

邱彪道：「你……」

燭影搖晃，人影閃動，一扇窗子，忽然大開，一身勁裝的紅牡丹，忽然出現在床前。

綠荷道：「三妹，你怎麼這麼魯莽。」

紅牡丹道：「大姊放心，局勢已被控制……」

綠荷吁一口氣，急急穿上了衣服。

紅牡丹回顧了邱彪一眼，道：「你已經做了不少的壞事，死了也不算冤枉。」

右手一揮，一刀刺入了邱彪的咽喉。

綠荷道：「三妹你又用迷魂煙了。」

紅牡丹笑一笑，道：「沒有法子，他們人太多，只好再用一次，不過……」

綠荷接道：「不過什麼？」
紅牡丹接道：「公子到了，對我使用迷魂煙的事，並未責備。」
綠荷道：「公子現在何處？」
紅牡丹道：「就在他們喝酒的廳中。」
綠荷道：「走！見公子去！」

楚小楓果然坐在廳中，王平、陳横、正在逼供。
天下事，就有這麼一個巧法，三十多個人，找一個問口供，偏偏就找上了石七。
石七已被冷水噴醒，正望著王平發愣。
王平冷冷說道：「最好咱們問什麼，你回答什麼，別等吃了苦頭再說。」
石七道：「你……你們是什麼人？」
王平一指直戳下去，點中了石七的右肩，可聽得骨骼折碎之聲。
石七疼的一咧嘴，失聲而叫。
這一指力道奇大。
王平道：「說！你們來自何處？」
石七道：「南陽府。」
王平道：「南陽府很大，總該有個地名吧？」
石七道：「我不知道。」

綠荷飛起一腳，把石七踢了一個跟頭，道：「南陽府百花山莊，不用問他了，我知道。」

楚小楓笑一笑，道：「他們不會知道太多，倒是處置這一批人手，卻要大費腦筋了。」

王平道：「殺了他們最好……」

楚小楓道：「我也知道，不過，咱們不能這樣做。」

略一沉吟，低聲吩咐了王平幾句。

王平道：「很膽大，也很新奇，屬下立刻傳諭下去。」

三日後，有一行人，直奔南陽。

這是楚小楓的決定，他把石七等一批人帶入了樹林之中，七虎、四英、王平、陳横，各自選了一個人，用自己的方法，逼問內情，然後，就扮做了那些人，直奔百花山莊。

楚小楓卻帶著成方、華圓，啣尾急追，綠荷、黃梅、紅牡丹和成中岳走在一處。

以另一種身分，趕至南陽。

江湖上風雲緊急，楚小楓以極有限的人力，做了最大膽的運用。

石七在王平威迫之下，答應了合作，帶他們回到百花山莊。

這是個很膽大和嚴密的計劃。

百花山莊，地處南陽府外山腳下。

那是座很大的莊院，但表面看去，卻瞧不出什麼可疑之處。

莊院的周圍，種滿了花，就算沒有一百種，也有九十九種之多。
石七率領之下，群豪沿著一條白石小道穿越花叢而入。
王平的心中很奇怪，花叢中，既無人阻攔，也無人喝問。
穿過兩里多長的花園，才到莊院的門口。
一道青石砌成的圍牆，遮住了這座莊院的隱秘。
兩扇大門，緊緊地關閉著。
王平伸手在門上摸了一下，發覺這兩扇大門竟然是鐵鑄的。
石七伸手在門上輕輕敲了幾下，門呀然而開。
兩個身著工人裝的園丁，分別站在兩側。
進了大門，王平才瞧出這座莊院的真正面日。
但見房舍連綿不下百間之多，但看上去卻白成一種規格。
王平只能覺著不對，但卻瞧不出哪裡不對。
庭院中一片寂靜，不見人，也聽不到什麼聲息。
石七帶著幾個人，直奔入一座跨院之中，道：「諸位！各自回房去休息一下，晚餐之後，莊主可能會召見諸位，問問經過……」
只聽一個冷冷的聲音，道：「不用休息了，莊主立刻就要問話。」
隨著說話聲，各處房門大開，轉出了八個身著黑色勁裝、腰中繫著紅色帶子的刀手。
一式的雁翎刀，已經出了鞘。

石七臉色一變，道：「紅帶殺手。」
正房中轉出一個青衫中年人。
王平目光轉動，打量了那青衫人一眼，心中暗道：「這人不像莊主，不知是何身分？」
只見石七一躬身，道：「仇總管，莊主在哪裡？」
青衫人道：「莊主太忙，而且，已經交代得很清楚，用不著他親自來了……」
回顧了一眼，道：「石七，這就是你帶回來的殘兵敗將，邱彪呢？」
王平緊靠石七身側而立。
石七知道，只要一字說錯，王平就可以取他性命！
衡量一下處境，點點頭，道：「是……這就是我們回來的全部人手，邱彪不幸死去。」
青衫中年人淡淡一笑，道：「石七，邱彪都死了，你怎麼還能活著回來？」
石七道：「仇總管，咱們去了這麼幾天，出生入死，就算沒有功勞，也有苦勞，難道邱彪不能回來，連我們都要一齊處死嗎？」
仇總管冷笑一聲，道：「石七，你們不應該回來的。」
石七道：「咱們是百花山莊出去的，為什麼不回來？」
仇總管淡淡一笑，道：「石七，你的膽子越來越大了。」
石七道：「如果你們非要殺死我們，就算石七跪在地下求你仇總管，你還能夠饒了我們嗎？」
仇總管道：「不能，不管怎麼樣，你是死定了。」

石七道：「這就是了，咱們既然是非死不可，為什麼不死得英雄一些。」
仇總管道：「說得也是，給我殺。」
一個站在身側的刀手，應了一聲，一刀劈了過去。
石七還未來得及閃避，王平右手一抬，一把短刀應手而出。
噹的一聲，雙刀接實。
石七疾快地向後退了一步，右手探入懷中，摸出了兩把刀叉子。
仇總管有些意外地道：「石七，你們敢反抗？」
石七本來還想把這些內情，告訴仇總管，準備求恕，但卻沒想到仇總管竟然帶著紅帶刀手出現。
形勢逼得石七非要倒向王平這一方面不可。
石七冷笑一聲，道：「伸頭一刀，縮頭也是一刀，你仇總管既然非殺我們不可，咱們也只好拚命一搏了。」
仇總管道：「好……我倒要試試你們有多少斤兩，給我圍殺。」
八個刀手大喝一聲，齊齊揮刀攻了上去。
陳橫一橫身，攔在石七前面，和一個紅帶刀手打了起來。
七虎早有準備，一撩衣襟，長刀出鞘，迎上紅帶刀手，打了起來。
四英沒有出手，仇總管也沒有出手。
王平和石七沒有出手。

七虎刀法凌厲，和紅帶刀手火併，竟然是攻多守少。

這些人武功之高，不但出了仇總管的意料之外，而且，也出了石七的意料之外。

現在石七感覺自己十分安全。

他一直在王平等的嚴密保護之下。

四英、王平，一直冷厲地注視著仇總管。

仇總管雙眼射出忿怒的目光，凝注在石七的身上，冷冷說道：「這些都是你們帶出的人？」

石七道：「不是，連邱彪也沒有這麼好的武功。」

仇總管道：「他們是……」

石七接道：「迎月山莊的人，本來，我被迫帶他們來此，只想找機會告訴你內情，好生想個對付他們的辦法，但我想不到，你們竟然如此惡毒，連我也要殺了，現在，我只有和他們真誠的合作了。」

仇總管冷冷說道：「你好大的膽子，竟然敢背叛百花山莊。」

石七道：「我背叛了百花山莊，不過是死罪，我不背叛，你們也一樣殺我。仇總管，不但是我，所有百花山莊中人，都將會因此寒心……」

仇總管道：「膽大奴才，一派胡言。」

石七哈哈一笑，道：「不錯，我是奴才，但你呢？只不過比我們身分高一些，是一個大奴才罷了，有一天，你做錯了什麼事，說不定，和我有著一樣的下場，被主子處死。」

仇總管怔了一怔，道：「你胡說。」
石七冷冷說道：「你心中明白，不但是你，連我們莊主算上，都是大奴才……」
仇總管怒聲喝道：「住口，你敢出言侮辱莊主，罪該萬死。」
只聽幾聲慘叫傳來，血珠飛濺，三個人倒了下去。
是紅帶刀手，和七虎纏戰了幾個回合之後，有三個倒了下去。
都是傷在咽喉要害，一刀致命。
倒下的三個人，完全一樣，顯然是傷在了同一招刀法之下。
仇總管呆了一呆，道：「你們敢殺人……」
王平笑了一笑，道：「為什麼不敢，他們要殺我們，我們不願束手待斃，只有反擊。」
仇總管突然一鬆腰間的扣帶，抖出一柄緬鐵軟刀，道：「看來，要我親自出手了。」
王平冷笑一聲，道：「仇總管，兄弟陪你玩玩如何？」
又是幾聲慘叫傳來，另外五個紅衣刀手也躺了下去。
大廳中，濺滿了鮮血。
死在七虎刀下的紅帶刀手，都是傷在咽喉。
但死在陳横手下的一個，卻是傷在前胸。
楚小楓傳了他們凌厲無匹的殺人手法。
望著八個刀手的屍體，仇總管也有著寒凜凜的感覺。
來人的刀法之高，完全出了他的意料之外。

仇總管手中持著緬刀，呆在當地，不敢出手。

他瞭解自己，武功也許比紅帶殺手高一些，但卻無法同時抗拒對方兩人。

石七冷冷說道：「這仇總管平日愛作威作福，凶惡得很，最好，不要放過。」

王平笑一笑，道：「仇總管，我很奇怪，這百花山莊中，不會只有這八個紅帶刀手吧！為什麼沒有援手趕來幫你的忙？」

仇總管道：「立刻會有人來的，你們不會活得太久。」

王平笑一笑，道：「仇總管，這是什麼辰光，你還要大言不慚。」

仇總管道：「莊主就會趕來，那時你們一個也不會生離此地。」

王平道：「莊主？他好像已經趕不上救你這位總管大人的性命了。」

只聽一個冷冷的聲音，傳了過來，道：「誰說趕不上了。」

王平回頭望去，只見一個五旬左右的老者，留著花白長髯，戴著員外帽，穿著藍緞子長衫。

這人看上去，確有一個員外的氣派。

除了這種當面鼓、對面鑼的，雙方照面，換一個地方、環境，誰也瞧不出這位百花莊主，竟然是一個領導殺手的主腦人物。

也許這位百花莊主，在平時積威很重，所以，石七看到了那人之後，全身不停地發起抖來。

王平眼看雙方已然刀劍交接，用不著再掩遮身分了，冷笑一聲，道：「莊主，咱們已經領教過紅帶殺手的威力了，都是些上不得台盤的人物，莊主還有什麼好寶貝，高明一點的人物，拿出來，給咱們見識一下。」

百花莊主冷冷說道：「石七，我再給你一個保命的機會。」

石七道：「哦！」

百花莊主道：「說實話，這些人，是哪裡蹦出來的，如何和你扯上了關係？」

他已瞧出了這一群人中，除了石七之外，已全然不是百花山莊的堡丁。

石七怔了一怔，道：「莊主說的是真話麼？」

百花莊主道：「本莊主幾時說過的話，不算數了？」

王平笑一笑，道：「石七兄，你如是心中害怕，而且真的相信貴莊主會饒你不死，閣下儘管請說便了。」

石七道：「我，我不太相信。」

百花莊主怒道：「石七，你不相信本莊主的話？」

石七道：「唉！莊主多多原諒，在下實在很難相信。」

百花莊主冷哼一聲，道：「你敢輕視本莊主，我非把你碎屍萬段不可。」

石七道：「事實上，莊主早已決定，不會饒過我了。」

王平微微一笑，道：「石兄，如若你覺著百花莊不會饒過你，為什麼不英雄一些？」

石七道：「對！我說大莊主，你不用再發難了，我石七人一個，命一條，怎麼算，你也不會饒我，所以，在下也用不著回答你莊主什麼了。」

百花莊主道：「好！好！石七，你是越來越膽大了，等我解決了這一批人，我會慢慢地招呼你。」

王平淡淡一笑，道：「項莊主的威風擺夠了沒有？」

項莊主道：「你有什麼話說？」

王平道：「這時間，已經是刀上見生死的辰光，用不著在嘴皮上要狠了，有多少斤兩，莊主儘管施展，你就算有耐心，咱們也沒有耐心磨下去。」

項莊主道：「好！好！我會立刻讓你們見到厲害……」

只見一個莊丁匆匆奔了進來，叫道：「莊主，有一位公子要見你。」

項莊主大聲吼道：「你的眼睛是長在腳板上，沒有瞧見我現在忙些什麼事，不管來的什麼公子，一律給我擋駕，就說我不在家。」

那莊丁道：「小的是這麼說了，但他不相信，硬衝進來了。」

項莊主怒道：「你們手裡端著豆腐是不是，嘴巴擋不住，不會用手……」

語聲一頓，接道：「一個什麼公子？」

莊丁道：「一個文文秀秀的公子，大約十八、九歲，還帶著兩個從人。」

項莊主道：「哦！人在哪裡？」

楚小楓的聲音，接了起來，道：「回莊主的話，區區已經進來了。」

項莊主回頭望去，楚小楓一襲青衫，帶著成方、華圓，緩步行了過來。

楚小楓、成方、華圓等，已經完全恢復了本來的面目。

項莊主冷冷說道：「哼！私入人家宅院，非偷即盜。」

楚小楓道：「項老兒，你這地方，還算是人家，簡直是賊窩，抓賊的妙訣，就是乘其不備，來得突然，這一點，咱們安排的不錯，所以，你這賊頭兒，還留在這裡。」

成方道：「項莊主，咱們公子是讀書人，教訓了你一頓，連一個髒字，也沒說過……」

項莊主怒聲接道：「住口……」

楚小楓冷冷接道：「項老兒，這是什麼場面，用不著要你那莊主的威風，你是束手就縛，還是放手一戰？」

看看八個紅帶殺手的死狀，項莊主也知道遇上了硬點子，這一群年輕人來歷不明，但一個個都是高手，這位年輕的公子，似乎是這群人中的首腦，只聽聽剛才那一番犀利言詞，就不難知道，不是個簡單人物。

心中念轉，人反而冷靜下來，拱拱手，笑道：「的確不錯，很精密的安排，百花莊開府二十餘年，從來沒有人懷疑過我們，但閣下不但找到了，而且，一下子，就揭了我們的底，實在叫人佩服。」

楚小楓道：「項老兒，在下不吃這個，你有什麼話儘管請說，只要你合乎情理，咱們會答應你。」

項莊主道：「你是哪個門下的人，還不亮個招牌出來麼？」

楚小楓道：「沒有招牌，我就是我，這一批人，都是我的屬下，我們沒有什麼門規約束，也沒有什麼條件要我們遵守，你不用枉費心機了。」

項莊主心中一動，暗道：「糟了，這小子軟硬不吃，倒是很難對付。」

當下輕輕咳了一聲，道：「你要老夫如何？」

楚小楓道：「王平，先把那位仇總管給我拿下。」

王平應聲而出，兩柄短刀出手，攻向仇總管。

仇總管軟刀一揮，回手反擊。

兩人展開一場激戰。

楚小楓道：「項莊主，聽說你在這百花莊中，只不過是背一個名罷了，真能作主的人，好像還不是你。」

項莊主道：「看來，你打聽得很清楚了。」

楚小楓道：「既然找上了貴莊，在下，倒是不能不問問了。」

只聽一場慘叫傳了過來。

項莊主轉頭望去，只見王平正在抽出刺入仇總管胸中的短刀。

項莊主臉色一變，道：「好身手。」

王平兩柄刀，還入鞘中，笑一笑，道：「不是在下高明，實在是貴莊上，這位仇總管身手太差了一些。」

項莊主呆了一呆，原本準備出手的念頭，忽然間消退。

仇總管的武功如何，他心中明白，就算遇上了武林中第一流的高手，至少也可以支撐個三、五十回合，但他暗中的估計，仇總管似乎未接過人家十招。

下屬如此，主腦人物，可想而知了。

這是一批真正的高手，一批名不見經傳的江湖奇兵。

他能主持百花山莊，自非一個簡單人物。

他的輕率、無備而來，是因為他太過輕估了敵人。

他也曾想到邱彪未能歸來，這些人，卻逃回了性命，心中雖然是有些奇怪，但卻誤認這些都是貪生怕死的漏網之魚，所以要仇總管帶著紅帶刀手，一舉間，把他們殺了算啦，但自己又有些不放心，趕來瞧瞧，卻未料到會鬧成這樣一個局面。

此刻，這位莊主，實有進退不得之感。

一點錯誤的判斷，使得這個局面，糟到了不可收拾。

楚小楓笑一笑，道：「項莊主，你這百花莊的氣派很大，只是戒備卻不怎麼森嚴。」

向前行了兩步，直逼近項莊主的身前，緩緩說道：「閣下既然被推為主持一方的莊主，自然是有一點過人之能了，我想，閣下一定有著不見棺材不掉淚的感覺。」

項莊主冷冷說道：「閣下的意思是……」

楚小楓道：「我想請教幾個問題，但如閣下不到某一種境地，只怕不願回答。」

項莊主道：「哦！」

楚小楓道：「所以，我和莊主走幾招，然後，請莊主決定，可不可以回答我的問題。」

項莊主道：「你要我動手？」

楚小楓道：「我想，這該是最公平的一個辦法了。」

項莊主道：「你一個人，還是他們一齊出手。」

楚小楓笑一笑，道：「一個人，而且，只要十招……」

看了王平殺死仇總管的刀勢，項莊主不敢再有絲毫大意，笑一笑，道：「好吧！我想在下身為地主，理當奉陪，但如老夫接下了你十招呢？」

楚小楓道：「帶著我的屬下立刻退出百花莊，不動你一草一木。」

項莊主道：「好極，好極，那就請閣下出手吧！」

楚小楓道：「如是很不幸，你在十招之內，敗在了我的手中呢？」

項莊主道：「這個，不太可能吧！」

楚小楓道：「項莊主，你不過是一處分莊的首腦，而且，就在這座分莊中，你也不是完全能夠作主的人。」

項莊主道：「你……」

楚小楓道：「我很清楚你的處境，所以，你不用想欺騙我。」

項莊主道：「好吧！你要老夫如何？」

楚小楓道：「回答我幾個問題……」

項莊主道：「你問的，我未必都知道。」

楚小楓道：「不會太為難你，我問的，都是你知道的事。」

項莊主道：「好！你只要能在十招內制服我，看來我不答應也不行了。」右手一揮，一掌攻了過去。

楚小楓一閃避開，沒有還手。

項莊主冷笑一聲，雙手齊揮，一連攻出了五招。

楚小楓閃避開五招，一直沒有還手。

項莊主冷冷說道：「已經過了六招，去了一半數字。」

楚小楓右手突然間一轉，五指一合，正好抓住了項莊主的右胸，五指加力，那位項莊主，立刻失去了抗拒之能，全身酥軟無力。

楚小楓道：「現在是第七招。」

項莊主呆了一呆，半晌說不出話。

他闖蕩江湖數十年，從來沒有見過這麼奇妙的擒拿手法。

輕輕嘆一口氣，項莊主緩緩說道：「閣下果然是高明得很。」

楚小楓道：「莊主，在下想先請教貴莊之中，哪一位才是真正的主腦人物？」

項莊主道：「自然是我了，我是一莊之主。」

楚小楓道：「你這個一莊之主，似乎是也要聽別人的令諭，是麼？」

項莊主道：「你剛才說得不錯，百花主，只是我們那個龐大組合的一部分，在整個組合來說，我不過是一個微不足道的人物。」

楚小楓道：「閣下很謙虛。」

項莊主道：「事實如此。」

楚小楓道：「不說貴組合，只說你們這百花莊中的事情，好像在你之上，還有一位高人。」

項莊主道：「胡說，你在哪裡聽到的？」

楚小楓道：「我不會告訴你在哪裡聽到的，我只是想知道，那是什麼人？」

項莊主冷哼一聲，道：「沒有的事，這百花莊一切唯我之命是從。」

楚小楓笑道：「這件事，咱們不用爭論了。」

項莊主道：「你還要問些什麼？」

楚小楓道：「貴莊之中，有多少人？」

項莊主道：「丫環、僕人，一起算上，總有百多張嘴巴吃飯。」

楚小楓點點頭，道：「你們如何受命？」

項莊主道：「受命？……」

楚小楓道：「你們上司，對你有所差遣時，如何通知你們？」

項莊主道：「飛鴿傳書。」

楚小楓點點頭，道：「老辦法。」

項莊主道：「越是那古老的辦法，細想起來，越是管用。」

楚小楓微微一笑，道：「現在，閣下再回答我兩句話，就可以離去了。」

項莊主道：「什麼事？」

楚小楓道：「你們這一個組合的目的，你總該知道吧？」

項莊主搖搖頭，道：「不知道，真的不知道，我們只知道一件事，那就是奉命行事。」

楚小楓道：「好！那你就說出來，你們這些年中，都做了什麼事？」
項莊主道：「什麼都做，只要上面傳諭給我們，我們就立刻出動。」
楚小楓笑一笑，道：「你手下這些人，都是找來的？」
項莊主道：「招募來的。」
楚小楓道：「這百花莊，成立不少年了吧？」
項莊主道：「十幾年了。」
楚小楓笑一笑，道：「你還有什麼事情，要告訴我的？」
項莊主道：「沒有了。」
楚小楓笑一笑，道：「好！你可以去了。」
王平低聲道：「公子，這個人什麼都沒有說，你怎麼可以放他離開？」
成方、華圓早已並排而立，攔住了他的去路。
楚小楓揮揮手，道：「成方、華圓，閃開路，讓他走。」
成方、華圓應了一聲，閃讓開去。
楚小楓低聲吩咐了王平等幾句，緊追在項莊主身後行去。

整個的莊院中，有著一種不尋常的寧靜。
在這裡住了近二十年之久的項莊主，也覺著情形不對。
但他一時之間，也說不出那裡不對。

他是一莊之主，對這莊院中的設施，自然是十分瞭解。

他明白，由此地到內廳，沿途之上，至少有八道攔截敵人的埋伏。

所以，他對楚小楓在後面隨行一事，也沒有提出質問。

事情確大出了他的意料之外，一路行來，直到後宅，竟然沒有一個人出手攔截。

直到了內宅正廳，仍未見有人攔截。

項莊主忍不住回頭望了一眼，只見楚小楓帶著兩個劍客，隨後而來。

一步踏入大廳，只見大廳一張八仙桌上，放著一杯酒，和一把小刀。

桌子上還放著一張白箋，上面寫道：

你如想死得舒適一些，可以喝下那杯酒，酒中有毒，立刻可以斷氣，死得會毫無痛苦，你如想死得壯烈一些，可以用那刀，那把刀很鋒利，可以刺入前胸，切斷心脈，也可以切斷喉管，死得轟轟烈烈。

下面署名妻留。

一個妻子，留給丈夫這樣一封信，想想看，那是何等樣的夫妻。

項莊主楞住了。

楚小楓舉步踏了進來。

後緊隨著成方、華圓。

項莊主緩緩回過身子，道：「你們早知道她們已經走了？」

楚小楓道：「不知道！不過，在下覺著你項莊主只不過是個被人利用的傀儡罷了……」

項莊主接道：「你們……」

楚小楓接道：「我們只不過有這種想怯，讓閣下自己來證實一下而已。」

項莊主道：「現在，我已經證實了。」

楚小楓笑一笑，道：「項莊主，是不是準備改變一下心意呢？」

項莊主道：「改變什麼？他們已經替我安排好一切。」

楚小楓道：「安排什麼？」

項莊主道：「這個。」伸手端過桌子上的毒酒，一飲而盡。

酒性相當烈，入口後立刻氣絕。

看到那位項莊主臉色變青，楚小楓才覺出不對，一把抓住了項莊主，才發覺早已氣絕而逝。緩緩放開右手，楚小楓輕輕吁了一口氣，道：「晚了一步。」

成方低聲道：「公子！我看，她們走得不遠，咱們追吧！」

楚小楓道：「追不上了，去招呼王平他們來吧！記住，千萬保護好那位石七，別讓他死了。」

成方一躬身，轉頭而去。

片刻之後，王平等一行，全部行了過來

楚小楓下令展開了一場全面的搜索。

撤走得很乾淨，除了留下一批金銀財物，沒有帶走之外，所有的線索證據全部未留。

王平歎息一聲，道：「公子，咱們除了搜出一筆財物之外，什麼也沒有搜出。」

楚小楓輕輕吁一口氣，道：「雖然，他們走得很快，至少，咱們也有著很大的收獲。」
王平道：「什麼收獲？」
楚小楓道：「花！咱們知道了這個組合和花字有關，以後，就有線索可循了。」
他表現的很輕鬆，對這一批撤走的人，似是全然不放在心上。
王平暗暗一皺眉頭，忖道：看公子如此輕鬆，難道，他早已經有了準備不成。
楚小楓回顧石七一眼，笑道：「石兄，這些你都看到了。」
一句石兄，叫的石七有些受寵若驚，急急說道：「小的都看到了。」
楚小楓道：「這裡留下了很多的金銀財物，你可以隨便取一些。」
石七怔了一怔，道：「公子，這話是真的？」
楚小楓笑道：「此時何時，此情何情，我為什麼要騙你？」
石七道：「公子，我……我……」
楚小楓接道：「本來，你可以跟著我們走，但我們以後還會和他們碰頭，再見到你，我相信他們決不會放過你，倒不如取些金銀，找一個安定的地方，埋名隱姓過一生安適生活吧！」
石七道：「公子大仁大德，小的是沒齒不忘，不過，我相信，他們還是不會放過我。」
楚小楓道：「自然不會，但你在他們之中，也不是很重要的人物，他們不會放過你，但也不會用很多的心力去找你，只要你走遠一些，保住後半生的機會很大。」
石七突然跪在地上，恭恭敬敬對楚小楓磕了一個頭，道：「小的，現在才發現了好人、壞人、君子、小人，原來有這麼大的一個區別。」
楚小楓道：「拿些金銀去吧！現在，他們還沒有時間找你，藉此機會遠走高飛去吧！」
石七取過一筆金銀，轉身而去。
望著石七的背影，王平輕輕吁了口氣，道：「公子，真的就這樣放他離去麼？」
楚小楓道：「他作了不少的壞事，對麼？」
王平道：「不錯，這個人，是那群殺手中最壞的一個。」
楚小楓道：「王平，冥冥中，自會有一股天道力量，他走不了。」
王平低聲說道：「公子，咱們現在如何行動？」
楚小楓道：「現在，想法子帶走金銀，這些不義之財，不要白不要，帶上這些金銀之後，立刻撤出百花莊。」
王平應了一聲，轉身而去。
望望身側的成方、華圓，楚小楓緩緩說道：「你們找找看，他們這裡什麼地方養有鴿子。」
成方、華圓，應了一聲，轉身而去。
遣走了成方、華圓之後，楚小楓緩步行入一座臥室之中。
那是一間佈置得很豪華的臥室，鴦帳金鉤，綾被鴛枕，白綾糊壁，黃氈鋪地。
楚小楓四顧了一眼，緩步行到了一座木櫃前面。
隨手打開了木櫃。

木櫃中都是衣服。
楚小楓撥動衣服，果然找到了一個門戶。
木櫃底下，有一個翻起的木板，直向下面通去。
那是足可容一個人通過的洞口。
片刻之後，王平等帶著人行了回來。
成方、華圓，各自帶了一隻鴿子，行入室中。
楚小楓笑一笑，指著地下的洞口，道：「他們就是從這個地方逃走的。」
王平道：「這地方又能走幾個人？這座百花莊，似乎是人數不少。」
楚小楓道：「事情很明顯，他們早就準備了撤走的路線，只要一聲令下，或是一個暗號，他們就可以立刻撤走了。」
王平道：「公子，難道他們早就準備撤走了？」
楚小楓歎息一聲，道：「利害處，也就在此了，咱們還一直認為自己很精明，其實，人家早就計算好了，仇總管的埋伏，項莊主的出現，都不過是人家爭取時間的一部份，這證明了，他們還是很早就得到了消息。」
王平道：「公子，咱們要趕緊追呀，看情形，他們不會走的太遠。」
楚小楓微微一笑，道：「追也來不及了。」
王平道：「公子，是不是早已經成竹在胸了？」
楚小楓答非所問，道：「現在，咱們可以走了吧？」

王平道：「可以了。」轉身向前行去。

楚小楓緊隨在身後，走出了白花莊。

一出莊門，楚小楓立刻搶在前面帶路，把幾人帶入了一座山林之中。

楚小楓四顧了一眼，突然舉步行到了一片草叢之中，取出了幾套顏色很舊的衣服，笑道：「大家都換上舊衣。」

楚小楓似是早有準備，很快的把隨行之人扮成了各種不同的身分。

楚小楓仍然帶著成方、華圓當先而行。

王平等分成三波，各自穿著不同的衣服，不同的身分，有幾種暗記，維繫著彼此連絡。

楚小楓扮作了一個中年落第秀才，成方、華圓扮作了兩個村童。

楚小楓似是心有所本，每走了一段時間，都停下來看看。

這一口氣，走了有十幾里路。

行程很奇怪，一直在繞著獨山轉。大部份，都走在荒草、亂石堆中。

這時，正行到了一個山谷口處。

三十 山谷陷阱

這片山谷中，正是產玉的重要地方之一。所以，谷口處，有很多工人搭建的房子。

但此刻，很清楚，所有的工人，都在谷中工作。

楚小楓發覺那記號，竟然直向谷中指去。

谷口處，隱隱可以聽到谷中的開山擊石之聲。

成方、華圓很快的跟了上來，低聲道：「公子，有什麼可疑之處麼？」

楚小楓道：「照記號的指示，他們似乎是進入這座谷中去了。」

成方道：「公子，為什麼不進去瞧瞧呢？」

楚小楓道：「這谷中是獨山玉場，現在似乎是正在工作，照說，百花莊的人，不應該撤入此谷。」

成方道：「小的看過地形，照說，百花莊距此不遠，但他們卻繞了一大圈，才到了這個地方，也許這是他們早作的佈置。」

楚小楓點點頭，道：「不錯，表面上看去，這地方一點也不隱密，事實上，這山谷中很安全，沒有人能逃過兩側工人的監視，這是一個陷阱。」
成方道：「對！一個陷阱。」
楚小楓道：「不管是不是陷阱，咱們也得進去瞧瞧。」
成方道：「我陪公子進去，華圓留在洞口等他們。」
楚小楓道：「既是無法保持隱密，咱們就這樣進去吧！」
就在兩人進去不久，兩丈外一座竹屋的房門，忽然大開。
一個人影，像怒矢一般直撲出來，寒芒如電，直襲華圓後肩。
華圓霍然轉身，揮出一劍。
噹的一聲，一把牛耳尖刀，被華圓一劍擋開。
執刀的也是一個年輕人，不過十六七歲的童子，穿著一身灰色的勁裝。
衣服和山石顏色一般，一旦伏在山石中，就很難瞧得出來。
灰衣童子一擊不中，立刻由懷中取出一把短劍。
刀、劍交錯，展開了快攻。
他好像擔心華圓喝叫，所以想以快速的攻勢，殺了華圓。
那知華圓並未呼叫，一支劍緊守門戶，守多攻少。
事實上，華圓心中明白，這周圍有很多的竹屋茅舍，很可能隱藏了不少的人。
如若他一劍殺死這灰衣少年，必會招致來更多人的圍攻。
所以，他不急於求勝。

何況，王平等一行人，很快會到。

雙方搏鬥了三十餘回合，仍然保持著一個不勝不敗的局面。

還是灰衣少年忍不住開了口，道：「好小子，你倒沉得住氣啊！」

華圓笑一笑道：「那是因為你那兩下子太差了，用不著在下叫人幫忙。」

灰衣少年道：「哼！現在，你就算叫他們，他們也回不來了。」

華圓道：「不用他們回來，我收拾你只不過舉手之勞。」劍勢一緊，展開反擊。

這一次，華圓全力反擊，劍勢快如閃電，攻勢銳利異常。

灰衣少年原本很凌厲的攻勢，突然間頓挫下來，勉強接下五劍，第六劍就被華圓刺中咽喉，立刻倒地死亡。

一劍刺死了灰衣少年之後，華圓平劍橫胸，凝神待敵。

再說，楚小楓帶著成方，進入山谷，深入十丈左右，轉過一個彎子，景物忽然一變。

只見兩側的崖壁，分佈了四五十個工人，執著鐵錘、鋼鑿，不停的擊石開山。

金鐵和山石相擊，發出震耳的鏘鏘之聲。

看到了楚小楓和成方，倒有一半工人放下手中的工具，把目光投注在兩人身上。

楚小楓低聲道：「小心一些，這些工人，十分可疑。」

成方點點頭，運氣戒備。

突然，兩個工人執著鐵錘迫了上來道：「兩位是……」

楚小楓接道：「遊山玩水的，信步至此，打擾了諸位做工。」

那工人笑一笑，道：「兩位好興緻，不過，到這裡就要止步了。」

成方道：「為什麼？這好像不是禁地啊？」

那工人道：「不是禁地，不過，再往前走，就是咱們存放玉石的地方，外人不便過去，這倒請兩位多多擔待了。」

成方笑一笑道：「朋友是……」

那工人道：「在下李遠，是這裡的工頭。」

成方道：「原來是李工頭，失敬，失敬。」

李遠道：「不用客氣，後面存玉之處，只不過幾間茅屋，這地方除了產玉之外，是一片窮山，談不上什麼風景，兩人想看看麼？只好瞧瞧咱們開玉的工作了。」

回頭看看楚小楓並無阻攔之意，成方的膽子一壯，道：「李工頭，大白天的，咱們就算手腳不乾淨，也不會拿你們重得要命的石頭，但咱們既然進谷，到後面瞧瞧，總是應該的。」

李遠道：「小兄弟，這個很難通融，兩位最好死了這條心。」

成方道：「這地方有沒有王法？」

李遠道：「有啊！咱們是安善的良民，自然是要守王法了。」

成方道：「那就好，這地方既有王法，大概咱們就可以進去了。」

李遠冷冷說道：「小兄弟，你年紀不大，脾氣倒是倔強得很啊！」

成方道：「好說，好說。」

李遠道：「不能進去。」

成方道：「那你就不是守王法的人了。」

李遠冷笑一聲，道：「就算不是吧！兩位可以死了心啦。」

成方哈哈一笑道：「我們走過地方不少，也見過一些世面，這片小小的山谷，難道還真能把我們唬住不成。」

李遠道：「兩位如是一定要進去，只有一個怯子。」

成方道：「請指點指點，有什麼法子？」

李遠道：「把我們殺了。」

成方道：「殺了，這成什麼話，我又不是殺人的兇手。」

李遠道：「如若你們要進去，偷走了我們的玉石，那比殺了我們還要厲害。」

成方哈哈一笑，道：「李工頭，這是耍賴，在下看得多了，諸位若就這樣想攔阻咱們，只怕會失望的。」

李遠臉色一變，雙目射出了兇光，冷冷說道：「這辦法也不成，在下只好用最後一個辦法了。」

成方道：「哦！最後一個辦法，又是什麼？」

李遠道：「最後一個辦法，那就是在下殺了你們。」

成方道：「這才是諸位心中的如意算盤，不過，這中間，更有一個很重要的條件，那就是諸位要有殺我們的辦法。」

李遠道：「殺人，好像不是一件太難的事，咱們雖然沒有殺過人，但舉起鐵錘敲下去，咱們還是會的。」

成方笑一笑，道：「只怕那一錘敲得不好，會失去了自己的老命。」

李遠冷笑一聲，道：「咱們不過是打石工人，命也不會很值錢，只怕萬一傷了兩位爺們，那可是很划不來……」

楚小楓冷冷說道：「諸位的戲，演完了吧？」

李遠冷冷說道：「還沒有，兩位只要不肯退出山谷，咱們就這樣演下去。」

這時，所有的打石工人，都放下了工作，緩緩圍了上來。

楚小楓神情冷肅，說道：「成方，給我殺。」

成方應聲出劍。

寒光閃動，鮮血濺飛，立時有兩個走在最前面的工人，倒了下去。

成方出劍太快，快得兩個工人來不及舉起手中的鐵錘封擋。

但這兩劍，也殺出了一個名堂，片刻工夫，立刻四下移動，擺出一個拒敵方陣。

陣勢有條不紊，顯然是經過了嚴格的訓練而成。

成方冷笑一聲，道：「狐狸終於露出了尾巴。」

右手一抬，又刺出了一劍。

兩柄鐵錘，同時飛了起來。

噹的一聲，封開了長劍。

同時，方陣也開始轉動。

成方笑一笑，道：「諸位原來都是老手。」

長劍一揮，向前攻去。

但見寒光流動，響起了一陣金鐵交鳴之聲。

成方劍勢快速，片刻工夫，已經攻出了四五十劍。

但他仍然在原地方。

這些工人的武功，雖然不算太高，但他們陣勢的移動卻很快速，人接人，錘接錘，所以，成方攻了數十劍，仍無法向前推展一步，也無法傷到任何一個人。

楚小楓一皺眉頭，道：「成方，退開。」

成方收劍而退。

楚小楓緩緩拔出長劍，迎了上去，冷冷說道：「你們聽著，你們這陣法不錯，但你們的武功等級，卻是九流角色，我不想殺你們，最好你們讓開路。」

這時，李遠正站在方陣中心，厲聲說道：「螞蟻多了咬死象，你們兩個人，就算是三頭六臂，也未必能闖過方陣。」

楚小楓道：「好！不教而殺謂之虐，如今，我已經把話說明白了，不肯讓路，別怪我劍下無情。」

右手一抬，呼的一劍，劈了過去。

兩柄鐵錘，橫裡飛來，噹的一聲，震開了劍勢。

楚小楓冷冷說道：「看來，諸位是不見棺材不掉淚了。」

說話之中，長劍已然收回攻出，連續攻出十二劍！這十二劍，幾乎是連成一劍擊出。

遠遠的望去，只見光影閃動。

四個工人倒了下去，都是齊腕斷了右手。

原本進退有序的方陣，也因這四個人的受傷，受到了阻礙。

成方借機揮劍，攻了過去。

劍招伸縮，片刻又刺傷五人。

整個的阻敵方陣，忽然間崩潰了。

成方的劍勢，更顯然凌厲，片刻之間，又傷了十餘人。

四十幾個人，被傷了約有一半。

這一陣激烈的刺殺，不但殺傷對方的人，也殺消了那些人的勇氣。

餘下的人，全都停了下來，退到一側。

傷了四個人後，阻滯了對方陣勢的變化之後，就未再出手。

單是成方這一支劍，在拒敵方陣受阻之後，就殺得那些工人，人仰馬翻。

楚小楓低聲道：「成方住手。」

成方停下了手，長劍平胸，當先向前行去。

楚小楓早已還劍入鞘。

數十個工人，雖然還執著兵刃，但卻沒有一個人，再敢出面阻攔。

楚小楓很快的進入了谷中。
只見十幾間茅舍，搭建在一處。
兩面山壁夾峙，後面是一片林木。
其中有四、五間茅舍，門窗半閉，可以看到茅舍中堆積了不少的石塊。
成方低聲道：「公子，那裡面，好像都放的石頭。」
楚小楓嗯了一聲，直向一間茅舍中行去。
室中除了堆積的石塊之外，好像別無他物。
成方仔細查看了一眼，道：「公子，都是石頭。」
楚小楓道：「成方，如若這茅舍中真是石頭，他們會不會不惜流血，阻止咱們進來。」
成方道：「不錯，看來這中間，確有一些問題。」
楚小楓道：「一間一間的看。」
兩人連看了六七間，都是堆積著石頭。
楚小楓暗暗數了一下，這茅舍一共有十二間，每一間都有獨特的門窗。
如若只是存放著石頭，實在用不著這樣搭建。
成方也感覺得出來。
所以，他未再多問。
那八間茅舍的門緊緊關閉著，成方一推，竟然發覺門是裡面閂起來的，不由精神一振。
他未再推門，卻推開了旁邊一扇窗子。

那窗子很容易被推開。

成方一長腰，躍入茅舍。

茅舍中有一張床，床上睡著一個人。

那人似是睡得很熟，連成方打開了窗，躍入室內，這個人竟然還不知道。

成方未理會那人，只是防著他的偷襲，先打開了木門。

楚小楓緩緩行了進來。

那睡在床上的人，還在睡著，睡得仍然很熟。

楚小楓四顧了一眼，發覺這地方，除了一張床之外，還有一張桌子，兩張竹椅。

輕輕吁一口氣，楚小楓緩緩說道：「朋友，可以起來了。」

那人仍未作聲。

楚小楓冷笑一聲，道：「成方，找一碗水，把他潑醒。」

水就在旁邊。

成方拿起水瓢，滿滿一瓢水潑了過去。

那睡著的人，仍然沒有動一下。

這人的沉著，實在是已經到了泰山崩於前而目不眩的境界。

這樣沉著的人，只有兩種：自己不能動的人，或是死人。

床上的人，已經死了。

成方扳動那人的身軀，只見他臉色蒼白，身軀僵硬，似是已經死了不少天。

成方道：「公子，是個死人！」

楚小楓道：「他知道自己非死不可了，所以，跑回來，關上門躺在床上。」

成方道：「這情形說不通。」

楚小楓冷笑一聲，道：「到下面一間房子裡去瞧瞧。」

第九間茅舍，也是關閉著。

成方不再猶豫，飛起一腳，踢在木門上。

木門被撞開。

裡面也放著一張床，也躺著一個人。

半身蓋著被子，向內而臥，和第一間茅舍中一樣，連睡的姿態也一樣。

成方道：「哼！又是一個死人。」

伸手抓去。

楚小楓低聲道：「成方小心。」

成方縮回了手，改用劍，長劍出鞘，撥過了那個人。

是石七，果然已經死去。

他的前胸上，附有一張白箋，寫著：背叛者死。

楚小楓心頭震動了一下，忖道：「還有三間茅屋，難道綠荷、黃梅、紅牡丹，也遭到了毒手！」

急急說道：「成方，快！到下面一間看看。」

第十間茅舍，也有一張床，不過沒有躺人，一個人盤膝坐在床上。

而且是個女人。

穿著一身大紅吉服，滿頭珠翠、玉花，打扮得像個新娘了。

但偏偏在頭上戴了一頂白布，白布垂在臉上。

大紅吉服，配上一塊白布，怎麼看也不調和。

楚小楓心頭一震，道：「成方，取下她臉上的白布。」

成方應聲出劍，挑下了那女人臉上的白布。

白布挑落了，但她的頭，垂得太低，低得無法看清楚她臉型。

但就可見的臉而言，一片蒼白，很像也是死去的人。

楚小楓吃了一驚，道：「成方，小心些看一看，她是死人，還是活人？」

成方很小心，右手長劍平平伸出，直到那女人的下顎上，劍上用力，抬起了她的頭。

蒼白的臉色，緊閉的雙目。

放下劍吁了口氣，道：「公子，這個人，恐怕也已經死了。」

楚小楓道：「成方，你看她像不像綠荷？」

成方聽得一呆，道：「綠荷姑娘？」

楚小楓道：「我是說，她們三個中的任何一個。」

成方道：「剛才，小的沒有瞧清楚，我現在仔細瞧瞧。」

伸手向那紅衣女人下顎托去。
那紅衣女人，卻悄無聲息的一揚雙手。
錚錚兩聲輕微機簧之聲，成方、楚小楓，同時失聲而叫。
紅衣女人，突然出手，閃電奔雷般的快速手法。
雙手發出了細微的毒針，楚小楓應聲抱腹而蹲。
成方的距離近，更是讓避不開。
紅衣女子一手點中了成方的穴道，另一隻手也點中了楚小楓的穴道。
只見她一躍而起，飛下木榻，格格笑道：「你們兩個奸似鬼，也要喝老娘的洗腳水。」
舉手互擊了一掌，道：「你們出來吧！」
床上堆積的乾草一分，兩個女婢，飛竄而出。
紅衣女子已脫下了大紅吉服，露出了一身淡青勁裝，，笑一笑道：「春花、秋月，把兩人給我綑起來。」
兩個丫頭早已經準備了繩索，緊緊的把兩人給捆了個結實。
勁裝女子，用榻巾拭去了臉上塗上的白粉，露出來一張俏麗的臉兒。
望望楚小楓，笑道：「小伙子，你就是迎月山莊的莊主？」
楚小楓道：「不錯，正是區區在下，姑娘是？」
青衣女子道：「我麼？說我是項夫人也好，叫我八姑也好，你們怎麼叫，就怎麼稱呼吧！」

楚小楓道：「項夫人？那是百花莊的夫人了。」
項夫人笑一笑，道：「聽說，你們把拙夫給殺了？」
楚小楓道：「咱們沒有殺他，但夫人留下了毒藥。」
項夫人道：「他服毒死了？」
楚小楓道：「大約是夫人的令諭下得很嚴厲，他好像不敢不服毒死了。」
項夫人笑一笑，道：「總算不算太丟人，也不枉我陪了他好幾年。」
楚小楓道：「其實，他只不過是一個傀儡，夫人才是真正的主事人？」
項夫人道：「不錯，可惜你明白晚了一些。」
楚小楓道：「「夫人在前面兩座茅屋中故佈疑陣，使咱們疏於防範，致遭所乘，這一點很高明。」
項夫人道：「誇獎，誇獎，我這點小設計，還不算太差吧？」
楚小楓道：「夫人，還有幾點不瞭解的地方，請予指導。」
項夫人道：「好說，看在你這股英俊的味道上，請說吧。」
楚小楓道：「夫人主持百花莊很多年了？」
項夫人道：「不太多，五年左右吧！」
楚小楓道：「我想這百花莊絕不是一個很獨立的組織。」
項夫人笑道：「我英俊瀟灑的楚公子，就算我有憐才惜人之心，但我也作不了主，我不會把你活生生的帶走，我要殺了你，帶著你的屍體離開這裡，你快死了，還要知道這麼多的事情做什麼?」
楚小楓道:「正因為我要死了，才希望死得瞑目一些。」
項夫人笑道:「楚公子，你不會提一點別的要求麼?」
楚小楓道:「別的?」
項夫人道:「對!譬如說，你想吃點什麼?還是想嚐試點什麼?」
楚小楓道:「在下麼?……」
雙目凝注在項夫人的臉上。
目光中滿蘊一種莫可言諭的情懷。
項夫人忽然揮揮手，道:「春花、秋月，把那個人給我抬出去。」
那個人指的是成方。
春花一伏身，抱起了成方走出去。
秋月走後面，順手帶上了房門。
理一理鬢邊散髮，項夫人盡量做出一個誘人的姿勢，道:「楚公子，屋裡只有我們兩個人，你心中想什麼，可以直截了當的說了。」
楚小楓道:「說出來，又能如何?」
項夫人伸出了一雙白玉般的手，很溫柔的把楚小楓抱了起來，放在木榻上，笑一笑，道:「毒針傷在那裡，要不要我替你起出來?」
楚小楓道:「針上既然有毒，就算你起出了毒針，我也是難免要毒發而死。」

項夫人微微一笑，道：「天下的毒藥，都有解藥。」

楚小楓道：「夫人有解毒之藥，那就快給我吃一粒。」

項夫人道：「你的功力相當深厚，中了毒針，還能說這樣多話。」

楚小楓道：「我如不說話，可以運氣把毒性逼住，但我說了這樣多的話，只怕毒性早分散開。」

項夫人道：「幸好，我有解毒的藥物。」

楚小楓道：「可惜的是，解了毒，還得死。」

項夫人垂下頭去，在楚小楓臉上親了兩下，道：「冤家，我心中有些害怕。」

楚小楓道：「你怕什麼？」

項夫人道：「我如解去了你身上繩索，給了你解毒藥物，會是一個什麼樣子的後果？」

楚小楓道：「最後，你還不是要殺了我，帶著我的屍體離去。」

項夫人道：「放了你，我就很難再有綑起你的機會了。」

她臉上泛起的情慾之火，漸漸的消退了下去。

畢竟性命，還是比情慾重。

楚小楓突然一振雙臂，身上的繩索斷裂，右手一探，扣住了項夫人的脈門。

項夫人呆了一呆，道：「你，沒有中毒針？」

楚小楓道：「我如中了毒針，怎麼還能和你談這麼多的話？」

項夫人道：「也沒有被點中穴道？」

楚小楓道：「可惜，你給了我很多的時間，使我已自行運氣衝開了穴道。」
項夫人道：「唉！我剛才就該一刀殺死了你。」
楚小楓道：「很可惜的是，你錯過了這個機會。」
項夫人道：「你這個騙人感情的下流坯……」
楚小楓冷冷接道：「夫人，別太忘形，我也會殺人。」
一面五指加力，項夫人頓然感覺到右手骨疼如裂，只好住口。
楚小楓道：「夫人，答覆在下幾句話，我會饒你不死。」
項夫人道：「我說出來了，對我有什麼好處？」
楚小楓道：「可以饒你不死，只要你說的是實話，我就饒你不死，我放了石七，可以證實我說的話，一定負責。」
項夫人道：「我相信你說的話，不過，我想要一點保障。」
楚小楓道：「什麼樣的保障？」
項夫人道：「說說看，你對我如何安排？」
楚小楓道：「放了你，讓你海濶天空的飛躍。」
項夫人道：「不！我提一個條件，不知你肯不肯答應？」
楚小楓道：「答應……」
項夫人接道：「別答應得太快，須知道，我這個條件，很難完成？」
楚小楓道：「怎麼說？」

項夫人道：「我要你陪陪我，然後，我會告訴你，我所知道的隱密，至於你如何處置我，我就不計較。」

楚小楓心中明白了，但卻呆在當地，說不出一句話來，沉吟了一陣，道：「在下不是在陪夫人麼？」

項夫人道：「不是這種陪法。」

楚小楓明知故問，道：「那要怎麼樣一個陪法？」

項夫人道：「看你這樣聰明的人，難道還真的不明白麼？不過是明知故問，想窘我罷了，其實，我既敢開口了，為什麼不敢說清楚呢？」

楚小楓道：「在下實在是不太清楚。」

項夫人道：「肌膚相親，這四個字，你該懂吧？」

楚小楓道：「我懂。」

項夫人道：「懂了就好。」

楚小楓緩緩站起身子，笑道：「夫人，這要求太過份了。」

項夫人道：「你想不想知道我們這個組合的秘密？」

楚小楓道：「你知道的很多？」

項夫人笑一笑，道：「我的年紀不算太大，但我在這個組合中的資歷，卻是不淺，不妨告訴你我過去的身分，你心中就會有個數了。」

楚小楓道：「夫人指教。」

項夫人道：「我們這個組合的真正首腦，有兩位夫人，我是二夫人身邊的丫頭，你想想看，我知道了多少隱秘。」

楚小楓哦了一聲，道：「原來如此。」

項夫人道：「我從丫頭升到了主持一方的首腦人物，你說說看，我是不是很受寵愛。」

楚小楓道：「這麼說來，你是真的知道很多隱密了。」

項夫人道：「不太多，十之五六總是有的。」

楚小楓道：「夫人，不是騙我吧？」

項夫人道：「我為什麼要騙你，其實，男女之間的事，還不是我們女人吃虧。」

楚小楓笑一笑，接道：「那要看什麼樣子的女人了。」

項夫人道：「楚小楓，別把我看成個太壞、太濫的女人，我雖然不是什麼貞烈婦人，可也不是很隨便的人。」

楚小楓道：「至少，夫人不是從一而終的女人。」

項夫人忽然間流下淚來，緩緩說道：「我不是，我十六歲那一年，被主人奪去了清白，然後，主持百花莊，剛才，你已見過了，那位項莊主，就是我的丈夫，不論如何，他是我的丈夫，名義上我總陪著，那就是我經歷的第二個男人。」

楚小楓道：「這個男人，是你自己選的吧？」

項夫人搖搖頭，道：「不是，第一個強暴了我，第二個，也是主人指定的，就這樣，我活了這麼多年，楚小楓，我從來沒有得到過一個自己喜歡的男人。」

楚小楓道：「貴門中人很多，夫人既是一方主腦，為什麼不找幾個自己喜愛的人？」

項夫人苦笑一下，道：「也許是我眼光太高了，也許是我對男人有著一種莫名的憎恨，所以，我一直沒有看上一個人，很奇怪的，見了你，我……」

楚小楓接道：「夫人，咱們之間，能不能換個條件談談？」

項夫人道：「不能。」

楚小楓道：「為什麼？」

項夫人道：「不論我告訴你多少事，就算是只說一句，我也無法活下去。」

楚小楓道：「不說內情，我也一樣要殺你。」

項夫人道：「所以，我是死定了，臨死之前，我要找一個我自己喜歡的男人陪了我，不算是太過份吧！」

楚小楓呆住了。

這實在不算是很過份，一個人用生命作代價，換得了春宵一夜，這代價是不是很高呢？

楚小楓沉吟不語。

項夫人道：「楚公子，你可以殺了我，我也可以隨時自絕而死，所以，你如想用惡毒手法，逼出我說些什麼，只怕是一件很為難的事。」

楚小楓道：「夫人，我想知道一點綱領，在你而言，是一種要求，但在我而言，是一種犧牲，所以，我想知道代價。」

項夫人沉吟了一陣，道：「萬知子，春秋筆，這是武林中兩大隱密，這代價夠大吧？」

楚小楓心頭震動了一下，道：「你們這個組合，和這兩位絕代奇人何關？」
項夫人道：「關係很大，而且當今之世，知道這隱密的人也不多。」
楚小楓道：「你知道？」
項夫人道：「知道一些，雖然不是全部，但對你而言，那已經很夠了。」
楚小楓道：「看來，在下被你說服了。」
項夫人道：「告訴你一點隱秘，天下就沒有我立足之地了，我只是在死亡之前，嘗試一下和一個自己喜愛的男人，在一起有多少快樂罷了。」
楚小楓頓時陷入了一片迷亂、徬徨之境。
他不知道應該如何處理自己，不知道是否該答應她的要求。
項夫人不再催促，只是靜靜的望著楚小楓，雙目中情燄閃動，臉上是一片企求之色。
楚小楓輕輕吁一口氣，道：「夫人，如若在下答應了，我又怎確知能聽到這些隱密。」
項夫人道：「肌膚相親，枕邊細語，我會告訴全部內情。」
楚小楓道：「就在這裡麼？」
項夫人道：「你害怕？」
楚小楓道：「室外有兩個丫頭，和我一個受了傷的從人，而外面，還有你們不少的工人屬下，在下實是提不起這股勁頭。」
伸手拍活了項夫人身上穴道，接道：「夫人，我看咱們這筆交易緩一緩。」
項夫人坐了起來，接道：「緩一緩，怎麼一個緩法？」

楚小楓道：「夫人不妨先和在下走在一起，貴組合中人，如是一定要殺你，必須先對付了在下和我的從屬。」

項夫人道：「哦！你要找一個環境清幽的地方，再……」

楚小楓接道：「這種事，豈可草草，必得在心神兩暢的地方，促膝談心，由情生愛。」

項夫人眨動了一下雙目，道：「這要多久時間？」

楚小楓道：「這個很難說了，也許三五日，也許十天半月……」

項夫人接道：「咱們就以半個月為期，如何？」

楚小楓道：「好，一言為定。」

項夫人微微一笑，道：「楚公子，話可要先說明白，咱們一天沒有肌膚之親，我就不會說出內情來的。」

楚小楓點點頭。

項夫人道：「在這十五天中，你可要好好保護我，他們會想到我知道的隱密不少，必將千方百計的殺死我，一旦我死了，你就永遠找不到像我知曉這樣多隱密的人。」

楚小楓道：「我明白。」

項夫人放低了聲音，道：「你真的很信任我了？」

楚小楓道：「在下相信夫人說的俱是實言。」

項夫人歎息一聲，道：「我作丫頭時的名字，叫小紅，以後別再叫我項夫人。」

楚小楓道：「小紅姑娘。」

小紅微微一笑，道：「我先表現出對你的信任。」
楚小楓道：「好！在下拭目以待。」
理一理頭上亂髮，小紅提高了聲音，說道：「春花、秋月何在？」
兩個女婢應聲而入。
小紅道：「那小子傷勢如何？」
春花道：「奇毒發作，人已經昏了過去。」
小紅道：「抱他進來。」
秋月應了一聲，抱著成方而入。
小紅道：「把人放在床上，過來，我有話告訴你們。」
春花、秋月相互望了一眼，滿臉疑惑之色，行近小紅身側。
小紅低聲道：「那位楚公子不好對付……」
愈說聲音愈低，兩個女婢不得不伸出頭，附耳去聽。小紅突然雙掌並出，拍在二女的背心之上。
她早有準備，二女卻是驟不及防的，立時被震斷心脈，吐血而死。
楚小楓暗暗歎息一聲，忖道：「這丫頭好惡毒的手段，二女都是她貼身之婢，竟然下得如此無情毒手。」
只見小紅苦笑一下道：「這兩個丫頭，名雖女婢，事實上，卻有著監視我的用心，不得不除了她們。」

楚小楓點點頭。

小紅取出一片磁鐵，吸出成方身上毒針，然後又讓成方服下一粒丹丸，才拍活穴道。

對症之藥，見效神速，成方一挺身坐了起來。

小紅笑一笑，道：「這位小兄弟，你覺著怎麼樣？」

成方雙目盯注在小紅的臉上，冷冷的說道：「你為什麼要救我？」

小紅一指楚小楓，道：「為了他。」

成方望望春花、秋月的屍體，又望望楚小楓。

楚小楓點點頭。

成方緩緩行下木榻，深深吸一口氣。

小紅笑一笑，道：「毒針已起出，毒性已解，只要好好的坐息一下，很快就復元了。」

楚小楓道：「小紅姑娘，你好像不至於只帶這兩位女婢吧？」

小紅道：「我帶了很多的人手，其餘的人，都在後面山壁間一個石洞中。」

楚小楓道：「那裡有多少人？」

小紅道：「十九個。」

楚小楓道：「是男人，還是女人？」

小紅道：「男女都有。」

楚小楓道：「都是你們組合中的重要人物？」

小紅搖搖頭，道：「他們只知道百花莊，只知道我這個人，和對外出名的項莊主，除了這些外，他們知道的有限，也許，他們會感覺到我們上面可能還有一個指揮的人，但他們絕不會知道，那個組合的內情。」
她的口風很緊，聽起來，好像是透露了很多的事情，但分析一下，卻又是什麼都沒有。
楚小楓暗暗琢磨了一下，笑道：「小紅姑娘你是例外？」
小紅笑一笑，道：「可以這麼說，因為，我來處不同。」
楚小楓道：「其實，這些組合，也並非是全無跡象可尋！」
小紅道：「哦！你發覺了什麼？」
楚小楓道：「我發覺你們這個組合，和花有關。」
小紅略一沉吟，笑道：「不錯，你能想得起來，足見高明。」
楚小楓道：「有此一線，就有蛛絲馬跡可尋，先找出有花的地名，再查看他們的出入人手，就不難判斷他們是否和江湖有關了。」
小紅道：「楚公子，這個辦法不錯，不過，他們的變化很快，一夜之間，就可能把所有的含花名稱，完全的改變過來。」
楚小楓笑道：「就算能改變，也不會改變的不留一絲痕跡，只要去查，總會找出來。」
小紅道：「那可困難了，只要他們有了警覺，會有很大的收斂，夠你們辛苦了。」
楚小楓道：「所以，還是由小紅姑娘身上著手。」
小紅道：「你們查上二十年，也查不出我知道這麼多，何況，你們根本沒有二十年查訪的機會。」

楚小楓道：「為什麼？」
小紅道：「因為，照目前的發展，不出十年，整個江湖，都會淪入他們的控制之下，那時候，還有很多江湖人，不知道已身難作主。」
楚小楓道：「這樣厲害麼？」
小紅道：「我打一個比喻說吧！這個組合，像一根鐵鍊子，一環套一環的連了下去，下一環，只知道扣在上一環中，其他的，都不知道了。」
楚小楓笑一笑，道：「這個組合，好像是鐵鍊子的環頭，帶一頭，而動全身。」
小紅道：「不對，他是一隻手，而且手中還拿了一個掛鉤，掛鉤會挑動這個鐵鍊子。」
楚小楓道：「這是羚羊掛角，無跡可尋了。」
小紅道：「對！就算你找到了鐵鍊的一環，一環一環地查上去，他可以移動手中的掛鉤，鉤起另一個環節，你查到了最後，會發覺環環套成一個圓周。」
楚小楓點點頭，道：「要找到那掛鉤才行。」
小紅道：「也不行，必要時，他可以丟了掛鉤，你還能找到什麼呢？」
楚小楓道：「好厲害。」
小紅道：「重要的是那隻握著掛鉤的手，我卻是從那隻手心中走出來的人。」
楚小楓笑一笑，道：「那些環節上的人，像你姑娘這樣的想必不少。」
小紅道：「不多，我就算不是唯一的人，也不會超過三個。」
楚小楓道：「哦！」

小紅道：「你想想看，他們是不是要殺我。」

楚小楓只好點點頭。

小紅道：「所以，你就算傾盡全力保護我的性命，也是不太容易。」

楚小楓道：「換一個角度看，有姑娘這樣的好餌，魚兒才會上鉤。」

小紅道：「太冒險，據我所知，他們要殺一個人時，從來沒有辦不到的。」

楚小楓道：「他們想殺我，而且，用了不少的方法，可惜，他們都沒有如願。」

小紅道：「你也許不同，第一，你有很好的武功，第二，他們並沒有全力要殺你，我有自知之明，我保護自己的能力很弱，如是全靠你們保護，增加了我不少的危險，就拿剛才的事說吧！不知為什麼？一見你，我就有些動情，所以，沒有放出全部毒針，一旦放出來，我相信你逃不過，至少，我可以殺你的從人，你們不過十幾個人，我們用十個高手，換你們一個，就把你們給換完了，何況，這正是他們的計劃，盡一切可能，要江湖上的人，自相殘殺！」

楚小楓呆住了，與君一席話，勝讀十年書，小紅姑娘這一番宏論，使他有著不得不相信的感覺。那是一種至高謀略的運用，超越前人的奇策。

輕輕吁一口氣，楚小楓才緩緩說道：「小紅姑娘，聽你一番話，使在下不得不對他們生出了三分敬服，可是，這又和萬知兵器譜、武林春秋筆，扯上什麼關係呢？」

小紅嘆息一聲，道：「楚公子，我對自己的生命已經完全失去了信心，我預料自己，最長活不過三天，我只望在我死去之前，能有得片刻歡愉，那是真正屬於我的歡愉，而我仗以得到這片刻歡愉的，就是藏於胸中的隱秘，這是一件驚天動地的大事，……」

楚小楓接道：「俠名永傳，百代流芳，不止是仗劍行俠，維護武林道義的俠客，浪子回頭，蕩女從良，更會受人敬重，姑娘胸中有此大事，足以驚天動地，揭開武林的神秘，為什麼不肯說出來呢？」

小紅道：「楚公子，別想說服我，我也許不配和你雙宿雙飛，深閨纏綿，可是，我們之間是有條件的。」

楚小楓道：「姑娘，朝聞道，夕死可矣！你已想得如此通徹，為何勘不破情色一關？」

小紅苦笑一下，道：「我來自那一處充滿了偽詐的地方，我受了太多的創傷，再說，並非是你楚公子有什麼大義凜然的地方，使我心生敬服，我是敗於你，是惑於你的英俊，一點春情，只是要滿足一個願望，我小紅也得了我喜歡的一個男人，古往今來，有不少英雄豪傑為女人，拔劍而鬥，我小紅不才，卻想使一個英俊的少俠，伴我一夕風流……」

楚小楓接道：「姑娘，這個……」

小紅黯然接道：「楚公子，為什麼不替我想想，我已經是一個快要死亡的人了。」

兩人談話，越來越露骨，成方倒是不便再聽下去了，轉身向外行去。

楚小楓想阻止，但卻欲言又止。

小紅淒涼一笑，道：「楚公子，話已經說得很明白了，再爭執下去，也很難有一個結果，你自信能夠保護我，那就帶我走吧！不過，你如保護不周，我被他們殺了，你就很難再有這個得知隱秘的好機會了。」

楚小楓苦笑一下，道：「我盡力而為。」

小紅道：「好，咱們走！去殺了我帶來的那些人。」

楚小楓道：「二十九條人命？」

小紅道：「他們都作惡多端，死有餘辜的人，不用為他們惋惜。」

楚小楓道：「姑娘，這些人雖然作惡多端，但他們並非是元凶、主腦，所以，殺了他們，不如放了他們。」

小紅沉吟了一陣，道：「好吧！這件事，我依你。」

楚小楓笑一笑，道：「姑娘這地方還有什麼可留戀的麼？」

小紅搖搖頭，道：「這地方本還有一點隱秘，但那些隱秘對你們和我，都無關重要。」

楚小楓道：「既是如此，咱們可以走了。」

小紅苦笑一下，道：「想不到，我們這一場交手，會有這樣一個結果。」

楚小楓道：「我有三個追蹤你的人……」

小紅撇撇嘴，道：「都是女的？」

楚小楓道：「對了！」

小紅道：「她們很高明，一路追了下來，但她們不知道，我們一路上埋有暗樁，所以，都中了暗算。」

楚小楓急急說道：「你殺了她們？」

小紅道：「沒有。」

楚小楓道：「她們現在何處？」

小紅道：「囚在另一間茅舍之中，我去放她們出來。」舉步行了出去。

楚小楓沒有跟過去。

小紅進入了另一座茅屋，放了綠荷姊妹。

看到楚小楓，綠荷姊妹齊齊行禮，道：「婢子等無能，又勞公子相救。」

楚小楓笑道：「不是你們之過，請起來。」

小紅打量了綠荷等三人一眼，道：「這都是你的丫頭？」

楚小楓道：「她們要這樣稱呼，不肯改口……」

語聲一頓，接道：「姑娘認識她們麼？」

小紅搖搖頭。

楚小楓道：「她們出身萬花園。」

小紅道：「哦！綠荷、黃梅、紅牡丹。」

楚小楓道：「是。」

小紅道：「百金身價。」

楚小楓道：「什麼是百金身價？」

小紅道：「殺她們一個人，可以得到百兩黃金，我們一向有很豐厚的賞賜。」

談話之間，群豪都相繼趕到。

王平等搜索了那谷口外的房舍，但卻未再發現什麼。

好像那許多的房舍中，只藏有一個對付華圓的凶手。

楚小楓傳下了一道令諭，全力保護小紅姑娘的安全。

王平設計了一輛馬車，外罩黑布，安裝鐵甲，連車門都是鐵的。鐵皮外面，還有一層很厚的皮革。

不論什麼暗器，大約都無法透入車廂之中。

做這樣一輛馬車，日夜趕工，也花去了七日工夫。

七日中，楚小楓一直留在南陽府。

小紅一直受著全面的保護。

不少人日夜相伴，使得小紅沒有機會再向楚小楓提起約定。

自然，這也是楚小楓有意的安排。

小紅姑娘不但受到了嚴密的保護，也受到了楚小楓很好的招待。

他想以相處的友情，化解小紅心中一點欲念。

不像小紅想的那麼壞，七天過去了，小紅仍然好好地活著。

四英、七虎，都對楚小楓生出了極大的信任與尊重，也沒有人問過楚小楓，為什麼如此對待小紅。

第八天，楚小楓請小紅登上了篷車。

車中的布置不算豪華，但卻很舒適。

楚小楓親自陪同小紅坐在車中。

拉車是四匹特選的健馬，王平和陳橫趕車，後面車廂外，還有兩個小座位，坐著成方、華圓。
四英開道，七虎後擁，成中岳帶著綠荷三姊妹，忽前忽後，探查可疑的事物。
楚小楓和小紅同坐車廂中，但卻絕口不談江湖事。
他要以時間證明給小紅看，希望恢復一個女性的尊嚴，要她覺著人間是這麼可愛。

他們這一行浩浩蕩蕩，看上去十分扎眼。
好像鏢局的人，保護著一件價值連城的寶物，引起了路人注目。
車行數日，竟無發生事故。
這日，車近許昌，情勢開始有了變化，大道上，不少佩刀、掛劍的江湖人，快馬急行。
儘管不少人對這輛篷車側目，但還沒有人找麻煩。
篷車的角落處，留有向外探視的孔洞，打開之後，可以清楚地看到外面景物。
楚小楓看到了越來越多的江湖人，忍不住問道：「小紅姑娘，看到這些江湖人物麼？」
很久的平靜，小紅似是已減少了對死亡的恐懼，氣質也開始在慢慢地變化。
她領受到了人間另一種溫暖。
小紅點點頭，道：「看到了。」
楚小楓道：「這些人，是不是那一個組合中人？」
小紅道：「不像。」
其實，道上有不少江湖人在交談，只是他們這一批行列太大，不少江湖人，有意地避開他們。
楚小楓也下令篷車轉向，朝著絡繹不絕的江湖人奔行的方向。
這日，中午時分，篷車行到了一條河邊。
河邊集聚了不少的江湖人。
這條河上，原本有一道石橋，不知何故，卻突然中斷。
河水不寬，但流的很急。
王平停下了篷車。
河中只有一條渡船，很小的渡船，每次只能載運兩人、兩馬。
但湧來的江湖人，卻是越集越多。
楚小楓低聲道：「在下下去瞧瞧，姑娘請拴上鐵門。」
原來，鐵門內部，還有兩道鐵栓。
王平也下了車，陳橫卻坐在車前木座，擋住鐵門。
楚小楓環顧一眼，發覺這一批雲集的江湖人物很雜，有的三、五成群，有的兩個一起。
忽然間佛號充盈，一行和尚，疾行而至。
當先一個老僧，灰袍芒鞋，白眉白髯，年紀雖大，但步履矯健，項上掛了一串念珠，赤手未帶的有兵刃。
身後隨行一十二個僧人，一色月白僧袍，肩上扛著禪杖，年紀都四十與五十之間。
那一十二僧人雖然都帶著一臉慈和之氣，但看上去，卻是個個精壯，給人一種勇猛無匹的感覺。

楚小楓回顧了王平一眼，低聲道：「這一批高僧是……」

王平道：「少林僧人，那位老禪師是白眉大師，一度使中原綠林道上匪徒們聞名喪膽。」

楚小楓道：「那十二個僧人是……」

王平接道：「好像是傳說中的達摩院十二羅漢。」

楚小楓道：「那是少林寺中很傑出的幾個僧人了。」

王平道：「少林寺中的僧人，分級很多，戒持院中以上座、下座分級，達摩院另有分級之法，局外人，很難分得清楚，不過，我聽過十二羅漢之名，是達摩院中，很高明的十二位僧人。」

楚小楓道：「看起來，少林寺也似乎是決心介入江湖是非中了。」

王平道：「少林寺一向是武林中的泰山、北斗，江湖上發生了這麼大的事，他們也應該出面問問了。」

楚小楓微微一笑，道：「少林寺肯出面，查問江湖是非，總是武林的大幸。」

王平道：「我看他們好像只是想看看春秋筆記述近年中江湖大事，未必真的留在江湖上。」

語聲一頓，接道：「公子，咱們要不要想法子和他們聯絡一下？」

楚小楓道：「暫時不用吧！」

王平道：「為什麼？」

楚小楓道：「第一，咱們要看清楚，他們這次進入江湖中目的，用心何在。」

王平點點頭。

楚小楓道：「第二，他們這麼一大批人，而且服裝特殊，十分扎眼，咱們如是和他們一搭訕，只怕會引起別人的注意。」

王平道：「公子高明。」

楚小楓道：「據我冷眼旁觀，這一批人物中，十分混雜，說不定，還會有咱們的敵對之人混了進來。」

王平道：「公子的意思是……」

楚小楓笑一笑，道：「大家在混水中摸，這就要比試一下機智、謹慎了。」

王平道：「哦！」

楚小楓道：「告訴他們，由此刻起，咱們分成若干個小組，個別行動，非屬必要，不可聚集一處，暗中監視全局，互相通報消息。」

王平應了一聲，轉身而出。

那白眉老僧，似是極受人敬重，所到之處，不少人合十為禮。

楚小楓盡量使自己變得很平凡，緩步走到了斷橋之處查看。

很快發現了，這座橋，並非是因年久失修而壞。那是人家故意破壞的。方法很激烈，這座斷橋已完全沒有再用的可能。

為什麼要毀去這座橋？什麼人？他的目的何在？

這地方雲集的上百江湖人，也有不少人在橋邊查看。

只見白眉大師大步行了過來，一個穿著長衫的老者，相陪而行。

望著斷橋，白眉大師一皺兩道白眉，道：「這分明是有人故意弄斷的。」

長衫老者點頭，輕輕一捋花白山羊鬍子，道：「不錯。」

白眉大師道：「老衲想不明白，他們這樣做的用心何在？」

長衫老者道：「就老朽所知，昨天，這座橋，還是好好地，一夜之間，為人破壞。」

楚小楓轉過身子，低聲道：「王平，你認識那老者麼？」

王平道：「認識，廬州胡逢春。一位很有名氣的武林人物。」

楚小楓道：「他的聲譽如何？」

王平道：「他是一個很精明的人，很會算計，偶爾，也伸手管管江湖上的是非，但自己絕對不會找麻煩上身。」

楚小楓道：「哦！」

王平道：「他本來是一個很謹慎的人。」

楚小楓微微一笑，道：「這人無惡跡，也無善行。」

王平道：「好處說，他是明哲保身，壞處說，他是老奸巨猾。」

楚小楓道：「看來，他和少林寺的白眉大師很熟。」

王平道：「胡逢春很善交遊，江湖上黑、白兩道，他都交了很多的朋友。」

楚小楓道：「哦！是這麼一位人物。」

王平道：「是，他是個耳目很靈的人。」

楚小楓道：「王平，找個適當的機會，我要和他認識一下。」

王平道：「公子，和他交往很容易，不過，最好，要先給他一點顏色看看。」

楚小楓道：「哦！」

王平道：「這個人，只重名望、實力，咱們沒有名氣，只有拿一點顏色給他瞧瞧了。」

楚小楓道：「王平，辦法可以，不過，要技巧一些，別弄得太扎眼。」

王平道：「小的記下了。」

這時，那渡船已回來了。

對白眉大師，這些人都有著相當的敬重，紛紛讓開，那意思很明顯，是讓白眉大師先行登船。

白眉大師回顧了一眼，低聲道：「胡施主，各位檀越，都那麼客氣，這個，老衲怎好意思，後來先過。」

胡逢春捋著山羊鬍子，笑道：「大師在江湖上的威望，十分隆重，極受武林同道的敬仰，大家既然有這個心，你也就不用客氣了。」

白眉大師略一沉吟，道：「好吧！既是如此，老衲就恭敬不如從命了。」

胡逢春道：「理當如此。」

白眉大師道：「胡兄請與老衲同渡如何？」

胡逢春道：「大師既不嫌棄，在下自當奉陪。」
白眉大師和胡逢春，竟然相繼登上渡舟。
十二羅漢，隨後登舟。
這條船，至少還可以再坐上四、五個人，但卻無人再行登舟。
楚小楓突然舉步而行，登上了大船。
王平、陳横、成方、華圓，四個人，分兩批跟了上去。
加上了這五個，渡舟已成滿載之勢。
胡逢春對這五個年輕人，登上渡舟一事，似是覺著很奇怪，一直在打量他們。
白眉大師輕輕咳了一聲，道：「胡兄，這幾位少年英雄是……」
胡逢春接道：「兄弟眼拙，不認識他們。」
楚小楓道：「五湖四海皆兄弟，既是同屬武林一脈，何有你我之分。」
白眉微微一笑，道：「好！小施主貴姓？」
楚小楓道：「在下姓楚。」
胡逢春道：「楚什麼？」
楚小楓道：「武林後進，只怕說出來名字，胡大俠也不知道。」
胡逢春道：「哦！」
渡船上，有三個位置，可以坐人，白眉大師坐了一個，胡逢春坐了一個，還留了一個。
白眉大師拍拍木椅，道：「小施主，過來坐吧！」

楚小楓舉步行了過去，一面說道：「長老賜，不敢辭！」拱了拱手，坐了下去。

白眉大師輕輕吁一口氣，道：「小施主意欲何往？」

楚小楓道：「大師呢？」

白眉大師哈哈一笑，道：「十日後，春秋筆在泰山映日崖上，再度出現，江湖上這些年來的風風雨雨，就可以獲得澄清了。」

楚小楓道：「不錯，在下也是去看那春秋筆的……」

語聲一頓，接道：「其實，到這裡來的人，只怕，都是想去見識一下春秋筆。」

白眉大師道：「人同此心，心同此理，雲集此地的人，只怕都是為看那春秋筆而來。」

低喧一聲佛號，接道：「這一次春秋筆出現江湖，又相隔十年，十年來，江湖上的隱秘，都將要在映日崖上出現，有些人，假冒偽善，一手遮盡天下人的耳目，但人所做所為，卻都是些見不得天日的事。」

楚小楓道：「大師，我生也晚，未見過上一次春秋筆出現的盛況……」

白眉大師雖然佛門中人，但性子還是相當的急，接道：「老衲見過，那真是驚人的揭發，當場就有五個人自絕，而且事後自絕死亡的，據說有二十幾個人，那真是江湖上的一次大清洗，以後，江湖上將近五年，沒有再發生過任何一件事情。」

楚小楓道：「太平靜了，他們都在準備，江湖上一次更大的動亂，就在平靜、完全沒有人防備之下，完成了準備。」

白眉大師雙手合十，道：「阿彌陀佛，小檀越，江湖上，沒有一件事，能夠瞞過春秋筆，他就像千眼千手佛，無所不在，無所不見。」

楚小楓暗暗嘆息一聲，忖道：「他們把所有的事，都寄托在春秋筆一人身上，江湖上焉得不亂，他們覺著，有春秋筆這麼一個人物在江湖監視，就不會再有什麼事了。」

心中念轉，口中卻說道：「大師，你相信春秋筆，是人呢？還是神？」

白眉大師道：「就算他是一個人，也是一個超人，一般人無法及得的超人，一支春秋筆，抵得千、百位高手，在江湖上走動，制止罪惡。」

楚小楓道：「大師，不論春秋筆，有些什麼能耐，但他只有一支筆，無法記述江湖上同時發生在兩個地方的事情，江湖太大了。」

白眉大師雙目聳動，道：「小檀越，這就不對了，你怎能藐視春秋筆。」

楚小楓道：「大師，如若少林、武當，以及江湖上正大門戶，仍然不停地有弟子在江湖上走動，春秋筆就可以少問一點事情，集中精力，偵察隱秘。」

白眉大師有些火了，冷冷說道：「小檀越，你這是什麼意思，春秋筆是何等高明人物，你小小年紀，知道些什麼？」

胡逢春道：「是呀！年輕輕的信口開河，批評長上，是很不禮貌的事，戒之，戒之。」

楚小楓道：「在下只是在和大師說理。」

胡逢春道：「白眉大師，是何等身分的人，還要和你說理，這話就有些過分了。」

楚小楓笑一笑，道：「這位前輩是……」

胡逢春道：「廬州胡逢春，聽你師長說過老夫沒有？」

楚小楓搖搖頭，道：「沒有聽過。」
胡逢春臉色一變，道：「你是什麼人門下弟子？」
楚小楓道：「區區在江湖上走動的時日不長，識人不多。」
胡逢春哦了一聲，道：「老夫也不和你一般見識，不過由現在開始，不許再胡言亂語了。」
白眉大師道：「年輕人初入江湖，一定要懂得禮數二字。」
楚小楓道：「兩位教訓的是，不過，在下還想說一句話。」
胡逢春道：「希望是一句好聽的話。」
楚小楓道：「胡前輩見識博廣，對這石橋突然斷去一事，可有什麼看法？」
胡逢春道：「這件事，難道還能難倒老夫不成，解說起來，容易得很。這是北五省通映日崖必經之路，不知哪個，故意把石橋破壞，使人馬難以再向前進。」
楚小楓道：「胡前輩，破壞石橋，阻礙了這麼多武林高手，不能赴會，這個人豈是一般人物？」
胡逢春道：「不是又能如何？難道他還敢和這上千的武林豪雄作對麼？」
楚小楓道：「胡前輩，他挖斷橋樑，攔住了這麼多人，難道還不算和我們作對麼？」
胡逢春道：「這個，這個……」
楚小楓接道：「胡前輩，你看，那人發覺弄斷了橋樑之後，還無法阻止咱們，會不會再要出別的花樣？」

胡逢春怔了一怔，道：「我想，這還沒有人敢。」

楚小楓道：「他敢弄斷了這座石橋，就敢再出別的花樣。」

胡逢春道：「弄斷石橋，是在偷偷摸摸中進行，我想不出，有些什麼人，敢挺身而出，和我們這些人作對？」

楚小楓笑一笑，道：「唉！胡前輩，至少，那弄斷這座石橋的人，膽子就夠大了。」

胡逢春一手捋著山羊鬍子，似想發作，但另一種力量，卻促使他無法發作出來。

白眉大師雖然不是個很善心機的人，但他究竟是久年在江湖上走動的人，楚小楓的話，使他有了很大的警覺。

船上，陷入一片沉默中。

船靠岸了。

船家一躬身，道：「諸位，下船啦！」

白眉大師輕輕吁一口氣，道：「這石橋搭建不易，但卻在一夜之間，神不知，鬼不覺的，被人弄斷了！」

胡逢春道：「嗯！這中間確然是大有文章。」

白眉大師望望天色，道：「這溪水不深不淺，不會水的人，越渡不易。」

楚小楓道：「以大師在江湖上的威望，和目下這麼多江湖能人，只要大師一聲令下，再建這座斷橋，並非難事。」

白眉大師點點頭，道：「胡兄，你看，這件事情如何？」

胡逢春道：「只要大師下令，搭座橋並非難事。」

於是白眉大師傳下令諭，十二羅漢領先動手，他們力大無窮，每人扛了一塊千斤巨石。兩岸群豪一齊動手。

這些人中，又有兩位對建築之學，有著相當的研究，兩人出面指導，斷了的石橋，竟被群雄修補了起來。進行雖然順利，但也花去了大半天的時間，石橋修好，已經是玉兔東升，已到初更左右的時分了。

成中岳為首保護的篷車，也馳過了石橋。

楚小楓在修橋的時間中，表現的並不出色。他極力的在斂收自己的鋒芒。

這地方沒有酒樓、飯店，除了一些帶有乾糧的人外，大部分都覺得飢腸轆轆。

楚小楓發覺了一件事，那位盧州胡逢春一直在注意著他。

所以，他沒有與成中岳等再作聚首，同時，示意成方、華圓、陳橫走在一起。

看上去，楚小楓只是和王平走在一起。

白眉大師望望修好的石橋，哈哈一笑，道：「胡兄，可惜那位破壞石橋的朋友，白費了一次心機，枉費力氣了。」

胡逢春目光轉到了楚小楓的身上，道：「這位楚朋友，請過來，老夫有話問你。」

楚小楓緩緩步行了過來，道：「胡前輩有什麼吩咐？」

胡逢春道：「楚朋友，你說前面還有什麼陷阱？」

楚小楓道：「胡前輩，前面一定有麻煩！但什麼麻煩，在下就不知道了。」

胡逢春道：「年輕人，你去過映日崖沒有？」
楚小楓道：「沒有。」
胡逢春道：「老夫識人不少，但像你這樣年紀，敢如此對我說話，老夫還不多見。」
楚小楓道：「老前輩的意思，晚輩還未聽得很清楚。」
胡逢春道：「咱們走在一起如何？老夫不說了，這一位白眉大師，常年在江湖上走動，見識豐富至極，你和我們走在一起，這一路上，你可以聽到很多的江湖事情。」
楚小楓道：「這真使晚輩受益不淺，但不知白眉大師肯否攜帶晚輩同行？」
胡逢春呵呵一笑，道：「楚老弟，這個你放心好了，白眉大師那裡，只要老夫說一句話，包管可以帶你同行。」
楚小楓道：「那就多謝胡前輩了。」
胡逢春道：「楚老弟，你有幾位同伴？」
楚小楓道：「目下和在下同行的，只有一位朋友。」
胡逢春道：「好！請來見個面吧！」
楚小楓回頭舉手一招，道：「王平，過來見識一下這位胡前輩。」
王平一抱拳，道：「在下王平，見過胡老英雄。」
胡逢春道：「好！好！你和這位楚兄是……」
王平道：「在下是伺候公子的。」
胡逢春怔了一怔，道：「你是說，你是從僕？」

王平道：「是的。」

胡逢春道：「哦！楚兄弟，你是……」

楚小楓道：「這位王兄弟，和在下是世交，雖名份有別，但在下一向和他兄弟相稱。」

胡逢春點點頭，道：「難得啊！難得！年紀輕輕的就有這樣的氣度。」

這時，白眉大師突然開了口，道：「胡兄，咱們該找個地方吃點東西。」

胡逢春道：「就老夫所知，咱們要再向前行三十里，才到白茅集，那地方才有吃喝的食物。」

楚小楓暗中觀察，發覺了集中在此的人，已經走了一大半。

但聞輪聲轆轆，成中岳帶著一輛篷車行了過來。

白眉大師一皺眉頭，道：「這輛車中，不知坐的何許人物，觀看春秋筆一事，倒是很少有人坐車前往的。」

胡逢春道：「唉！少不更事，少不更事，這又不知道是哪位年輕人要的花樣？」

楚小楓暗暗嘆息一聲，忖道：「江湖上大劫將生，他們竟是毫無所覺，春秋筆就算有回天的功力，只怕也是很難獨撐大局。」

心中念轉，口中卻問道：「兩位前輩，看春秋筆，難道不能坐車麼？」

白眉大師道：「這倒沒有什麼人規定，不過，大家為了表示對春秋筆的敬仰，從來沒有乘車前去的。」

楚小楓道：「原來如此。」

胡逢春道：「不知是哪一個門戶中人，竟然如此的放肆，老夫見到他們之後，倒要查問一下。」

楚小楓心中暗道：「要糟，這胡逢春如是真的查問起來，倒是一樁很大的麻煩事，該不該告訴他們事情的真相呢？」

篷車就走在前面，而且，故意走得很慢，似是有意讓楚小楓等聽到。

白眉大師道：「胡兄說得是，出家人不便多事，胡兄應該問他們是哪一道上的？」

胡逢春道：「大師，江湖上門戶紛陳，不下百家，兄弟如是問出麻煩了呢？」

白眉大師道：「如若江湖上，真有這樣不講理的人，老衲自當為胡兄的後盾。」

胡逢春笑一笑，道：「有大師這句話，胡某人問起這件事來，就可以放心了。」

楚小楓暗暗道：「這位胡逢春，毋怪能在江湖上長期立足，原來，他做事，竟然是如此的小心。」

一行人向前行去，很快地追上了篷車。

這時，已過初更，新月如鉤，碧空似洗，月色皎潔，景物清明。

篷車四周，環伺著不少的人。

而且，都是氣宇軒昂的劍手、刀客。

胡逢春是何等人物，打眼一瞄，已發覺這些人，雖然是名不見經傳，但卻是一些功力深厚的後起之秀。

這些人，有些天不怕、地不怕，最是難纏。

那篷車主人帶了這麼多年輕高手相隨，定然是一位不凡人物，說不定，就是江湖上四大世家中的哪一位少爺、公子。

名動江湖的四大世家，不論哪一家，胡逢春也自問招惹不起。

所以，他改變了主意，看見了當作未看見，並未喝問。

但白眉大師卻沒有忘記這件事，而且，還記得很清楚，低聲道：「胡兄，問問他們是哪裡來的？」

胡逢春曾經誇下海口，白眉大師這一提，自不便再裝作下去，只好硬著頭皮說道：「你們哪一位是領頭的？」

其實，環繞在篷車四周的七虎、四英，早就看到了楚小楓。

但他們都已經奉了令諭，所以，沒有人向楚小楓招呼。

篷車停了下來。

成中岳走在車前面，聞聲停步。但他並沒有迎上來，卻示意段山行了過去。

段山揮揮手，道：「閣下是……」

胡逢春道：「老夫盧州胡逢春。」

段山道：「哦！原來是胡大俠。」

胡逢春道：「這篷車中坐的什麼人？」

段山道：「咱們的小姐。」

胡逢春道：「哦！婦道人家？」

段山道：「是！」
胡逢春道：「諸位是哪一個門派中人？」
段山看看站在胡逢春身側的楚小楓，道：「咱們沒有什麼門派。」
胡逢春一怔，道：「你們的人手不少啊！」
段山道：「不算太多，不過是幾個人罷了。」
胡逢春道：「諸位準備到哪裡去？投親或是訪友？」
段山道：「都不是，咱們去見識一下春秋筆。」
胡逢春道：「哦！也是去見春秋筆的？」
段山道：「春秋筆難得出現一次，這是一件大事，除非是沒有聽到這個消息的人，否則，都會趕來看這一場熱鬧。」
胡逢春道：「但就老夫所知，看春秋筆出現在江湖上的人，只怕沒有幾個坐車的。」
段山笑道：「沒有幾個，那並非是說，絕對沒有，對嗎？」
胡逢春道：「不！就老夫所知，你們是唯一坐車的人。」
段山笑一笑，道：「這個不犯禁忌吧？」
胡逢春道：「至少，對春秋筆，是一種大不敬。」
段山道：「這樣嚴重麼？」
眼看段山步步退讓，胡逢春的聲音，卻是越來越大，道：「看你們這一群，似乎都是很年輕的人，所以，老夫覺著應該忠告你們幾句。」

段山道：「是！是！老前輩請賜教。」
胡逢春道：「如若你們肯聽老夫相勸，那就叫他們離開馬車，步行到映日崖，對春秋筆是一種敬重，如是他們確然不能步行，騎馬趕路去吧！」
楚小楓突然開了口，道：「大師、胡前輩，其實，他們坐車趕路，和咱們本來無關，兩位用不著如此生氣。」
胡逢春道：「楚老弟，你要明白，老夫和白眉大師，都是一番好意。」
楚小楓道：「我明白，不過，這是見仁見智的看法，他們也許確有苦衷。」
胡逢春道：「苦衷，什麼苦衷？簡直是少不更事，胡鬧，胡鬧。」
楚小楓道：「胡前輩，話也不能這麼說，如若那位執掌春秋筆的先生，沒有規定不能乘車，大師和胡前輩，又何必堅持如此呢？」
胡逢春道：「春秋筆雖然沒有這麼一個規定，但江湖上，一直沒有這種前例。他們為什麼可以乘車而行呢？」
楚小楓道：「胡前輩，每一件事，都應該有一個開始，對麼？」
胡逢春道：「開始？楚兄弟，有些事不能有開始啊！」
楚小楓道：「哦！為什麼？」
胡逢春道：「因為，有些傳統的習慣、美德，不容破壞。」
楚小楓笑一笑，道：「老前輩說得如此嚴重，晚輩倒是不便多口了。」
突然放低了聲音，道：「胡前輩，你準備如何處置這件事？」

胡逢春道：「處置？連我也不曉得如何處置了，這一批年輕人，人數相當不少，依我的看法，他們都還是有幾下子的人物，如是他們不聽勸告，弄反了，只怕很難收拾這個局勢。」

楚小楓道：「這麼說來，老前輩是不準備多管閑事了？」

胡逢春道：「唉！老夫倒是有些為難了。」

楚小楓低聲道：「胡前輩，其實，我看那個人，說話也很和氣，也許他真的有些什麼問題，譬如說，真的有人要殺那車中之人。」

胡逢春道：「當著這樣多的武林人物，就算天下第一凶人，也不便下手啊！」

楚小楓道：「不便下手，並非是說他不敢下手，何況，殺人的方法很多，有的暗中算計，你想想看，這多人，混在一處，暗中有人施襲，單是找凶手，就是一件很麻煩的事了。」

胡逢春一拂山羊鬍子，道：「有道理啊！」

楚小楓道：「胡前輩，晚輩還有一個看法，不知道對是不對？」

胡逢春道：「你說話很有道理，說說看，還有什麼高見。」

楚小楓道：「我看，他們逢車外面，圍了不少的人，可能都是隨行的保鏢人物。」

胡逢春道：「哦！」

楚小楓道：「他們可能是在保護一個人，那人就坐在車中。」

胡逢春道：「有道理，有道理。」

楚小楓道：「能有這麼多人保護他，那個人定然十分重要！」

胡逢春哦了一聲，道：「年輕人，看來，你是個很精於分析事理的人。」

楚小楓道：「晚輩很少在江湖上走動，全無經驗、閱歷，對事的看法，只能憑藉自己的猜想，所以暢言無忌，有些事，就衝口說了出來。」

胡逢春笑一笑，道：「楚老弟，你再說說看，他們這輛篷車之中，坐的是什麼人？」

楚小楓不願太露鋒芒，用心只在消去這一場衝突，眼看這一場衝突已經息止下來，立刻吁了口氣，接道：「老前輩，這個，晚輩實在無法推斷。」

胡逢春道：「車中可能坐的女人。」

楚小楓笑一笑，沒有接言。

行約二十餘里，到了白茅集。

但天色已到了三更時分。

胡逢春找到了一座大客棧，叫開了門戶。

成中岳率領著七虎、四英，也及時而至。

他們很能自制，等白眉大師等要了吃喝之物和房間之後，成中岳才對店小二道：「給咱們也準備些吃喝之物，安排幾間客房。」

店小二搖搖頭，道：「客官，客房不夠了，只餘下了三間房子。」

成中岳笑一笑，道：「三間就三間吧！我們餘下的人，就在這廳中打個盹。」

店小二點點頭，轉身而去。

胡逢春冷眼旁觀，已發覺了這群人中，成中岳似乎是個首腦，當下一拱手，道：「閣下貴姓？」

成中岳道：「在下姓成。」
胡逢春道：「原來是成兄，對面還有一座客棧，成兄帶的人手不少，為什麼不住到對方客棧，擠在此地，不是太過委屈了？」
成中岳道：「胡前輩，你是老江湖了，在家千日好，出門一時難，何況，這一路十分擁擠，只怕，對面那家客棧之中，也已經住滿了人。」
胡逢春笑一笑，未再回答，站起身子，向裡行去。
楚小楓也站了起來，回顧了成中岳一眼，也舉步行了進去。
原來，楚小楓等一行，都已經用過了飯。
陳横緩步行了過來，低聲道：「成爺，咱們要怎麼安排？」
成中岳道：「想法子，把篷車拉入店中如何？」
陳横低聲道：「可是要請她們下來吃飯？」
成中岳道：「不用了，就在車上吃……」
語聲一頓，低聲道：「綠荷、黃梅、紅牡丹，留在車中，車門仍要拴好，開放通氣孔，今夜，該哪幾個值班？」
陳横道：「四英值班。」
成中岳道：「我、你、四英，圍車休息，要七虎今夜，好好睡一覺。」
陳横道：「把篷車推入哪一進院中？」
成中岳道：「盡量接近白眉大師等住的地方。」

陳橫點點頭。

那是靠近右跨的院中，篷車停放之處，正是白眉大師等宿住跨院的一邊。成中岳親自檢查了那面分隔跨院的牆壁之後，才把一面靠在牆上。

四英取出了簡單的行李，圍車而臥。

胡逢春和白眉大師住了一個邊間，由窗口處，可見篷車。

兩個人都留上了心，想看看篷車中，坐了什麼人物。

但兩人都很失望，一直沒有見過篷車門開。

天到五更時分，黎明前，一段黑暗。

店中群豪，都已經很累了，十之八、九，都入了夢鄉。

還有一部分人沒有睡熟，而且，竟然悄悄起來。

楚小楓就是其中一個。

和楚小楓住在一起的是王平，王平也跟著站了起來。

王平低聲道：「要出去瞧瞧麼？」

楚小楓道：「不用出去，咱們這一扇窗子，剛好對正了篷車。我總覺著，那石橋斷得有些古怪，咱們突然改變了行程，來趕春秋筆這一場熱鬧，只怕也出了他們的意料之外，所以，這一段時間，將會很平靜。」

王平道：「白眉大師在江湖上很有名氣，還有少林寺十二羅漢同行，就算他們真的準備下手，只怕也要考慮一下。」

楚小楓道：「話雖如此，咱們還是不能大意，他們想不出咱們的用心何在？」
王平笑一笑，道：「如若那丫頭一橫，在映日崖抖出內幕，那才叫熱鬧啊！」
楚小楓道：「所以，對方不會要咱們把她帶到映日崖。」
王平道：「他們必須在咱們到達映日崖之前，結束她的性命。」
楚小楓道：「不錯，他們會全力以赴。」
王平沉吟了一陣，道：「公子，想想看，也夠他們費心機，目下這條路上，雲集了天下黑、白兩道中高手，他們要想在這裡下手殺人，實在不是一件容易的事。」
楚小楓道：「王平，我沒有在江湖上走動過，知道的事情不多，但我想，少林、武當兩大門戶，實力未必能勝過丐幫和排教。」
王平道：「這一個，在下倒不便妄作評論，不過，這些丐幫、排教一直精心培養的弟子，實力之強，為立幫開教以來，最鼎盛的時期。」
楚小楓笑一笑，道：「但丐幫和排教，也不願正面和他們為敵。」
王平點點頭。
楚小楓接道：「所以，我覺著，這批人不簡單，他們實力的強大，只怕已凌駕各大門派之上。」

請續看《春秋筆》之四

臥龍生精品集 55

春秋筆（三）

作者：臥龍生
發行人：陳曉林
出版所：風雲時代出版股份有限公司
地址：10576台北市民生東路五段178號7樓之3
電話：(02) 2756-0949
傳真：(02) 2765-3799
執行主編：劉宇青
美術設計：許惠芳
行銷企劃：林安莉
業務總監：張瑋鳳
封面原圖：明人入蹕圖（原圖為國立故宮博物館典藏）

出版日期：2019年10月
版權授權：春秋出版社呂秦書
ISBN ：978-986-352-747-3
風雲書網：http://www.eastbooks.com.tw
官方部落格：http://eastbooks.pixnet.net/blog
Facebook：http://www.facebook.com/h7560949
E-mail：h7560949@ms15.hinet.net
劃撥帳號：12043291
戶名：風雲時代出版股份有限公司
風雲發行所：33373桃園市龜山區公西村2鄰復興街304巷96號
電話：(03) 318-1378
傳真：(03) 318-1378
法律顧問：永然法律事務所 李永然律師
北辰著作權事務所 蕭雄淋律師

行政院新聞局局版台業字第3595號 營利事業統一編號22759935

定價：240元

國家圖書館出版品預行編目資料

春秋筆（三）／臥龍生著. --初版. 臺北市：風雲時代，2019.09- 冊；公分

ISBN 978-986-352-747-3 （平裝）

863.57 108012532